左傳選譯

左丘明 著
陳世鐃 譯注

商務印書館

本書由江蘇鳳凰出版社
有限公司授權出版

左傳選譯

作　　者：左丘明
譯　　注：陳世鐃
責任編輯：甘麗華
封面設計：涂　慧
出　　版：商務印書館（香港）有限公司
香港筲箕灣耀興道三號東滙廣場八樓
http://www.commercialpress.com.hk
發　　行：香港聯合書刊物流有限公司
香港新界大埔汀麗路三十六號中華商務印刷大廈三字樓
印　　刷：永利印刷有限公司
黃竹坑道五十六至六十號怡華工業大廈三字樓
版　　次：二〇一八年七月第一版第一次印刷

ISBN 978 962 07 4574 4
Printed in Hong Kong

前言

《左傳》是中國第一部敍事詳細、記述完整的編年體史書，也是一部優秀的歷史散文巨著。《左傳》全書約十八萬字，用魯國十二位國君（隱、桓、莊、閔、僖、文、宣、成、襄、昭、定、哀）的世次，按年月順序記載了從魯隱公元年到魯哀公二十七年（前722—前468）總計二百五十四年間各諸侯國的重要史實。從漢代起，《左傳》就被列為儒家經典。到了唐太和（827—835）年間，唐文宗下令把《左傳》跟《易》、《書》、《詩》、《周禮》、《儀禮》、《禮記》、《公羊傳》、《穀梁傳》、《論語》、《孝經》、《爾雅》等一起鐫刻上石，立於太學，稱為《十二經》。到了宋代，又加列《孟子》，合稱《十三經》。因此，《左傳》一直是古代士人必須熟讀的書，它對中國的文化，尤其是史學和語言文學的影響是十分深遠的。直到今天，它對研讀中國古代歷史和先秦語言文學的人來説，還是一部必讀的著作。

《左傳》原名《左氏春秋》。漢人認為它是一部解說和闡述《春秋》的著作，改稱為《春秋左氏傳》。《春秋》本來是春秋時代各國史書的通稱。《墨子・明鬼》就記載有「周之《春秋》」、「燕之《春秋》」、「宋之《春秋》」、「齊之《春秋》」。《孟子・離婁下》也說：「晉之《乘》、楚之《檮杌》、魯之《春秋》，一也。」這說明當時文化比較發達的諸侯國都有自己的國史。當時的朝廷大事，多在春秋兩季舉行，所以就從「春夏秋冬」四季之中，摘取「春秋」這兩個字，作為國史的通稱。到了戰國末年，各國的《春秋》都先後失傳了，只有一部《魯春秋》傳了下來，《春秋》就成了《魯春秋》的專名，儒家尊它為《春秋經》。流傳到現在的《春秋經》一共有三種本子。一種是《左傳》的講解本，叫《左氏經》，它最初是用秦以前的文字寫的，又稱古文經；另外兩種是《公羊傳》和《穀梁傳》的講解本，叫《公羊經》和《穀梁經》，它們是到了西漢初年才用當時通行的隸書記錄下來的，又稱今文經。三種經文大體相同，而其中也有些差異。比較重要的差異是《公羊經》和《穀梁經》都只記到魯哀公十四年（前 481）「西狩獲麟」止，而《左氏經》卻記到魯哀公十六年（前 479）「夏四月己丑，孔丘卒」止。另外，《公羊經》和《穀梁經》都在魯襄公二十一年（前 552）記了「孔子生」，《左氏經》裏卻沒有這一條。

《春秋》是中國現存第一部編年體史書，雖然用魯國的紀年，所記的卻是各國的事，所以也是中國第一部通史。根據一些專家的研究，《春秋》全書記載日食共三十六次，其中除了兩次可能是錯簡或誤記的以外，其餘三十四次都跟現代天文學的測算吻合，這是古人不可能偽造的。另外，後代出土的青銅器皿和其他歷史文物，也多能跟《春秋》的記載互相印證。這說明《春秋》是一部可信的史書。

《春秋》的作者，戰國和兩漢的人都認為是魯國的孔丘。《孟子・滕文公下》說：「孔子成《春秋》而亂臣賊子懼。」《史記・孔子世家》也說：「孔子作《春秋》，筆（記載）則筆，削（刪除）則削，子夏之徒不能贊一辭。」但近代的學者大多認為《春秋》不過是魯國歷代史官遞修而成的魯國國史。因為修史本是太史的職責，也只有歷代史官才有可能掌握這樣豐富的原始資料並加以記錄；從《春秋》二百四十餘年的「書法」（記事原則）和文風來看，前後頗有不同；詳細記載孔子平生言行的《論語》，也沒有一個字提到《春秋》。大約是在魯哀公之世，禮崩樂壞，史官和樂師流散四方，官府的典籍也隨之散亡出去，學術下移，孔子因而有機會把《魯春秋》作為教本傳授弟子。孔門弟子為了紀念孔丘，才在《春秋經》裏記上孔子生年（見《公羊經》和《穀梁經》）和卒年（見《左氏經》）。

《左傳》和《春秋》本來是另本單行的著作。到了西晉，杜預（222—284）才把《左傳》按年分開插編在《春秋》的每年之後，並且參匯前人的訓釋作了注，稱為《春秋經傳集解》，這是《左傳》的注釋本流傳下來最早的一種。到了唐代，孔穎達（574—648）為杜預的注作疏，再附上陸德明（約550—630）《經典釋文》中的《左傳音義》，就成了今天我們從《十三經注疏》中看到的《春秋左傳正義》。

《左傳》的作者是誰？這個問題歷來爭論最多，到現在學術界還沒有一致的看法。西漢人認為《左傳》是跟孔子同時的左丘明所作。《史記・十二諸侯年表序》說：「……是以孔子明王道，干（求）七十餘君莫能用，故西觀周室，論史記（記載歷史的書）舊聞，興於魯而次（按順序編寫）《春秋》。……魯君子左丘明懼弟子人人異端（跟正統的學說不同），各安其意，失其真，故因孔子史記（指《春秋》），具論其語，成《左氏春秋》。」《漢書・藝文志》也有相似的記載。這位左丘明，《論語・公冶長》曾記載孔子心懷敬意地提到過他：「子曰：『巧言、令色、足恭，左丘明恥之，丘亦恥之；匿怨而友其人，左丘明恥之，丘亦恥之。』」可見他至少是與孔子同時，還可能是孔子的先輩。但是，說《左傳》成於左丘明之手，矛盾太多，不能使人相信。比如《左傳・哀公二十七年》附記孔子死後二十六年（前453）智伯被滅的事，又稱趙無恤為襄子。趙無恤死後諡襄子（前425），是孔子死後五十三年的事。《左傳》還好作預言，像三家分晉（前403）和田氏代齊（前386）這樣的預言，分別在孔子死後七十六年和九十三年才得到應驗。這些都是孔子同時的左丘明不能預知，只有後來親見或親聞這些事情的人才有可能寫出來。因此，關於《左傳》作者就有種種說法：有說是作於「楚左史倚相之後」（朱熹《朱子語類》卷八十三）；有說是西漢末的劉歆（?——23）割裂《國語》，比附經文而成（康有為《新學偽經考》）；有說是戰國時的軍事家衛國左氏人吳起（?——前381）纂集各國的史傳而成，「以其鄉邑為名，故冠其書以『左氏』」（郭沫若《青銅時代・述吳起》）；有說是左丘明所作而「後人屢有附益」（姚鼐《左傳補注序》）。這些說法都有較多的臆測成分，缺乏確實有力的證據。其實，先秦的典籍很少是由個人執筆寫成的，大多由各學派的門徒不斷補充、發展，經歷若干年代才成為定本。從《左傳》本身的內容和先秦著作成書的一般情況來考察，我們以為《左傳》很可能是由魯國歷代的史官用口頭傳誦的方式來解說《春秋》，經過若干年代的提煉和增補而逐漸豐富起來，這當中還採匯了列國的國史資料和其他文籍。到了戰國初年，才有弟子根據老師的口傳，有意識地按《春秋》的體例和綱目寫成傳記。古代史官分左史和右史，「左史記言，右史記事」，弟子們以祖師的左史之官來命名，就稱之為「左氏」。這跟《公羊傳》和《穀梁傳》都是先有口傳而後成書的道理是一樣的。《左傳》中徵引孔子和別的「君子」對人物和事件的評論，大約就是孔門弟子在傳述過程中為了「懲惡勸善」而加進去的。書中還有對同一事件而作了兩種不同的記載（可參看王樹民《史部要籍解題》第二章），應該是所取資料來源不同而留下的痕跡。但是，不管《左傳》作者是誰，能不能確切認定，都無損於它在中國史學和文學上的偉大成就和價值。《左傳》最後成書的年代，可以確定為戰國初年，即公元前四世紀的前半葉。戰國晚期它已流行於中原地區，當時的文籍，像《戰國策》、呂不韋（？—前 253）門客纂集的《呂氏春秋》、韓非（約前 280—前 233）的《韓非子》，都徵引過《左傳》的文字。到了西漢，司馬遷作《史記》，劉向作《說苑》和《新序》，徵引《左傳》的材料就更多了。

《左傳》作者在敘述歷史事件、記載古人言行的同時，也寄託了自己的政治理想，流露愛憎的感情，表明了自己的傾向。從思想內容來說，其積極的一面是主要的。這首先表現在對待天人關係的態度上。在春秋時代，天命鬼神有極大的權威，奴隸主貴族正是憑藉着天命和鬼神來維護他們在人世間的統治。當時的一些先進人物，針對有神論的天命思想提出了大膽的懷疑。他們雖然還不敢直接否定天命鬼神的存在，但已經明確地把它們放在附屬地位，而把人看成決定命運的主體。例如，虢君派太史嚚去享神，太史嚚說：「虢其亡乎？吾聞之：國將興，聽於民；國將亡，聽於神。神，聰明正直而一（一心依憑於人）者也，依人而行。」（莊公三十二年）虞國宮之奇勸諫虞君說：「鬼神非人實親，惟德是依。」（僖公五年）宋國墜下五塊隕石，宋襄公問這件事的吉凶，周內史叔興說：「吉凶由人。」（僖公十六年）魯國的穆叔引《大誓》說：「民之所欲，天必從之。」（襄公三十一年）這些言論，實際上是對天命和鬼神作用的否定。《左傳》記錄下來，並且流露出讚許的傾向，這在思想史上是一大貢獻。

其次，表現在對待君民關係的態度上。《左傳》重視民的地位和作用，把「得民」看作立國的根本，看作戰爭勝敗的決定因素，因而主張「養民」、「勤民」，反對「艾殺其民」，反對過分盤剝和役使百姓，表現了初期的民本思想——隨着奴隸制度的沒落和人民力量的顯示而產生的一種重民思潮。衛國人驅逐了暴虐無道的衛獻公，晉侯認為這太過火了，師曠卻評論說「良君將賞善而刑淫，養民如子」，如果像衛獻公那樣使百姓絕望的君主，不趕走他幹甚麼？（襄公十四年）楚國在城濮之役中戰敗，楚國的榮季說：「非神敗令尹（指子玉），令尹其不勤民，實自敗也。」（僖公二十八年）齊崔杼殺齊莊公，晏嬰不肯為莊公殉死。他認為：做國君的不能淩虐百姓，而應當搞好國政；做臣子的不是為了俸祿，而應當報效國家。「故君為社稷（國家）死，則死之（為他而死），為社稷亡（失位出逃），則亡之；若為己（國君個人）死而為己亡，非其私暱（私人的寵臣），誰敢任之？」晏嬰把國和君區別開來，認為國高於君，臣也不是君的私屬，君和臣都屬於國家。這些初期的民本思想，是戰國時期孟子「民為貴，社稷次之，君為輕」（《孟子・盡心下》）的民本主義和仁政學說的先導，《左傳》記錄下來並加以讚許，在當時具有不可低估的進步意義。

第三，《左傳》繼承了古代史官「不虛美，不隱惡」的優良傳統，對貴族統治階層的暴虐和醜惡進行了揭露和抨擊。鄭莊公的險詐刻毒（隱公元年），晉靈公的殘暴荒淫（宣公二年），驪姬的陰險和晉獻公的昏憒，作者都作了細緻的描繪並加以指斥。慘烈的戰爭和殘酷的剝削給人民帶來的深重災難，作者也予以深刻的揭露：「易子而食，析骸以爨」（宣公十五年），「民三其力，二入於公，而衣食其一」，「國之諸市，屨賤踊貴」，「庶民罷敝，而宮室滋侈；道殣相望，而女富溢尤」。（昭公三年）作者用形象化的描繪和鮮明的對比，把老百姓的苦難和統治者的殘忍和貪婪，表現得觸目驚心。在暴露黑暗的同時，作者還對為國家為人民做出了傑出貢獻的歷史人物作了熱情的歌頌。像殽之戰中犒勞秦師而保存了鄭國的愛國商人弦高（僖公三十三年）、赴秦乞師救楚的申包胥（定公四年）、諫虞假道的宮之奇（僖公二年、五年）、大義滅親的石碏（隱公三年、四年）、為國舉賢不避親仇的祁奚（襄公三年），以及政治家子產、晏嬰等，作者都用讚許的筆調記載了他們的言行事蹟，其愛憎態度和是非觀念是很鮮明的。這種「不虛美，不隱惡」的史學原則，為後代史學家樹立了楷模。

當然，《左傳》表現出來的思想是複雜的，其認識上的局限性也是明顯的。有些地方宣揚了封建道德和宿命觀點，相信占卜、災異、夢兆和預言等等。這些消極落後的思想，在本書所選的一些優秀篇目中也有所反映。作者畢竟是二千多年前的古人，不可能超越時代的認識和階級的局限。但是，從全書的基本傾向看，消極的因素畢竟是它的次要方面。

作為一部歷史著作，《左傳》在史學上的巨大成就向來為人們稱許。《左傳》完善和發展了由《春秋》開創的編年體史書體裁，把它提高到了一個新的高度。《春秋》僅有一萬六千餘字，記述簡略，含義隱晦；一條只記一事，條目之間互不關聯；而且只有綱目，不敘史實的發展過程，更缺乏具體的描寫，很像一本流水賬簿。作為史書來說，《春秋》的作用實在有限，必須有詳細的說明和補充，才能看出經文的內容大意和史實發展的軌跡。《左傳》則出色地承擔了這一任務。《左傳》的記載，有系統，有條理，有分析和評論，有追敘和附敍，首尾完整，其筆觸涉及了春秋時期廣闊無垠的社會生活的方方面面，為我們展現了一幅又一幅生動清晰的歷史畫卷。像《春秋・隱公元年》「鄭伯克段于鄢」一句只有六個字，《左傳》卻詳細加以記述，使之成為一篇七百字左右首尾完整的文章。又如僖公十五年的秦晉韓之戰，《春秋》只記了「晉侯及秦伯戰于韓，獲晉侯」這樣一句，《左傳》卻把韓之戰的全過程，敷衍成一篇洋洋灑灑、將近兩千字的記述。戰爭的起因，戰前雙方對戰爭的估計，交戰的經過，惠公被俘後晉國羣臣的反應，秦國如何處置晉惠公，晉郤克如何安撫國人，呂甥如何與秦伯巧妙應對，惠公如何歸國等等，都有很生動、很詳備的記載。二者相比，《春秋》像報刊的新聞標題，而《左傳》像報導的內容。要是不通過《左傳》的詳細敍述，很難看懂《春秋》那種標題式的記述。東漢桓譚的《新論》說：「《左氏傳》於經，猶衣之表裏（表面和裏面），相待而成。《經》而無《傳》，使聖人閉門思之十年，不能知也。」（見《全後漢文》卷一）梁啟超也稱《左傳》是「商周以來史界之革命」，這些話都是說得非常中肯的。

《左傳》在史學上的貢獻，還在於它保存了大量春秋時期的歷史資料。在《春秋》裏，有關朝聘、會盟、征伐、災異、喪葬的條目約佔全書百分之九十，很少有關社會情況的記載。而《左傳》的內容，卻包括了政治、經濟、軍事、文化以及社會生活的各個方面，還引證了春秋以前的一些古史傳説，使它成為保存春秋時代歷史資料最系統、最豐富的典籍。

《左傳》是編年史書，同時又是傑出的歷史散文巨著。作者在記述史事發展和人物言行的過程中，充分注意了語言技巧、邏輯修辭以至構思佈局，並調動了多種多樣的形象化手段。這樣，就使《左傳》具有濃厚的文學色彩。我們在本書所選篇目的提示中，對具體篇章作過一些分析。下面再概括地談幾點看法。

第一，《左傳》為我們描繪了一大批栩栩如生、性格鮮明的歷史人物形象。作為編年體史書，它的任務是記載史實，不像文學作品那樣，把塑造人物典型、形象地反映生活作為目的，不能進行虛構；也不太可能像紀傳體史書那樣可以集中筆墨去描繪一兩個人物。但是，《左傳》作者以他敏鋭的觀察，抓住歷史事件進展中的一些重要環節，通過人物的語言和他們頃刻間的舉止，寥寥數筆，就把整個人物的精神風貌以至內心活動都生動地表現出來。城濮之戰，寫楚令尹子玉派鬥勃去向晉君挑戰說：「請與君之士戲，君憑軾而觀之，得臣（子玉的名）與寓目焉。」兩軍金戈鐵馬的生死搏鬥而稱之為戲耍，還表示要「陪着您瞧一瞧」，把子玉自雄輕敵的神情心態表現得如聞如見。宣公十四年，宋國人殺了楚國的使臣，落入了楚莊王設下的圈套，「楚子聞之，投袂而起，屨及於窒皇，劍及於寢門之外，車及於蒲胥之市」。作者寫了這一連串不同尋常的動作，把楚莊王迫不及待地趕去發兵的心情表現得形神畢肖。作者還善於從事件的進展中刻畫人物性格的發展變化。寫重耳十九年的流亡生涯，作者通過倒敘、插敘，精心篩選出一些曲折生動而富有戲劇性的細節，表現了重耳如何從一個胸無大志、苟且偷安的貴族公子逐步成長為一個有膽識、有氣度、有謀略的成熟的政治家。作為陪襯的十多個人物，也被作者用極簡練的筆墨勾勒得非常鮮明，表現了高超的文學技巧。

第二，作者創造了多樣化的篇章結構，調動了多樣化的文學表現手段，提煉了富有魅力的文學語言，把散文的創作，推進到了一個新的境界。《左傳》的文章，既有《魯展喜犒齊師》、《曹劌論戰》那樣三四百字而簡潔嚴整的精美短篇，也有《城濮之戰》、《鄢陵之戰》、《晉公子重耳之亡》那樣事緒紛繁、人物眾多、規模雄大、氣象萬千的洋洋巨構；既有《楚歸晉知罃》、《呂相絕秦》那樣幾乎全屬記言的文字，也有《晉靈公不君》、《伍員奔吳》那樣以記事為主的篇章。不管是長篇短構、敍事記言，無一不是結構嚴整、條理井然、安排巧妙、筆力優暇的佳作。其表現手法也顯得多樣化而且富於文學色彩，有很強的感染力。在《蔡聲子論晉用楚材》中，用映襯的手法寫四個逃亡大夫給楚國造成的禍害，烘托伍舉逃亡晉國的嚴重性。在《鄭子產為政》中，用操刀、製錦和田獵作譬喻，把「學而後入政」的道理說得非常透闢。在《呂相絕秦》和《蔡聲子論晉用楚材》中，交替運用排比和錯綜的句式，文章氣勢充沛而又靈活多姿。《鄢陵之戰》寫「楚子登巢車以望晉軍」，對方決戰前的種種軍事部署，都從楚子眼中看出，又藉伯州犁的口逐一加以說明，把晉軍營壘之中一片緊張忙碌的備戰場景，描繪得歷歷如見。這種小說筆法，是《左傳》的首創。作者運用語言，準確而凝煉，富有表現力。經他琢磨潤色而創造出來的一大批詞彙和成語，直到今天還為人們經常使用。

第三，《左傳》中寫得最精彩而為後人稱道不已的是戰爭和辭令這兩個部分。《左傳》不但善於把紛繁複雜的戰爭敍述得井井有條，把戰爭的前因後果交代得清清楚楚，更可貴的是，它能把軍事上的勝敗跟交戰雙方的內政、外交、人心向背、戰略戰術等多方面的因素結合起來考察，從而揭示出戰爭勝負的原因，所以寫得深刻，耐人尋味。許多重大戰役的描寫，各具特色，毫不雷同。寫韓之戰，重在敍述戰前戰後的一系列事件，闡明戰爭勝敗的原因及帶來的後果。寫崤之戰，卻用濃墨重彩去描繪雙方交戰的緊張場面，展現了一幅有聲有色的古代戰爭的長卷畫軸。寫鄢陵之戰，在雙方互窺虛實之後，點綴了許多饒有興味的戰場花絮，用來烘托人物的不同性格和心態。寫城濮之戰，用主要篇幅去記述交戰兩大陣營的戰前準備和外交鬥爭，為戰爭的勝敗埋下伏筆，然後又安排了許多曲折來渲染氣氛，等蓄夠了勢頭，才急轉直下地寫雙方的交戰。這些戰役，靠了作者雄健的筆力和深刻盡致的描寫，才成為歷史上著名的戰例。《左傳》中的外交辭令，大多説理透闢，富有感情，措辭典雅巧妙而極有分寸，往往使對方無反駁的餘地而心折。本書所選的《齊桓公伐楚》、《魯展喜犒齊師》、《呂相絕秦》、《燭之武退秦師》等，都是著名的代表作。

本書選錄了《左傳》原文約計三萬餘字，接近原書字數的五分之一。所選篇目大多是歷史大事的記述或有代表性的文學名篇，希望能約略反映《左傳》的概貌和寫作特色。作注釋時參考了前人和今人的著作，擇善而從；由於是普及讀物，也為了節省篇幅，掠美之處未能注明。譯文儘量做到忠實於原文。但是，先秦的語言與現代漢語距離比較大，倒語多，句子成分和關聯詞語也多有省略，文字跳躍性大，修辭習慣與今人也頗有不同，因此有時不可能逐詞對譯，而必須在譯文中增加某些詞語或適當改變句式，以便使譯文更明白流暢一些。每篇之前的提示，不是、也不可能對文章作全面的分析，只是約略舉出在內容上或寫法上的某些特點，供讀者參考。

譯注古書是一件煩難而細緻的工作，學力不足或工作不細都可能產生錯誤，希望讀者給予指正。譯注工作得到了武漢大學古籍所宗福邦和張世俊的熱情幫助，在此特致謝意。

陳世鐃

目錄

一　鄭伯克段于鄢

本篇選自魯隱公元年（前722），記載了鄭莊公兄弟爭權奪位、互相殘殺的歷史故事。作者一方面寫姜氏寵愛共叔段，先請求立他為太子，又為他「請制」、「請京」，最後發展到為他偷襲國都、殺兄奪位作內應；共叔段則依仗姜氏的支持，逐步擴土聚民，準備用武力殺莊公而自立。另一方面，寫鄭莊公對母親和弟弟的陰謀早有成算，表面上裝出一副孝母愛弟的樣子，實際上卻採用欲擒故縱的辦法，助長他們的貪慾，等他們的惡行逐步暴露，然後找到藉口，一舉加以誅殺。作者用簡練的筆墨，把鄭莊公的老謀深算和虛偽狠毒刻畫得非常鮮明。文章最後寫了一段莊公受潁考叔感化而掘地見母的故事，並藉「君子」的話作論斷，寄以褒貶，意味深長，很能引起讀者的體味。《左傳》原來沒有篇目。本篇和下面各篇的題目都是後加的。

初①，鄭武公娶于申②，曰武姜③。生莊公及共叔段④。莊公寤生⑤，驚姜氏，故名曰「寤生」，遂惡之⑥。愛共叔段，欲立之，亟請於武公⑦，公弗許。及莊公即位⑧，為之請制⑨。公曰：「制，巖邑也⑩，虢叔死焉⑪，佗邑唯命⑫。」請京⑬，使居之，謂之「京城大叔」⑭。

【注釋】❶初：當初。用來追述以前發生的情況。❷鄭：姬姓國，伯爵。在今河南省鄭州市南，新鄭北。武公：鄭國國君，名掘突，武是謚號，公是諸侯國國君的通稱。申：姜姓國，侯爵，在今河南省南陽市。❸武姜：武是表示其夫鄭武公的謚號，姜表示母家的姓。❹共（gōng）叔段：共是國名，在今河南省輝縣。叔表示兄弟排行在後，段是名。段後來出奔共國，所以稱共叔段。❺寤（wù）生：逆生，即難產。寤，通「牾」，逆，倒着。❻惡（wù）：厭惡，不喜歡。❼亟（qì）：屢次。❽即位：天子或諸侯就職。❾制：鄭邑，在今河南省滎陽汜水附近的虎牢關。原為虢地，當時已被鄭國佔有。❿巖邑：險阻之邑。邑是民眾聚居之地，大小不等。⓫虢（guó）叔：東虢國的國君。焉：代詞。可解為「於之」，其中的「之」可以代人，代事物或處所。死焉，死在那裏。⓬佗：同「他」，別的。唯命：「唯命是從」的省略。⓭京：鄭的大邑，在今河南省滎陽東南。⓮大（tài）：同「太」。

祭仲曰①：「都，城過百雉②，國之害也。先王之制：大都，不過參國之一③；中，五之一；小，九之一。今京不度，非制也，君將不堪④。」公曰：「姜氏欲之，焉辟害⑤？」對曰：「姜氏何厭之有⑥？不如早為之所⑦，無使滋蔓。蔓，難圖也⑧。蔓草猶不可除，況君之寵弟乎？」公曰：「多行不義，必自斃⑨，子姑待之⑩。」

【注釋】❶祭（zhài）仲：鄭大夫祭足。❷都：都邑。城：城牆。雉：古代建築的計量單位，長三丈高一丈為一雉。當時的規定，侯伯的國都方五里，城牆每邊長（不是周長）三百雉，即九百丈。諸侯國的「大都」，為國都的三分之一，即每邊城牆不能超過百雉。❸參：同「三」。國：國都。❹堪：經受得起。❺焉：疑問代詞，哪裏。辟：同「避」。❻何厭之有：「有何厭」的倒裝句。「之」是結構助詞，使賓語「何厭」提到動詞「有」之前。厭，滿足。❼所：動詞，處置，處理。❽圖：圖謀。❾斃：仆倒。❿姑：姑且。

既而大叔命西鄙、北鄙貳於己①，公子呂曰②：「國不堪貳，君將若之何③？欲與大叔，臣請事之；若弗與，則請除之。無生民心。」公曰：「無庸④，將自及。」大叔又收貳以為己邑，至於廩延⑤。子封曰：「可矣。厚將得眾⑥。」

公曰：「不義不暱⑦，厚將崩。」

【注釋】❶鄙：邊境之邑。貳：兩屬。貳於己：既屬於莊公，又同時屬於自己。❷公子呂：鄭大夫，字子封。❸若之何：對他怎麼辦。「若……何」是古漢語的一種固定句式，表示「怎樣對待」、「對……怎麼辦」。❹庸：用。❺廩延：鄭邑，在今河南省延津縣北。❻眾：民眾。得眾：指贏得民心。❼暱：親附。

大叔完聚①，繕甲兵②，具卒乘③，將襲鄭。夫人將啟之④。公聞其期，曰：「可矣！」命子封帥車二百乘以伐京⑤。京叛大叔段。段入于鄢⑥。公伐諸鄢⑦。五月辛丑⑧，大叔出奔共。

遂置姜氏於城潁⑨，而誓之曰：「不及黃泉，無相見也⑩。」既而悔之。

【注釋】❶完：修繕。聚：積聚。這兩個動詞後面都省略了賓語。❷繕：修整。甲：鎧甲。兵：武器。❸具：備齊。卒：步兵。乘（shèng）：兵車。❹啟之：替他打開城門。啟，開。

❺帥：率領。乘：一車四馬叫一乘。春秋時用兵車作戰，車一乘配備甲士三人，步卒七十二人。❻鄢（yān）：鄭邑，在今河南省鄢陵縣境。❼諸：「之於」的合音字。❽辛丑：古代用干支記日。甲、乙、丙、丁、戊、己、庚、辛、壬、癸是十天干，子、丑、寅、卯、辰、巳、午、未、申、酉、戌、亥是十二地支。天干和地支互相配合，循環推算。如甲子、乙丑、丙寅等。六十天一循環。辛丑是五月二十三日。以下各篇的干支直接譯出，不再加注。❾城潁：鄭邑，在今河南省臨潁縣西北。❿黃泉：黃土下之泉，這裏借指墓穴。這兩句說，生前不願再見到姜氏。

潁考叔為潁谷封人①，聞之，有獻於公。公賜之食。食舍肉②。公問之，對曰：「小人有母③，皆嘗小人之食矣④，未嘗君之羹⑤。請以遺之⑥。」公曰：「爾有母遺，繄我獨無⑦！」潁考叔曰：「敢問何謂也？」公語之故，且告之悔。對曰：「君何患焉？若闕地及泉⑧，隧而相見⑨，其誰曰不然⑩？」公從之。公入而賦⑪：「大隧之中，其樂也融融⑫！」姜出而賦：「大隧之外，其樂也泄泄⑬！」遂為母子如初。

君子曰⑭：「潁考叔，純孝也。愛其母，施及莊公⑮。《詩》曰：『孝子不匱，永錫爾類⑯。』其是之謂乎⑰？」

【注釋】❶潁谷：鄭邊邑，在今河南省登封西南。封人：管理邊界的長官。❷舍（shě）：放着。❸小人：自己的謙稱。❹嘗：品嚐，這裏指吃。❺羹：調和五味做成的帶汁的肉食。❻遺（wèi）：送給。❼繄（yì）：語氣助詞，無實義。❽闕：通「掘」，挖。❾隧：地道。這裏用作動詞，指挖隧道。❿其：表示反詰的語氣詞。然：這樣。指黃泉相見。⓫賦：做詩。⓬融融：快樂融洽的樣子。⓭泄泄（yì）：快樂舒暢的樣子。⓮君子：有道德或有名位的人。《左傳》常託君子的話對事情進行評論。⓯施（yì）：延及。⓰「《詩》曰」二句：見《詩・大雅・既醉》。匱（kuì），窮盡。錫，同「賜」，給與。⓱其是之謂乎：「其謂是乎」的倒裝。其，副詞，相當於「或許」，大概。是，代詞，這。之，結構助詞。

【翻譯】

當初，鄭武公從申國娶了個女子，即武姜，生下了莊公和共叔段。莊公是腳先於頭出生的，使姜氏受到了驚嚇，所以取名叫「寤生」，武姜因此而討厭莊公。武姜寵愛共叔段，想把他立為太子，多次向武公請求，武公都沒有答應。等到鄭莊公當了國君，武姜替共叔段請求把制作為他的封邑。莊公說：「制是一個險要的城邑，虢叔就死在那裏。如果要求別的城邑，我都聽從吩咐。」武姜又替共叔段請求封給他京邑，莊公就讓共叔段住在那裏，稱他為京城太叔。

祭仲說：「一個都邑，城牆每邊超過了三百丈，那就是國家的禍害了。先王定的規矩，大的都邑，不能超過國都城牆的三分之一；中等的都邑，不能超過五分之一；小的都邑，不能超過九分之一。現在京邑的城牆不合法度，這不是先王定下的規矩，您將要受不了的。」莊公說：「姜氏要這麼辦，我哪裏能避開禍害呢？」祭仲回答說：「姜氏有甚麼能滿足得了呢？不如早點給共叔段作出處置，不要讓他的勢力滋長蔓延。蔓延開來，就很難想出辦法來對付他了。蔓延起來的野草尚且除不掉，何況是國君尊貴的兄弟呢？」莊公說：「多幹壞事，必然自取滅亡，您且等着吧！」

過了不久，太叔就命令西面和北面邊境的城邑也同時歸他管轄。公子呂說：「一個國家經不起兩方共管，您打算怎麼辦？如果想把國家給了太叔，我就請求去事奉他；如果不給，就請幹掉他，不要讓百姓產生別的心思。」莊公說：「用不着，他會自己遭殃的。」太叔又把雙方共管的地方收作自己的屬邑，一直到廩延這個地方。公子呂說：「可以下手了。他地盤擴大將會贏得民心。」莊公說：「不合道義，百姓就不會親附；地盤擴大，也將會垮掉。」

太叔修築城池，積聚糧草，修整鎧甲武器，備齊步兵和戰車，將要偷襲鄭國國都。武姜也打算從內替他打開國都的城門。莊公聽到了太叔發兵的日期，就說：「可以動手了。」他命令公子呂率領二百輛戰車去攻打京邑。京邑的百姓反叛了共叔段。共叔段就退入鄢地。莊公又到鄢地攻打他。五月二十三日，共叔段就逃亡到共國去了。

於是莊公把姜氏安置到城潁，並且向她發誓說：「不到地下黃泉，就別再見面了。」過後，又後悔這麼做。

潁考叔是潁谷管理邊境的官員，聽說這件事，就特意準備些物品獻給莊公。莊公賞給他一頓飯食。吃飯的時候潁考叔把肉放在一邊不吃。莊公問他為甚麼。潁考叔回答說：「我有個母親，我的食物她都吃過了，只是從來沒有吃過君王賞的肉羹，請讓我拿去送給她。」莊公說：「你有母親可以送東西給她吃，唯獨我就沒有。」潁考叔說：「我冒昧問一下這話怎麼講？」莊公把其中的緣故講給他聽，並且把自己的懊悔告訴他。潁考叔說：「您何必擔心這件事呢？如果掘地見水，打成隧道見面，誰說這不是在黃泉相見？」莊公就照他的話去做。莊公進入隧道，賦詩說：「大隧當中，心裏樂融融。」姜氏走出隧道，賦詩說：「大隧外頭，心裏樂悠悠。」於是母子相處又跟從前一樣了。

君子說：「潁考叔是真正的孝順啊！愛自己的母親，還擴大影響了莊公。《詩》上說：『孝子的德行不會窮盡，永遠能分給跟你同類的人。』大概就是說這種事情吧！」

二　衛石碏大義滅親

本篇選自魯隱公三年（前720）、四年。衛莊公縱容和寵愛公子州吁，釀成了桓公被殺、國內大亂的嚴重後果。老臣石碏事先看出了禍事的徵兆，向莊公指出了驕奢淫逸之害，進行了勸諫。禍亂發生時，告老在家的石碏又設計殺掉了罪魁禍首州吁和自己助紂為虐的兒子石厚，安定了衛國。本篇真實地再現了這位忠貞機智、正氣凜然的老臣形象，「大義滅親」的故事也一直為後人傳誦。

衛莊公娶于齊東宮得臣之妹①，曰莊姜②，美而無子，衛人所為賦《碩人》也③。又娶于陳④，曰厲嬀⑤。生孝伯，早死。其娣戴嬀⑥，生桓公，莊姜以為己子。

【注釋】❶衛：姬姓國，侯爵，在今河南省淇縣和滑縣一帶。齊：姜姓國，侯爵，在今山東省中部臨淄一帶。東宮：太子住的宮室，借指太子。得臣：齊莊公的太子。❷莊姜：「莊」是丈夫的謚號，「姜」是母家的姓。❸《碩人》：《詩・衛風》篇名，是讚美莊姜的詩。❹陳：嬀姓國，侯爵，在今河南開封市東、安徽亳州北。❺厲嬀（guī）：「厲」是謚號，「嬀」是母家的姓。❻娣：隨嫁的妹妹。戴嬀：「戴」是謚號，「嬀」是母家的姓。

公子州吁，嬖人之子也①，有寵而好兵，公弗禁。莊姜惡之。石碏諫曰②：「臣聞愛子，教之以義方，弗納于邪③。驕、奢、淫、泆④，所自邪也⑤。四者之來，寵祿過也。將立州吁，乃定之矣；若猶未也，階之為禍⑥。夫寵而不驕，驕而能降⑦，降而不憾⑧，憾而能眕者⑨，鮮矣⑩。且夫賤妨貴，少陵長，遠間親，新間舊，小加大，淫破義，所謂六逆也。君義，臣行，父慈，子孝，兄愛，弟敬，所謂六順也⑪。去順效逆，所以速禍也⑫。君人者⑬，將禍是務去⑭，而速之，無乃不可乎⑮？」弗聽。其子厚與州吁遊，禁之，不可。桓公立⑯，乃老⑰。（以上隱公三年）

【注釋】 ❶嬖（bì）人：卑賤而受寵的人。這裏指莊公的愛妾。❷石碏（què）：衛大夫。❸納：入。❹泆（yì）：同「逸」。放縱。❺所自邪：猶言邪之所自。❻階：階梯。這裏用作動詞。階之為禍，逐步引導他走上禍亂。❼降：指受貶黜而地位下降。❽憾：恨。❾眕（zhěn）：克制。❿鮮（xiǎn）：少。⓫「且夫」七句：這既是石碏統論鞏固貴族政權的道理，又是針對州吁企圖篡奪桓公的地位而説的。賤妨貴，就地位而言；少陵長，就年齡而言；遠間親，就親疏而言；新間舊，就歷史關係而言；小加大，就勢力而言；淫破義，就正義與否而言。⓬速禍：使災禍很快到來。⓭君人：為人之君。⓮禍是務去：「務去禍」的倒裝。⓯無乃不可乎：怕是不妥吧！「無乃……乎」是古漢語的固定句式，表示委婉的反問，相當於「恐怕（大概）……吧」。⓰桓公立：在周平王三十七年（前734）。⓱老：告老退休。

四年春，衛州吁弒桓公而立①。……

州吁未能和其民②，厚問定君于石子③。石子曰：「王覲為可④。」曰：「何以得覲？」曰：「陳桓公方有寵于王⑤。陳、衛方睦，若朝陳使請⑥，必可得也。」厚從州吁如陳⑦。石碏使告于陳曰：「衛國褊小⑧，老夫耄矣⑨，無能為也。此二人者，實弒寡君，敢即圖之⑩。」陳人執之，而請涖于衛。⑪九月，衛人使右宰醜涖殺州吁於濮⑫。石碏使其宰獳羊肩涖殺石厚于陳⑬。

君子曰：「石碏，純臣也。惡州吁而厚與焉⑭。『大義滅親』，其是之謂乎！」

【注釋】❶弒（shì）：下殺上稱弒，如臣弒君，子弒父。❷和其民：使其民和睦安定。❸定君：安定君位。石子：指石碏。❹覲（jìn）：諸侯朝見天子。❺陳：媯姓國，國都宛丘，在今河南省淮陽縣。❻朝：朝見。諸侯見天子或諸侯相見都可稱朝。❼如：往。❽褊（biǎn）小：狹小。❾耄（mào）：年老。❿敢：冒昧的意思，用於有所請求的場合，表示謙虛。⓫即：就，趁。圖：謀。⓫涖（lì）：臨，前來。⓬右宰：衛國官名。醜：人名。濮：陳地。在今安徽省亳州東南。⓭宰：家臣。⓮與（yù）：參與，指一起被殺。

【翻譯】

衛莊公娶了齊國太子得臣的妹妹，名叫莊姜。莊姜容貌美麗卻沒有孩子，衛國人為她作了一首《碩人》的詩。後來，衛莊公又從陳國娶了個女子，名叫厲媯。厲媯生下孝伯，孝伯很早就死了。厲媯隨嫁的妹妹戴媯生了衛桓公，莊姜就把桓公當成自己的兒子。

公子州吁，是莊公寵妾的兒子，受到莊公寵愛並且喜歡武事，莊公也不加以禁止。莊姜很討厭他。石碏向莊公進諫說：「我聽說疼愛孩子，應該用正當的道理去教導他，不要讓他走上邪路。驕橫、奢侈、淫亂、放縱，是導致邪惡的四種毛病。這四種毛病的產生，是由於給他的寵愛和俸祿都過了頭。國君如果要立州吁為太子，那就確定他的地位；如果還沒有拿定主意，就會逐步地引導他釀成禍亂。大凡受到寵愛而不驕橫、驕橫而能安於地位下降、地位下降而不產生怨恨、產生怨恨而能夠克制的人，這種人是很少的。而且，低賤妨害高貴，年輕欺淩年長，疏遠離間親近，新進離間故舊，弱小壓迫強大，淫邪敗壞道義，這是六種逆理的事。國君行事得當，臣子奉行君命，父親慈愛兒子，兒子孝順父母，兄長愛護弟弟，弟弟敬愛兄長，這是六種順理的事。背離順理的事而效法逆理的事，這就是使禍患很快降臨的原因。作為統治民眾的君主，應該盡力除去禍患，而您卻讓禍患很快降臨，恐怕不能這樣吧！」衛莊公聽不進去。石碏的兒子石厚和州吁交往，石碏加以制止，但制止不了。等到衞桓公即位，石碏就告老退休了。

魯桓公四年的春季，衞國的州吁殺掉了衞桓公而自己做了國君。……

州吁沒法使他的百姓和睦安定，於是石厚就向石碏請教安定君位的辦法。石碏說：「朝見周天子就能夠安定君位了。」石厚問：「用甚麼辦法能朝見周天子呢？」石碏回答：「陳桓公正受到周天子的寵信，陳國和衞國關係又正密切，如果去朝見陳桓公，讓他向周天子請求，就一定能辦到。」石厚就跟着州吁到陳國去。石碏派人告訴陳國說：「衞國國土狹小，我老頭子老了，不能幹甚麼了。這兩個人，正是殺死了我國國君的兇犯，請趁此機會想法處置他們。」陳國人把這兩人抓了起來，並且請求衞國派人前來處理。九月，衞國派右宰醜前來，在濮地殺了州吁。石碏又派他的家臣獳羊肩前來，在陳國殺了石厚。

君子說：「石碏真是一位完美的忠臣，憎恨州吁而把石厚也一起殺了。『大義滅親』，就是說的這種情況吧！」

三　齊連稱、管至父之亂

本篇選自魯莊公八年（前686）。記述了齊桓公即位以前發生在齊國統治階層內部的一次大動亂，齊襄公被殺，公子糾被迫流亡。發生動亂的根源是齊襄公荒淫暴虐，政令無常。而連稱、管至父戍期已滿不能按時替換，公孫無知被削減了待遇，以致三人合謀，卻是這次動亂的直接原因。

文章對襄公出獵遇彭生，墜車失屨，以及侍人費等諸小臣為襄公戰死的種種情狀，描寫得歷歷如在眼前。而連稱、管至父怎樣跟公孫無知勾結策劃，連稱的堂妹如何刺探襄公的動靜，卻一概作了省略，讓讀者通過這些人物的身份、性格去想像和補充，讀來卻不感到疏漏和殘缺，在記述的詳略繁簡上很有特色。

齊侯使連稱、管至父戍葵丘①，瓜時而往，曰：「及瓜而代。」期戍②，公問不至③。請代，弗許，故謀作亂。

僖公之母弟曰夷仲年④，生公孫無知⑤。有寵於僖公，衣服禮秩如適⑥。襄公絀之⑦。二人因之以作亂⑧。連稱有從妹在公宮⑨，無寵。使間公⑩，曰：「捷，吾以汝為夫人。」

【注釋】❶齊侯：齊襄公，名諸兒，齊僖公之子。連稱、管至父：兩人都是齊國大夫。葵丘：齊地，在今山東省臨淄市東。❷期（jī）：同「朞」，一週年。❸問：消息，指替換的命令。❹母弟：同母的弟弟。❺公孫無知：齊莊公之孫，所以稱公孫，無知是名。他是襄公的堂弟。❻禮秩：待遇的等級。適（dí）：同「嫡」。正妻所生的長子。這裏指太子。❼絀：同「黜」，降等，裁減。❽因：倚仗，憑藉。❾從妹：堂妹。❿間（jiàn）：刺探情況。這句話是說，讓她刺探襄公的情況，以便找機會下手。捷：成功。

冬十二月，齊侯遊于姑棼①，遂田于貝丘②。見大豕③，從者曰：「公子彭生也④。」公怒曰：「彭生敢見！」射之，豕人立而啼⑤。公懼，隊于車⑥。傷足，喪屨⑦。

反，誅屨于徒人費⑧。弗得，鞭之見血。走出，遇賊于門。劫而束之。費曰：「我奚禦哉⑨！」袒而示之背⑩。信之。費請先入，伏公而出⑪。鬥，死於門中。石之紛如死於階下⑫。遂入，殺孟陽於床⑬。曰：「非君也，不類⑭。」見公之足於戶下，遂弒之，而立無知。

【注釋】❶姑棼：齊地，在今山東省博興縣東北。❷田：打獵。貝丘：齊地，在姑棼之南。❸豕（shǐ）：豬，此指野豬。❹公子彭生：齊國的大夫。八年前，魯桓公和夫人文姜（齊襄公的妹妹）到齊國。齊襄公與文姜通姦，被魯桓公發覺。襄公就指使公子彭生殺死了魯桓公。後來魯國提出質問，襄公又殺了彭生以推卸罪責。事見《左傳‧桓公十八年》。這兩句說：襄公看見的是野豬，而隨從們看見的是公子彭生。❺人立：像人一樣站立。人是立的狀語。❻隊：同「墜」。❼喪：丟失。屨（jù）：鞋。❽誅：責問，追究。徒人：春秋時無徒人之稱，當作「侍人」。侍人即寺人，古代宮中小臣。❾禦：抵擋，抵抗。❿袒：脫去上衣，露出部分身體。⓫伏：藏起來。⓬石之紛如：大約也是寺人，參加格鬥而死。⓭孟陽：大約也是寺人，躺在牀上偽裝成襄公而被殺。⓮類：相像。

初，襄公立，無常①。鮑叔牙曰②：「君使民慢③，亂將作矣！」奉公子小白出奔莒④。亂作，管夷吾、召忽奉公子糾來奔⑤。

【注釋】❶無常：指言行沒有準則。❷鮑叔牙：齊大夫，公子小白的師傅。❸慢：倨傲，不慎重。指使用民力不當。❹公子小白：齊襄公的庶弟，公孫無知被殺後，回國自立為君，即齊桓公。莒（jǔ）：齊國東面的嬴姓小國，在今山東省莒縣。❺管夷吾、召忽：兩人都是公子糾的師傅。管夷吾即管仲，後相齊桓公。公子糾：小白的庶兄。來奔：逃來魯國。《左傳》以魯國為本體記載史實，所以到魯國稱「來」。

【翻譯】

齊襄公派連稱和管至父去駐守葵丘，瓜熟的時候前往。齊襄公說：「到了明年瓜熟時節就派人去接替你們。」一年的駐守期滿了，襄公派人替換的命令還沒有下達。連稱和管至父請求替換，襄公不允許。所以這兩個人就商量發動叛亂。

齊僖公一母所生的弟弟叫夷仲年，生了公孫無知。公孫無知得到僖公的寵愛，他的衣物服飾和待遇等級都跟太子一樣。襄公即位以後，把公孫無知的待遇減了等。連稱、管至父兩人就想倚仗公孫無知發動叛亂。連稱有個堂妹在襄公宮裏，不受寵愛。公孫無知就讓她窺探襄公的行動，還對她說：「事情成功了，我就讓你當夫人。」

這年冬季十二月。齊襄公到姑棼遊玩，就在貝丘打獵。襄公看見一隻大野豬，隨從們說：「這是公子彭生！」襄公大怒說：「彭生竟敢現形？」就拿箭來射牠。野豬像人一樣站立起來嗥叫。襄公很害怕，從車上跌下來，跌傷了腳，還丟掉了鞋子。

打獵回來，襄公向侍從的小官費追究鞋子的下落。費找不着鞋子，襄公就用鞭子抽他，打得見了血。費跑出宮外，在門口遇上了反賊。反賊劫持他並且把他捆上。費說：「我難道會抵抗你們嗎？」就脫了衣服把背傷給他們看。反賊相信了他的話。費請求先進宮去探明情況，趁機把襄公藏好再出來。他跟反賊搏鬥，戰死在門中。石之紛如也戰死在台階下。反賊入宮，在牀上殺死了孟陽。反賊說：「這不是國君，相貌不像。」看見襄公的腳露在門扇下邊，就把襄公殺了，而把公孫無知立為國君。

當初，襄公即位的時候，一舉一動都沒有準則。鮑叔牙說：「國君役使百姓倨傲放肆，亂子就快要發生了。」就事奉公子小白逃奔莒國。叛亂發生，管仲和召忽就事奉公子糾逃奔魯國。

四　曹劌論戰

本篇選自魯莊公十年（前684）。齊魯長勺之戰是中國古代戰爭史上一次以弱勝強的著名戰例。本篇不重在表現戰爭本身，而以曹劌所論述的靠甚麼作戰和如何作戰作為敍寫重點。毛澤東在《中國革命戰爭的戰略問題》中曾經用這個戰例闡明了「敵疲我打」的方針和戰略防禦的原則。

文章一開頭，就藉曹劌「肉食者鄙，未能遠謀」八個字概括了當權貴族的昏庸無能。接着寫曹劌在戰爭之前，如何考察戰爭的政治準備；戰爭開始之時，如何積蓄士氣；敵人潰逃之際，如何判斷敵情。戰爭中寫「戰」寫「逐」，都極簡略地用「未可」和「可矣」帶過。戰爭勝利之後，才讓曹劌具體分析得勝的原因。寫法層層遞進，引人入勝，而曹劌胸有成竹、指揮如意的大將風度也生動地凸現在讀者眼前，與「肉食者鄙」

形成了鮮明的對照。

十年春，齊師伐我①。公將戰②，曹劌請見③。其鄉人曰④：「肉食者謀之⑤，又何間焉⑥？」劌曰：「肉食者鄙⑦，未能遠謀。」乃入見。問：「何以戰？」公曰：「衣食所安，弗敢專也⑧，必以分人。」對曰：「小惠未遍，民弗從也。」公曰：「犧牲玉帛⑨，弗敢加也⑩，必以信⑪。」對曰：「小信未孚⑫，神弗福也。」公曰：「小大之獄⑬，雖不能察，必以情⑭。」對曰：「忠之屬也，可以一戰。戰則請從⑮。」

【注釋】❶我：指魯國。《左傳》作者以魯君年號記事並站在魯國立場，所以稱魯國為我。齊伐魯，是因為去年魯國曾用武力送齊公子糾回國爭奪君位，所以齊桓公即位之後，就向魯國尋仇。❷公：指魯莊公。❸曹劌（guì）：魯國人。❹鄉：春秋時行政基層單位，傳説以一萬二千五百戶為一鄉。❺肉食者：指在位的貴族。當時大夫以上每日食肉，所以用「肉食者」指稱他們。❻間（jiàn）：原義指間隙，引申為插入間隙，即參與的意思。❼鄙：鄙陋，指見識短。❽專：專有，獨佔。❾犧牲：指牛羊豬等祭品。❿加：浮誇不實。與下句的「信」意義正相反。⓫信：真實。「必以信」和下文「必以情」的後面都省略了謂語動詞。⓬孚（fú）：為人所信服。⓭獄：訴訟案件。⓮情：真實的心意。必以情，用真心實意來審理案件。⓯從：跟隨。

公與之乘①，戰於長勺②。公將鼓之③，劌曰：「未可。」齊人三鼓。劌曰：「可矣。」齊師敗績④。公將馳之。劌曰：「未可。」下，視其轍⑤，登軾而望之⑥，曰：「可矣。」遂逐齊師。

既克，公問其故。對曰：「夫戰⑦，勇氣也。一鼓作氣⑧，再而衰⑨，三而竭。彼竭我盈，故克之。夫大國，難測也，懼有伏焉。吾視其轍亂，望其旗靡⑩，故逐之。」

【注釋】❶乘：乘車。❷長勺：魯地。今已不詳，一說在今山東省曲阜北境。❸鼓：擊鼓。這是進攻的號令。❹敗績：本義是翻車（敗通「不」，績通「跡」，軌跡。），古代用車戰，車翻不能循跡而行，所以引申為大敗。❺轍：車輪經過留下的印跡。❻軾（shì）：車廂前部的橫木。登軾，站在車軾上，這是全車的最高點，便於望遠。❼夫（fú）：語氣詞，用於議論或敍述的開端。❽作：起。❾再：第二次。❿靡：倒下。

【翻譯】

魯莊公十年的春天，齊國軍隊攻打我國。莊公將要迎戰，曹劌請求見莊公。他的鄉親們說：「吃肉的人會籌劃這件事，你何必攙和到裏邊去呢？」曹劌說：「吃肉的人見識淺陋，不能深謀遠慮。」於是入朝拜見魯莊公。

曹劌問莊公：「您依靠甚麼打這一仗？」莊公說：「穿的吃的這一類用來安定生活的物品，我不敢自個兒享用，一定要拿來分些給別人。」曹劌回答說：「小恩小惠還沒有普遍地給予每一個人，百姓是不會服從您的。」莊公說：「祭神的三牲、寶玉和絹綢，我不敢謊報，一定要如實對待這件事。」曹劌回答說：「這點小小的信用還不能使神信任，神是不會保佑您的。」莊公說：「大大小小的官司案子，雖然不能一一調查清楚，也一定要用真心實意來審理。」曹劌回答說：「這是盡心竭力為百姓做好事的一種表現，可以憑這一點打一仗。打仗的時候，請讓我跟您一塊兒去。」

莊公和曹劌同乘一輛戰車，在長勺跟齊軍交戰。莊公打算擊鼓進兵，曹劌說：「還不行。」齊軍已經敲了三次鼓，曹劌才說：「可以了。」結果齊軍大敗。莊公準備驅車追擊齊軍，曹劌說：「還不行。」他下了車，察看了齊軍的車輪印子，又登上車前的横木上瞭望齊軍，然後說：「可以了。」這才追擊齊軍。

打了勝仗之後，莊公問他得勝的原因。曹劌回答說：「説到戰爭，靠的是勇氣。第一次擊鼓，士兵們鼓足了勇氣；第二次擊鼓，勇氣就衰退了；第三次擊鼓，勇氣就消失乾淨了。對方的勇氣消失乾淨，我們的勇氣卻正飽滿，所以戰勝了他們。至於大國的用兵，那是難以捉摸的。我擔心有伏兵在那裏。後來，我看到他們的車輪印子亂七八糟，望見他們的旗子東歪西倒，所以才追擊他們。」

五　齊桓公伐楚

本篇選自魯僖公四年（前656）。齊桓公即位後，任用賢臣，發展經濟，國力強大起來。他為了鞏固霸主地位，就打着尊王的旗號，去號令諸侯。這次糾合八國之兵伐楚，就是他經營霸業的一次重要行動。

齊桓公一開始就倚強恃眾，來勢洶洶，給楚國羅織了「包茅不入」和「昭王不復」這兩條罪狀，聲稱自己有權征討，表現得義正辭嚴。接着以「同好」為籠絡，説起來委婉動聽。最後用武力威懾，轉眼間又鋒芒畢露。其霸主權術可謂施展得淋漓盡致。面對齊國的軟硬兼施，層層進逼，楚國也以實力為後盾，針鋒相對，從容應付。其辭令也時而詼諧戲謔，時而和順謙恭，時而激昂慷慨。齊桓公無可奈何，只得草草了事，結盟而回。文章只有幾百字，以記言為主，卻把齊楚兩大國的鬥爭，寫得充滿變化，活靈活現。

四年春，齊侯以諸侯之師侵蔡①，蔡潰，遂伐楚②。楚子使與師言曰③：「君處北海④，寡人處南海，唯是風馬牛不相及也⑤。不虞君之涉吾地也⑥，何故？」管仲對曰：「昔召康公命我先君大公曰⑦：『五侯九伯⑧，女實征之⑨，以夾輔周室。』賜我先君履⑩：東至於海⑪，西至於河⑫，南至於穆陵⑬，北至於無棣⑭。爾貢包茅不入⑮，王祭不共⑯，無以縮酒⑰，寡人是徵⑱；昭王南征而不復⑲，寡人是問。」對曰：「貢之不入，寡君之罪也，敢不共給⑳？昭王之不復，君其問諸水濱㉑。」師進，次於陘㉒。

【注釋】❶諸侯之師：據《春秋》記載，這次參加侵蔡的還有魯、宋、陳、衛、鄭、許、曹等國。蔡：姬姓小國，侯爵。在今河南省上蔡、新蔡一帶。❷楚：羋（mǐ）姓國，子爵，但楚君自稱為王；楚國擁有長江中游大片地區，國都在郢，即今湖北省荊州市郊的紀南城。❸楚子：楚成王。❹北海：北海和下句南海都泛指南北極遠之地，不實指大海。❺唯是：連詞，因此。風：公畜和母畜在發情期互相追逐挑逗。這句譬喻齊楚相距甚遠，互不相干。❻虞：料想。涉：蹚水而過。這裏是表示進入的意思，避免説進攻。❼召（shào）康公：周文王的庶子召公奭（shì），曾和周公旦共同輔佐周成王。召（今陝西省鳳翔縣）是他的封邑，康是諡號。先君：本國已故的國君。大（tà）公：即姜太公，名尚。曾助周滅商有功，被封為齊國的第一位國君。❽五侯：公、侯、伯、子、男等五等爵位的諸侯。九伯：九州的長官。五侯九伯，泛指列國諸侯。❾女：同「汝」，你。實：語氣詞，表示命令。❿履：踐踏。這裏用作名詞，指所履之地，即齊國有權征討的範圍。⓫海：指今黃海和渤海。⓬河：黃河。⓭穆陵：今湖北麻城市北的穆陵山，當時屬楚境。⓮無棣：今盧龍縣。⓯包：裹束。茅：菁茅。⓰共（gōng）：同「供」，供給。⓱縮酒：滲濾酒渣。古代祭祀時，把酒澆在包茅上，酒渣就留在茅中，酒液則滲透下流，古人認為這是神在享用。⓲寡人是徵：「寡人徵是」的倒裝。徵，責問。是，代詞，指代「包茅不入」這件事，作「徵」的前置賓語。下句「寡人是問」語法結構和這句相同。問，責問，追究。⓳「昭王」句：周成王的孫子周昭王，晚年荒於國政，南巡渡過漢水時，當地人故意給他一隻用膠黏合的船。船到江心沉沒，昭王溺死。周昭王死於公元前948年，齊桓公找了這件將近三百年前的事，只是作為伐楚的藉口。⓴敢：豈敢。表謙敬的副詞。㉑其：語氣副詞，表示委婉的意味。諸：「之於」的合音字。當時楚境還未到漢水流域，「問諸水濱」，即聲稱昭王之死不能由楚國負責。㉒次：臨時駐紮。陘（xíng）：楚地，在今河南省偃師。

夏，楚子使屈完如師①。師退，次於召陵②。齊侯陳諸侯之師，與屈完乘而觀之。齊侯曰：「豈不穀是為？先君之好是繼③。與不穀同好，如何？」對曰：「君惠徼福於敝邑之社稷④，辱收寡君⑤，寡君之願也。」齊侯曰：「以此眾戰⑥，誰能禦之？以此攻城，何城不克？」對曰：「君若以德綏諸侯⑦，誰敢不服？君若以力，楚國方城以為城⑧，漢水以為池，雖眾，無所用之！」屈完及諸侯盟⑨。

【注釋】❶屈完：楚大夫。如：往，到。師：指齊侯率領的各諸侯國駐在陘地的軍隊。❷召（shào）陵：楚地，在今河南省郾城區東。❸「豈不穀」二句：「豈為不穀，為繼先君之好」的倒裝句。是，結構助詞，起賓語提前的作用。不穀，不善，諸侯對自己的謙稱。❹惠：表示恭敬的副詞，意思是對方的行動對自己是恩惠。徼（yāo）：求。敝邑：對自己國家的謙稱。社稷：土神和穀神，用來指稱國家。❺辱：表示謙敬的副詞，意思是，對方這樣做是受委屈了。❻眾：指上文的「諸侯之師」。❼綏（suí）：安撫。❽方城：楚國對現今大別山、桐柏山一帶山脈的統稱，在楚國北境。❾盟：訂立盟約。

【翻譯】

魯僖公四年的春天，齊桓公率領諸侯國的軍隊進攻蔡國。蔡國潰敗，於是又去討伐楚國。

楚成王派使臣對齊國軍隊中的齊桓公說：「您住在極北，我住在極南，因此牛馬發情互相追逐也跑不到彼此的疆界。想不到您竟來到我們的國土，這是甚麼緣故？」管仲回答說：「從前召康公命令我們先君太公說：『五等諸侯、九州首領，你都可以征討他們，以便共同輔佐周王室。』頒賜了我們先君有權征討的範圍：東到海邊，西到黃河，南到穆陵，北到無棣。你們應當進貢的苞茅沒有交納，周王室的祭祀供給不上，沒有用來滲濾酒糟的東西，這件事情我要追究；周昭王巡行南方沒有回來，這件事情我要查問。」楚國的使臣回答說：「貢品沒有交納，這是我們國君的過錯，我們哪裏敢不供給呢？至於周昭王巡行沒有回去，您還是請到水邊去問一問吧！」於是，諸侯聯軍繼續進兵，臨時駐紮在陘地。

當年夏天，楚成王派屈完到諸侯軍中去交涉。諸侯軍後撤，在召陵臨時紮營。齊桓公讓諸侯國的軍隊擺開陣勢，跟屈完同坐一輛戰車檢閱他們。齊桓公說：「他們難道是為了我嗎？只不過是為了繼承我們上代君王的友好交往罷了。你們跟我們共同繼承這友好關係，怎麼樣？」屈完回答說：「君王光臨敝國並為我們的國家祈求福澤，承蒙您接納我們國君，這正是我們國君的意願啊。」齊桓公說：「我率領這些軍隊作戰，誰能夠抵擋他們？用這些軍隊攻城，甚麼樣的城攻不破？」屈完回答說：「您如果憑藉仁德來安撫諸侯，誰敢不服？君王如果想靠武力對付我們，那麼，我們楚國把方城山當作城牆、把漢水當作護城河，您的軍隊雖然很多，也沒有地方用得上。」

屈完代表楚國跟諸侯國訂立了盟約。

六　宮之奇諫假道

本篇選自魯僖公二年（前658）、五年。在齊桓公建立霸業的同時，晉獻公也在向外擴張，吞併小國。晉國的近鄰虢國和虞國，就成了他擴張勢力的犧牲品。

晉國兩次假道伐虢。第一次假道，主要寫荀息的計謀和他對宮之奇為人的分析。至於宮之奇如何進諫，卻略去不提，留在第二次假道時再詳細敍述。第二次假道是本篇的重點，主要寫宮之奇對虞公的三次勸諫。第一次是論勢，説明虞、虢兩國唇齒相依的地理形勢和利害關係。第二次是論情，針對虞君認為同宗可以免害的思想，指出晉獻公「親以寵逼，猶尚害之」，他對虞國只有利害關係，而無親情可言。第三次是論理，批駁了虞君對神明庇佑的迷信，指出國家的存亡不在於鬼神，而在於國君是否施德於民，反映了春秋初期的民本思想。但虞君利令智昏，不聽良言，終於亡國被俘。文章首尾呼應，層次井然，在材料的剪裁和人物的刻畫方面頗具特色。

晉荀息請以屈產之乘與垂棘之璧①，假道於虞以伐虢②。公曰③：「是吾寶也④。」對曰：「若得道於虞，猶外府也。」公曰：「宮之奇存焉⑤。」對曰：「宮之奇之為人也，懦而不能強諫。且少長於君，君暱之⑥。雖諫，將不聽。」乃使荀息假道於虞，曰：「冀為不道⑦，入自顛軨⑧，伐鄍三門⑨。冀之既病⑩，則亦唯君故。今虢為不道，保於逆旅⑪，以侵敝邑之南鄙。敢請假道，以請罪於虢⑫。」虞公許之，且請先伐虢。宮之奇諫，不聽，遂起師。夏，晉里克、荀息帥師會虞師⑬，伐虢，滅下陽⑭。（以上僖公二年）

【注釋】 ❶ 晉：姬姓國，侯爵。在今山西省西南部，這時的國都在絳（今山西省翼城縣東南）。荀息：晉大夫。屈：晉邑，在今山西省吉縣，出產良馬。乘：四匹馬，這裏用作馬的泛稱。垂棘：地名，在今山西省潞城，出產美玉。❷ 虞：姬姓國，公爵。在今山西省平陸縣東北。虢（guó）：姬姓國，公爵。在今山西省平陸縣南。假道：借路。虞在晉之南，虢又在虞之南。

晉伐虢，需經過虞境。❸公：晉獻公，名詭諸。❹是：代詞，指代「屈產之乘與垂棘之璧」。❺宮之奇：虞國的賢臣。❻暱：親近。這裏含有不尊重的意思。❼冀：國名，在今山西省河津東北。不道：無道。❽顛軨（líng）：地名，在今山西省平陸縣北，是中條山的交通要衝。❾鄍（míng）：虞邑，在今山西省平陸縣東北。❿病：削弱，受損。此句指晉曾助虞伐冀，使其受損。⓫保：堡壘。這裏作動詞用，指修築堡壘。逆旅：客舍。⓬請罪：問罪。⓭里克：晉大夫，又稱里季。⓮下陽：虢的故都，在山西省平陸縣南。

晉侯復假道於虞以伐虢。宮之奇諫曰：「虢，虞之表也①。虢亡，虞必從之。晉不可啟②，寇不可玩③。一之謂甚④，其可再乎⑤？諺所謂『輔車相依，脣亡齒寒』者⑥，其虞虢之謂也。」公曰：「晉，吾宗也⑦，豈害我哉？」對曰：「大伯、虞仲，大王之昭也⑧；大伯不從⑨，是以不嗣⑩。虢仲、虢叔，王季之穆也；為文王卿士⑪，勳在王室，藏於盟府⑫。將虢是滅⑬，何愛於虞？且虞能親於桓、莊乎，其愛之也⑭？桓、莊之族何罪，而以為戮⑮，不唯偪乎？親以寵偪，猶尚害之，況以國乎？」公曰：「吾享祀豐絜，神必據我⑯。」對曰：「臣聞之：『鬼神非人實親，惟德是依⑰。』故《周書》曰⑱：『皇天無親⑲，惟德是輔⑳。』又曰：『黍稷非馨㉑，明德惟馨㉒。』又曰：『民不易物㉓，惟德繄物㉔。』如是，則非德，民不和，神不享矣。神所馮依㉕，將在德矣。若晉取虞，而明德以薦馨香㉖，神其吐之乎㉗？」弗聽，許晉使。宮之奇以其族行㉘，曰：「虞不臘矣㉙。在此行也，晉不更舉矣㉚。」

【注釋】❶表：外面的衣服。這裏指外部的屏障。❷啟：開。這裏指使晉國張大其野心。❸寇：外敵。玩：輕忽，不在意而放鬆了警惕。❹甚：過分，厲害。❺其：豈。❻諺：俗語。輔：車兩旁的木板。古代的車，前有軾；兩旁有板，稱為輔；後面空無遮攔以便於上下。車載物或乘坐，必須有輔遮護，所以車和輔是互相依存的。這句用車作比喻，下句用人作比喻。❼宗：同宗。晉、虞、虢都是姬姓國，同一祖先。❽「大伯」二句：「昭」和下面的「穆」，都指古代宗廟裏神主的位次。其排列法是：始祖居中，左昭右穆。即始祖之後的第一、三、五、七等奇數的代排列在左，為昭；第二、四、六、八等偶數的代排列在右，為穆。周代以后稷為始祖，大王是后稷第十二代孫，屬偶數代，為穆。大伯、虞仲都是大王之子，是后稷第十三代孫，屬奇數代，為昭。❾從：跟隨。大伯和虞仲知道大王想傳位給他們的幼弟季歷（即王季），於是一起出走給季歷讓位，所以不跟隨在大王之側。❿是以：因此。嗣：繼承（王位）。⓫卿士：執政大臣。⓬盟府：掌管盟誓和其他重要檔案的政府部門。宮之奇以上幾句話的意思是：大伯、虞仲（虞國的祖先）和王季都是大王之子，而虢仲、虢叔（虢國的祖先）卻是做過周王的王季之子，跟晉國的祖先叔虞（周成王之弟、王季的曾孫）都是從王季那裏分出來的。因此，從宗族關係說，晉虢的關係比晉虞的關係更親，而且虢還有功於周王室。這是針對虞公「晉，吾宗也」說的。⑬將虢是滅：「將滅虢」的倒裝。⑭「且虞」二句：依正常順序，全句當作「其愛之也，且虞能親於桓、莊乎？」其，指晉。之，指虞。桓莊，曲沃桓叔和曲沃莊伯，是晉獻公的曾祖父和祖父。下句的「桓、莊之族」，指這兩人的非嫡長子孫，即晉獻公的同祖兄弟。⑮而以為戮：指晉獻公用士蔿之謀，盡誅同族公子。戮（lù），殺害。見《左傳》莊公二十三年至二十五年。豐：豐富。絜：同「潔」。⑯據：依附，即保佑的意思。⑰「鬼神」二句：「鬼神非親人，惟依德」的倒裝句。「實」和「是」都是結構助詞，把賓語提前。下句「惟德是輔」語法結構相同。⑱《周書》：所引《周書》已失傳，這裏引的兩句被偽古文《尚書・蔡仲之命》襲用。⑲皇：大。⑳輔：輔佐，這裏可理解為保佑。㉑黍：黍子，去皮後叫黃米，色黃而黏。稷：小米，北方稱穀子。黍稷是古代祭祀常用的穀物。馨（xīn）：散佈很遠的香氣。㉒明德：使德明。惟：句中語氣詞，有判斷的作用。㉓易：改變。㉔繄（yī）：動詞，相當於「是」。㉕馮：同「憑」，依附。㉖薦：獻。㉗吐：指不享祭品。㉘以：率領。㉙臘：年終的大祭，這裏作動詞用。㉚更：再。舉：指出兵。

……冬，十二月丙子朔①。晉滅虢。虢公醜奔京師②。師還，館於虞③，遂襲虞，滅之。執虞公及其大夫井伯，以媵秦穆姬④，而修虞祀⑤，且歸其職貢於王⑥。

【注釋】❶朔：每月初一。❷虢公醜：虢君，名醜。❸館：賓館。這裏用作動詞，指住賓館。❹媵(yìng)：陪嫁的人或物品。秦穆姬：秦穆公的夫人，晉獻公的女兒。❺虞祀：周天子命令虞國所祭祀的虞國境內的山川之神。❻職貢：勞役和貢賦。

【翻譯】

晉國大夫荀息請求用屈地出產的好馬和垂棘出產的玉璧向虞國借路去攻打虢國。晉獻公說：「這都是我的寶物啊！」荀息回答說：「如果向虞國能借到路，這兩樣東西放在虞國，就好像放在國外的庫房裏一樣。」晉獻公說：「宮之奇在虞國。」荀息回答說：「宮之奇的為人，懦弱而不能夠堅決進諫，而且他從小跟虞君一起長大，虞君對他親近而不敬重，即使進諫，虞君也不會聽他的。」晉獻公於是派遣荀息去虞國借路，說：「冀國無道，從顛軨入侵，攻打虞國鄍邑的三個城門。冀國的被削弱，是由於我們幫助了虞君的緣故。現在虢國無道，在客舍裏修築碉堡，來侵擾敝國的南部邊境。我們冒昧地請求貴國借路，以便向虢國問罪。」虞公同意了，而且請求讓自己先起兵討伐虢國。宮之奇勸阻，虞公不聽他的，接着就派出了軍隊。夏天，晉國的里克、荀息率軍和虞軍會師去攻打虢國，滅掉了下陽。

……

（魯僖公五年的秋天）晉獻公再次向虞國借路去攻打虢國。宮之奇進諫說：「虢國，是虞國的外圍屏障。虢國滅亡了，虞國也必定跟着被滅掉。晉國的野心不能助長，對外敵不能掉以輕心。借路給晉國，一次已經算是太過分了，難道還能來第二次嗎？俗話說：『大車和車板緊相依，嘴唇掉了就會凍牙齒。』恐怕就是說虞國和虢國的關係吧。」虞公說：「晉國是我們的同宗，難道還會謀害我們虞國嗎？」宮之奇回答說：「太伯和虞仲，是太王的兒子，太伯沒有跟隨在父親大王的身邊，因此就沒有繼承周朝的王位。虢仲和虢叔，是王季的兒子，是周文王的執政大臣，對周王室都有過功勳，記載他們功勞的文書在盟府裏保存着。晉國連虢國也打算滅掉，對虞國還有甚麼愛惜的呢？再說晉國愛虞國，虞國能比桓叔和莊伯的子孫們對晉國更親近嗎？桓叔和莊伯的子孫有甚麼罪，而晉獻公把他們都殺害了，不就僅僅因為感到了他們的威脅嗎？至親的人因為恃寵而威脅到晉君，尚且把他們殺害了，何況一個國家對他有威脅呢？」虞公說：「我的祭品豐盛而且乾淨，神明一定會保佑我。」宮之奇回答說：「我聽說鬼神不會隨便親近某個人，只保佑有德行的人。所以《周書》說：『上天對人沒有親疏，有德行的人才能得到幫助。』又說：『黍子小米不算芳香，只有美德才是芳香遠揚。』又說：『人們的祭品並沒有不同，但是有美德的人的祭品才是真正的祭品。』像《周書》所說的那樣，要是沒有美德，百姓就不會和睦，神明也不會享用他的祭品。神明所保佑的，只在於有美德的人。如果晉國佔領了虞國，並且弘揚美德用芳香的祭品來祭獻神明，神明難道會吐出來不享用嗎？」

虞公不聽勸諫，答應了晉國使臣的請求。於是，宮之奇就帶着他的家族出走，說：「虞國不能舉行年終的臘祭了。虞國滅亡就在這一回，晉國用不着再發兵了。」

……

冬季裏，十二月初一，晉國滅亡了虢國。虢公醜逃到了周的都城。晉軍回國途中，在虞國駐紮。趁機襲擊了虞國，把它滅掉了。晉國逮住了虞公和虞國大夫井伯，把他們作為晉獻公的女兒秦穆姬的陪嫁，而不廢除對虞國山川之神的祭祀，還承擔了虞國對周王室的勞役和貢賦。

七　晉驪姬之亂

本篇選自魯僖公四年（前656）至六年。晉獻公晚年寵愛驪姬，聽信她的讒言，逼死了公子申生，公子重耳和夷吾為了避免殺身之禍而流亡國外。本篇記述了晉國這一次宮廷內亂的全過程。《左傳》對這一事件的記載，文字非常簡練，內容卻很完備。事件的起因、經過、結果，以及幾個主要人物的行動和心理狀態，都描述得非常清楚。晉獻公的昏憒糊塗，驪姬的陰險狠毒，甚至卜人、士蔿和重耳等人的各種心態都寫得很真切。尤其是對太子申生這個人物，作者寫他擔心老父失去驪姬而不能歡度晚年，寫他顧惜自己的名譽而不肯出逃，甘願犧牲也不肯傷獻公的心，把一個古代的悲劇性的孝子形象描繪得非常鮮明。

初，晉獻公欲以驪姬為夫人①，卜之②，不吉；筮之③，吉。公曰：「從筮。」卜人曰：「筮短龜長④，不如從長。且其繇曰⑤：『專之渝⑥，攘公之羭⑦。一薰一蕕⑧，十年尚猶有臭。』必不可！」弗聽，立之。生奚齊，其娣生卓子。

【注釋】❶驪姬：晉獻公從驪戎娶的寵妃。❷卜：用龜甲占卜，根據龜甲被燒灼後的裂紋來預測吉凶。❸筮（shì）：用蓍草占卜，根據蓍草的排列來預測吉凶。❹短：指不很靈驗。長：指靈驗。❺繇（zhòu）：記錄占卜結果的兆辭。❻專：專一。暗指對驪姬過分專寵。渝：變。❼攘（rǎng）：偷，盜取。羭（yú）：公羊。暗喻太子申生。❽薰：香草。蕕（yóu）：臭草。這兩句的意思是香氣易消，惡臭難除。

及將立奚齊，既與中大夫成謀①，姬謂大子曰②：「君夢齊姜③，必速祭之！」大子祭于曲沃④，歸胙于公⑤。公田，姬置諸宮六日。公至，毒而獻之⑥。公祭之地⑦，地墳⑧；與犬，犬斃；與小臣⑨，小臣亦斃。姬泣曰：「賊由大子⑩。」大子奔新城⑪。公殺其傅杜原款。

【注釋】❶中大夫：晉官爵名。成謀：定計。❷大子：指申生。大，同「太」。❸齊姜：申生的亡母。❹曲沃：晉的舊都，晉先君宗廟所在地，在今山西省聞喜縣東。❺胙（zuò）：祭祀用的酒肉。❻毒：下毒。❼祭之地：奠酒於地。❽墳：像墳一樣隆起。❾小臣：在宮中服役的小吏，由閹人充當。❿賊：害。指謀害獻公的陰謀。⓫新城：即曲沃。曾為太子新築，故名為新城。

或謂大子①：「子辭②，君必辯焉③。」大子曰：「君非姬氏，居不安，食不飽。我辭，姬必有罪。君老矣，吾又不樂④。」曰：「子其行乎？」大子曰：「君實不察其罪，被此名也以出⑤，人誰納我⑥？」十二月戊申，縊于新城⑦。姬遂譖二公子曰⑧：「皆知之。」重耳奔蒲⑨，夷吾奔屈⑩。（以上僖公四年）

【注釋】❶或：不定指代詞，指有人或某人。❷辭：據理申辯。❸辯：追究是非。❹「君老」二句：文字上有省略，譯文據文意補出。❺被：蒙受。此名：指殺父之名。❻納：收容。❼縊：吊死。❽譖（zèn）：中傷，誣陷。二公子：即下文的重耳和夷吾。❾重耳：晉獻公庶子，申生的異母弟，為大戎狐姬所生，後為晉文公。蒲：重耳的采邑，在今山西省隰縣西北。❿夷吾：晉獻公庶子，申生的異母弟，為小戎子所生，後為晉惠公。屈：夷吾的采邑，在今山西省吉縣。

初，晉侯使士蔿為二公子築蒲與屈①，不慎，置薪焉②。夷吾訴之③。公使讓之④。士蔿稽首而對曰⑤：「臣聞之，無喪而戚⑥，憂必讎焉⑦。無戎而城，讎必保焉⑧。寇讎之保⑨，又何慎焉？守官廢命⑩，不敬；固讎之保，不忠。失忠與敬，何以事君？《詩》云：『懷德惟寧，宗子惟城⑪。』君其修德而固宗子，何城如之？三年將尋師焉⑫，焉用慎？」退而賦曰：「狐裘尨茸⑬，一國三公，吾誰適從⑭？」及難⑮，公使寺人披伐蒲⑯。重耳曰：「君父之命不校⑰。」乃徇曰⑱：「校者，吾讎也。」逾垣而走。披斬其袪⑲，遂出奔翟⑳。（以上僖公五年）

【注釋】❶士蔿（wěi）：晉大夫。❷薪：柴草。❸訴：投訴。❹讓：責備。❺稽首：叩頭至地而稍作停頓。❻戚：悲傷。❼讎（chóu）：相應，相隨而來。❽讎：仇敵。❾保：守。❿守官：守職之官，命官。⓫「《詩》云」句：見《詩・大雅・板》。懷德，不忘修德。惟，有判斷作用的句中語氣詞。宗子，同姓子弟，指獻公諸子。⓬尋師：用兵。⓭狐裘：大夫之服。尨茸（méng róng）：蓬鬆雜亂的樣子。⓮適（dí）：主，專一。⓯難：指發生驪姬誣殺申生的禍難。⓰寺人：閹人。披：閹人名。⓱校（jiào）：抵抗。⓲徇：遍告，宣佈。⓳袪（qū）：袖口。古人袖長於手，所以斬袪而手不傷。⓴翟：同「狄」。中國北部的部族，重耳之母大戎狐姬和夷吾之母小戎子都曾在狄居住。

六年春，晉侯使賈華伐屈①。夷吾不能守，盟而行。將奔狄，郤芮曰②：「後出同走，罪也③，不如之梁④。梁近秦而幸焉⑤。」乃之梁。（以上僖公六年）

【注釋】❶賈華：晉大夫。❷郤芮（xì ruì）：晉大夫。❸罪：郤芮的意思是，夷吾後出走而跟重耳同奔狄國，等於證實驪姬誣陷你們二人合謀殺害獻公之罪。❹梁：嬴姓小國，在今陝西省韓城市南。❺秦：嬴姓國，伯爵。當時的國都在雍（今陝西省鳳翔縣）。幸：寵信。

【翻譯】

當初，晉獻公想立驪姬當夫人，用龜甲來占卜，結果不吉利；再用蓍草占筮，結果吉利。晉獻公說：「按占筮的結果辦。」卜人說：「筮占不很靈驗而龜卜靈驗，不如依從靈驗的辦。而且卜卦的兆辭說：『專寵過了分就會生出壞心，會偷走您的公羊。香草和臭草混雜在一起，過了十年還有臭味。』您一定不能這麼做。」晉獻公不聽他的話，立驪姬做了夫人。驪姬生了奚齊，她隨嫁的妹妹生了卓子。

等到將要立奚齊為太子的時候，驪姬已經跟中大夫們定好了計謀，驪姬對太子申生說：「國君夢見了你的母親齊姜，你一定要趕快去祭祭她。」太子就到曲沃去上祭，把祭祀的酒肉帶回來送給獻公。晉獻公打獵去了，驪姬就把祭酒祭肉在宮中放了六天。獻公打獵回來，驪姬在酒肉裏下了毒藥才獻上去。獻公把酒灑在地上，地面就鼓了起來；拿肉給狗吃，狗就死了；給小臣吃，小臣也死了。驪姬就哭起來說：「謀害您是太子幹的呀！」太子申生逃跑到了新城，晉獻公就把太子的師傅杜原款殺了。

有人對太子說：「您去申辯一下，國君一定能判明是非的。」太子說：「國君要是沒有驪姬，睡也睡不好，吃也吃不飽。我要是去申辯，驪姬就一定有死罪。國君老了，失去驪姬一定不快活，那樣，我也是不能快樂的。」那人又說：「你出走嗎？」太子說：「國君還沒有弄清驪姬的罪過，我背着這個殺父的惡名去逃亡，有誰肯收容我呢？」十二月二十七日，太子申生在新城上吊自盡了。

驪姬就誣陷重耳和夷吾兩位公子說：「他們都知道申生的陰謀。」於是重耳就逃到了蒲城，夷吾逃到了屈城。

……

當初，晉獻公派士蔿替重耳和夷吾修築蒲城和屈城，不小心，把柴草摻進了土牆裏。夷吾把這事向獻公投訴。獻公派人去斥責士蔿。士蔿叩頭回答說：「下臣聽說，沒有喪事而哀傷，憂愁一定會跟着來。沒有戰爭而築城，仇敵必定會來佔領，又何必那麼小心呢？朝廷命官而不執行命令，這是不敬；加固仇敵的城堡，這是不忠。丟棄了忠誠和尊敬，拿甚麼來事奉國君呢？《詩經》上說：『懷德就是安寧，宗子就是堅城。』國君如果能夠修明德政並且鞏固宗子的地位，甚麼樣的城池能夠比得上呢？三年之後就要用兵了，築城又何需小心謹慎呢？」士蔿退下來就誦讀一首詩說：「狐皮袍子毛茸茸，一個國家有三公，我該對誰一心一意地服從？」

等到發生了禍難，晉獻公派寺人披去攻打蒲城。重耳說：「君父的命令是不能抗拒的。」就通告眾人說：「抗拒君命的人，就是我的仇敵。」重耳翻牆逃走，寺人披斬斷了他的一截袖筒子。重耳就逃奔狄國去了。

……

魯僖公六年的春天，晉獻公派賈華去攻打屈城。夷吾守不住了，就跟屈人訂立盟約，然後離去。原打算逃到狄國，郤芮說：「你在重耳之後出走而又跟他逃到一起，等於證實你是有罪的。不如到梁國去。梁國靠近秦國而且受到秦國的信任。」夷吾於是去了梁國。

八　秦晉韓之戰

本文選自魯僖公十五年（前645），原原本本地記述了韓原戰役的整個過程，包括戰爭的起因，戰前雙方對戰爭的估計，交戰的經過，晉惠公被俘和秦國對他的處置，晉國的對策，秦、晉和談以及惠公回國等情況。全篇事緒紛繁，記事卻有條有理；人物眾多，寫人卻如在眼前。信筆而書，從容不迫，表現了作者描寫戰爭的高超技巧。摹擬人物的口吻，不加修飾而十分生動逼真。呂甥答秦伯問更是一篇出色的外交辭令。他故意避免正面回答，卻巧妙地構想出小人和君子兩種似乎是相反的議論，用意卻在顯示晉國上下一致對付秦國的決心。並且針對穆公經營霸業的心理，既給以頌揚，又曉以利害，借君子之口，不卑不亢地說出一番「秦必歸君」的道理，折服了穆公，使他很快就作出了釋放晉侯的決定。

晉侯之入也①，秦穆姬屬賈君焉②，且曰：「盡納羣公子③。」晉侯烝於賈君④，又不納羣公子，是以穆姬怨之。晉侯許賂中大夫⑤，既而皆背之。賂秦伯以河外列城五⑥：東盡虢略，南及華山，內及解梁城⑦，既而不與。晉饑⑧，秦輸之粟；秦饑⑨，晉閉之糴⑩，故秦伯伐晉。卜徒父筮之⑪，吉：「涉河，侯車敗⑫。」詰之⑬。對曰：「乃大吉也。三敗，必獲晉君。」……三敗及韓⑭。

【注釋】❶晉侯：晉惠公夷吾。魯僖公九年（前651），晉獻公死，驪姬之子奚齊和他的異母弟卓子被晉大夫里克殺死，國內無君。逃亡在外的夷吾便厚賂秦穆公，由秦國用武力送他回國為君。❷秦穆姬：秦穆公夫人，晉獻公之女。屬（zhǔ）：囑託。賈君：申生之妃，夷吾的長嫂。❸羣公子：獻公諸子。獻公有子九人，當時夷吾為君，申生、奚齊、卓子已死，尚有重耳等五人逃亡在外。❹烝（zhēng）：與長輩女子通姦。❺許賂：答應給以好處。中大夫：指當時的執政大臣。❻秦伯：秦穆公，名任好。河外：晉的國都在絳，在黃河以東以北，稱河內；黃河以西以南，稱河外。列城五：相連的五個城邑。❼「東盡」三句：這是具體指明「列城五」的範圍。盡，終至。虢略，虢國的舊界，約在今河南省靈寶。華山，在今陝西省華陰境內，為秦晉國界。解梁城，在今山西省永濟。❽饑：饑荒。晉饑發生在魯僖公十三年。❾秦饑：發生在魯僖公十四年。❿閉：禁止。糴（dí）：買進糧食。⓫卜徒父：秦國卜官，名徒父。⓬「涉河」二句：這是占筮的卦辭。⓭詰（jié）：細問。⓮韓：韓原，晉地，在今山西省芮城縣。此句前對解釋卦辭的話作了刪節。

晉侯謂慶鄭曰①：「寇深矣，若之何？」對曰：「君實深之，可若何！」公曰：「不孫②！」卜右③，慶鄭吉，弗使。步揚御戎④，家僕徒為右。乘小駟，鄭入也。慶鄭曰：「古者大事⑤，必乘其產。生其水土而知其人心；安其教訓而服習其道；唯所納之⑥，無不如志。今乘異產，以從戎事，及懼而變，將與人易。亂氣狡憤⑦，陰血周作⑧，張脈僨興⑨，外強中乾，進退不可，周旋不能⑩。君必悔之。」弗聽。

【注釋】❶慶鄭：晉大夫。❷不孫（xùn）：不敬，放肆無禮。孫，同「遜」。❸右：車右。古代車戰，國君或主帥居中掌旗鼓，御者在左，車右在右。車右負責執戈禦敵和充任使役。非國君或主帥的兵車則由御者居中，左邊甲士一人持弓，右邊甲士一人持矛。❹步揚：晉大夫。戎：戰車。❺大事：古人把祭祀和戰爭看作大事，這裏指戰爭。❻納：收容，放置。❼亂氣：呼吸紊亂。狡：暴戾。憤：盛，指緊張。❽陰血：體內的血液。周作：循環急速。❾張脈僨興：血管張大而快速搏動。脈，血管。僨，同「墳」，凸出。興，起。❿周旋：轉動。以上六句是説馬「及懼而變」的情況。

九月，晉侯逆秦師①，使韓簡視師②。復曰：「師少於我，鬥士倍我。」公曰：「何故？」對曰：「出因其資，入用其寵，饑食其粟，三施而無報，是以來也。今又擊之，我怠、秦奮，倍猶未也。」公曰：「一夫不可狃③，況國乎？」遂使請戰，曰：「寡人不佞④，能合其眾而不能離也。君若不還，無所逃命。」秦伯使公孫枝對曰⑤：「君之未入，寡人懼之；入而未定列⑥，猶吾憂也。苟列定矣⑦，敢不承命⑧！」韓簡退曰：「吾幸而得囚⑨。」

【注釋】❶逆：迎，指迎擊。❷韓簡：晉大夫。❸狃（niǔ）：輕慢。❹不佞：不才。猶言無能，自謙之辭。❺公孫枝：字子桑，秦大夫。❻定列：定位，安定君位。❼苟：假如。❽承命：接受命令。以上幾句話，都是譏刺惠公忘恩負義。❾幸而得囚：意思是此戰必敗，能活着當俘虜就算好運氣。

壬戌，戰于韓原。晉戎馬還濘而止①。公號慶鄭②。慶鄭曰：「愎諫③、違卜④，固敗是求⑤，又何逃焉？」遂去之。梁由靡御韓簡⑥，虢射為右，輅秦伯⑦，將止之⑧。鄭以救公誤之⑨，遂失秦伯。秦獲晉侯以歸。

【注釋】❶戎馬：駕車的戰馬，指小駟。還（xuán）：旋轉。濘：泥濘。❷號（háo）：大聲呼叫。❸愎（bì）：固執。愎諫，固執地對待勸諫。❹違卜：指違背占筮不讓慶鄭當車右。❺固：本來。固敗是求，「固求敗」的倒裝。❻梁由靡：與下句虢射都是晉大夫。❼輅（yà）：迎。指迎面遇上。❽止：指俘獲。❾鄭以救公誤之：慶鄭不願意自己去救晉惠公，便叫韓簡等人去救，因而耽誤了俘虜秦伯的時機。

晉大夫反首拔舍從之①。秦伯使辭焉，曰：「二三子何其戚也②！寡人之從晉君而西也③，亦晉之妖夢是踐④，豈敢以至⑤？」晉大夫三拜稽首曰：「君履后土而戴皇天⑥，皇天后土實聞君之言，羣臣敢在下風⑦。」

穆姬聞晉侯將至，以太子罃、弘與女簡璧登台而履薪焉⑧，使以免服衰絰逆⑨，且告曰：「上天降災，使我兩君匪以玉帛相見⑩，而以興戎。若晉君朝以入，則婢子夕以死⑪；夕以入，則朝以死。唯君裁之⑫。」乃舍諸靈台⑬。

【注釋】❶反首：使頭髮自面部披散下垂，表示哀傷。拔舍：拔起營帳。❷二三子：當時的習慣語，用來稱呼少數大臣。相當於「你們幾位」。戚：悲傷。❸從晉君而西：陪晉君西行。秦俘惠公入秦，這麼說是玩弄外交辭令。❹妖夢：據《左傳‧僖公十年》載：晉大夫狐突曾在曲沃遇見太子申生的鬼魂，鬼魂斥責晉惠公無道，預言他將在韓地被打敗。妖夢即指此事。踐：應驗，驗證。是：結構助詞，把賓語提到動詞前面。「妖夢是踐」，即「踐妖夢」。❺以：太。至：甚，過分。❻皇天、后土：古人對天地的敬稱。❼敢在下風：言晉臣不敢與秦伯平列，在下邊聽到了他的諾言。❽以：帶領。太子罃（yīng）：秦穆公和穆姬所生子，後繼位為秦康公。弘和簡璧分別是他的弟、妹。履薪：站在柴火之上，要用自焚來威脅穆公。❾免（wèn）：露出頭頂的喪帽。衰絰（cuī dié）：喪服。❿匪：非，不是。玉帛：圭璋之類的玉器和束帛。古代兩國友好往來，互以玉帛作為贈禮。⓫婢子：穆姬自謙之稱。⓬裁：考慮、裁決。⓭舍：安置。靈台：秦宮名。

大夫請以入①。公曰：「獲晉侯，以厚歸也；既而喪歸，焉用之？大夫其何有焉？且晉人慼憂以重我②，天地以要我③，不圖晉憂，重其怒也④；我食吾言，背天地也。重怒難任⑤，背天不祥，必歸晉君。」公子縶曰⑥：「不如殺之，無聚慝焉⑦。」子桑曰：「歸之而質其大子，必得大成⑧。晉未可滅，而殺其君，只以成惡。且史佚有言曰⑨：『無始禍，無怙亂⑩，無重怒。』重怒難任，陵人不祥。」乃許晉平⑪。

【注釋】❶請以入：請求將晉惠公帶入國都。❷重：當作「動」。指晉臣以「反首拔舍」的行為感動我。❸天地以要我：以天地要我。要，約束，指晉臣以「皇天后土實聞君之言」來約束他。❹重其怒：加重晉人之怒。❺難任：難以承當。❻公子縶（zhí）：秦公子，字子顯。❼慝（tè）：罪惡。無聚慝，指不要讓惠公歸國與羣眾相聚為惡，敵視秦國。❽大成：滿意的和議。❾史佚：周武王的史官，名佚。❿怙（hù）：依仗。怙亂，靠別人的禍亂而獲益。⓫平：講和。

晉侯使郤乞告瑕呂飴甥①，且召之。子金教之言曰：「朝國人而以君命賞②，且告之曰：『孤雖歸③，辱社稷矣，其卜貳圉也④。』」眾皆哭，晉於是乎作爰田⑤。呂甥曰：「君亡之不恤⑥，而羣臣是憂，惠之至也，將若君何？」眾曰：「何為而可？」對曰：「征繕以輔孺子⑦。諸侯聞之，喪君有君，羣臣輯睦⑧，甲兵益多。好我者勸⑨，惡我者懼，庶有益乎⑩！」衆説⑪，晉於是乎作州兵⑫。

……

【注釋】❶郤（xì）乞：晉大夫，當時隨惠公在秦。瑕呂飴甥：晉大夫，字子金，亦稱呂甥。❷國人：國都中自由民以上的上層人士。❸孤：王侯的謙稱。❹貳：副貳，指位置的繼承者。圉（yǔ）：晉惠公之子，即位後稱晉懷公。卜貳圉，指卜定日期立繼承人圉為君。❺爰田：改變田税制度，把應入公的田税賞給眾人。爰，改易。（歷來對爰田的異説甚多，此取杜預説。）❻恤：憂。❼徵繕：徵收軍税，修治軍備。孺子：幼童，指太子圉。❽輯睦：和睦。❾勸：勉勵。❿庶：庶幾，或許。⓫説（yuè）：同「悦」。⓬州兵：二千五百家為州。州是離國都較遠的行政區域，其居民不服兵役。作州兵，大約是建立各州的地方武裝。

十月，晉陰飴甥會秦伯①，盟于王城②。秦伯曰：「晉國和乎？」對曰：「不和。小人恥失其君而悼喪其親③，不憚征繕以立圉也，曰：『必報仇，寧事戎狄④。』君子愛其君而知其罪⑤，不憚征繕以待秦命，曰：『必報德，有死無二。』以此不和。」秦伯曰：「國謂君何？」對曰：「小人慼，謂之不免；君子恕⑥，以為必歸。小人曰：『我毒秦⑦，秦豈歸君？』君子曰：『我知罪矣，秦必歸君。貳而執之⑧，服而舍之，德莫厚焉，刑莫威焉。服者懷德，貳者畏刑，此一役也⑨，秦可以霸。納而不定⑩，廢而不立，以德為怨，秦不其然。』」秦伯曰：「是吾心也！」改館晉侯⑪，饋七牢焉⑫。

蛾析謂慶鄭曰⑬：「盍行乎⑭？」對曰：「陷君於敗⑮，敗而不死，又使失刑⑯，非人臣也。臣而不臣，行將焉入？」十一月，晉侯歸。丁丑，殺慶鄭而後入。

【注釋】❶陰飴甥：瑕呂飴甥的食邑在陰，故又稱陰飴甥。❷王城：秦邑，在今陝西省大荔縣東。❸小人：指下層百姓。喪其親：指從軍的親人戰死。❹戎狄：中國西北部的兩個部族。❺君子：指上層貴族。❻恕：推己及人，指用自己的想法去猜測秦君的想法。❼毒：傷害。❽貳：叛離。❾此一役：指韓戰的始終，包括假想中的釋放惠公。❿納：指僖公九年秦送夷吾回國為君。⓫館：賓館。此用作動詞，指住賓館。⓬饋：贈送。七牢：羊、牛、豬各一頭為一牢。七牢是款待諸侯的禮節。⓭蛾析：晉大夫。⓮盍（hé）：「何不」的合音字。行：指離開晉國。⓯陷君於敗：指自己不顧惠公的呼救，並使韓簡失去俘虜秦伯的機會。⑯失刑：指出走而使君王不能誅戮，不合為臣之道。

是歲，晉又饑，秦伯又餼之粟①，曰：「吾怨其君而矜其民。且吾聞唐叔之封也②，箕子曰③：『其後必大。』晉其庸可冀乎④？姑樹德焉，以待能者。」於是秦始征晉河東⑤，置官司焉⑥。

【注釋】❶餼（xì）：饋贈（食品）。❷唐叔：周成王之弟，晉的第一位國君叔虞，始封於唐，故稱唐叔。❸箕子：商紂王的叔父（一說庶兄），商亡後歸於周，食邑在箕，故稱箕子。❹其庸：豈難道。「其」和「庸」是同義虛詞連用。冀：企求。❺河東：黃河以東，即上文所說晉國曾答應割讓給秦國的解梁城等地。❻司：管理。焉：於之，在那裏。

【翻譯】

晉惠公回到晉國為君的時候，秦穆姬囑咐他照顧賈君，並且說：「你要把那些逃亡在外的公子都接回來。」惠公回國以後和賈君通姦，又不讓那幾位公子回國，因此秦穆姬怨恨他。晉惠公答應過酬謝執政大臣，事情過後又全部違反了諾言。答應給秦穆公黃河以西以南相連的五個城邑：東邊到虢國的邊界盡頭，南邊到華山，河東河北到解梁城，而後來也都不給了。晉國發生了饑荒，秦國給晉國運送糧食；秦國發生了饑荒，晉國卻禁止秦國來買糧，因此秦穆公就攻打晉國。

秦國的卜徒父用蓍草占筮戰爭的結果，得到吉兆。卦辭說：「秦軍渡過黃河，晉侯的戰車必敗。」秦穆公細問卦情，卜徒父回答說：「這是大吉之兆。把晉軍隊接連打敗三次，一定能夠俘虜晉君。」……結果晉軍打了三次敗仗，退到了韓原。

晉惠公對慶鄭說：「敵軍深入國境了，怎麼對付他們呢？」慶鄭回答說：「您使敵人深入的，能怎麼辦！」晉惠公罵道：「放肆！」後來，卜占誰能做惠公的車右，結果慶鄭吉利，惠公卻不用他。步揚替惠公駕兵車，家僕徒擔任車右。惠公用一匹名叫小駟的馬駕車，是從鄭國進貢來的。慶鄭說：「古時候打仗，一定要駕本國所產的馬。在本國的水土生長，懂得本國人的心思；順從本國人的調教，並且熟悉本國的道路；隨你把它放在甚麼地方，沒有不稱心如意的。現在您駕着外國出產的馬，用它來參加戰鬥，一遇上危險就會改變常態，行動就會跟人的意願相反。呼吸紊亂而暴躁緊張，血液循環急促，血管脹大而迅速搏動，外表強壯而體內已經虛竭，前進不得，後退不能，打轉轉也不會了。到時候，您一定要後悔的。」晉惠公不聽慶鄭的話。

九月，晉惠公將要迎擊秦軍，就派韓簡去察看秦軍的虛實。韓簡回來報告說：「秦軍人數比我們少，但是鬥志高昂的士兵卻比我們多一倍。」惠公問：「這是甚麼緣故？」韓簡回答說：「您出逃靠他的資助，回國是靠他的厚愛，遇上饑荒吃他的糧食，秦國三次施恩而沒有得到報答，因此才來攻打我們。現在我們又要迎擊秦軍，所以我們士氣鬆懈而秦軍士氣振奮，這樣看來，秦軍鬥志高昂的勇士比我們多一倍還不止啊！」晉惠公說：「一個普通的百姓尚且不能被人輕侮，何況一個國家呢？」於是派人向秦國要求交戰，並且說：「寡人無能，只會召集軍隊卻不會解散他們。您如果不退兵，我也沒有地方逃避您進軍的命令。」秦穆公派公孫枝回答說：「您還沒有回到晉國的時候，我還替您擔心；您回國但還沒有安定君位的時候，我還是感到憂慮。如果您已經坐穩君位了，我怎麼敢不接受您作戰的命令呢？」韓簡下去就說：「我要是運氣好才能活着當俘虜了！」

九月十三日，晉國和秦國在韓原交戰，替晉惠公駕車的小駟馬在爛泥中只轉圈子出不來。惠公向慶鄭大聲呼救，慶鄭說：「不聽勸諫，違背占卜，本來就是自找失敗，為甚麼還要逃命呢？」於是離開了晉惠公。梁由靡替韓簡駕車，虢射擔任車右，迎面遇上了秦穆公，快要逮住他了。慶鄭因為讓韓簡去救晉惠公而耽誤了時機，讓秦穆公跑掉了。秦軍俘虜了晉惠公而回秦國。

晉國的一班大夫披散頭髮，拔起帳篷，跟着晉惠公。秦穆公派人勸止他們說：「你們幾位何必這麼傷心呢？我跟着晉君往西去，也只是讓你們晉國的妖夢應驗罷了，哪裏敢做得太過分呢！」晉國一班大夫向秦穆公三拜叩頭，說：「您腳踩着地，頭頂着天，天地都聽到了您這話，我們晉國羣臣就在下邊敬聽您的吩咐了。」

秦穆姬聽說晉惠公將要被押到國都，就領着太子罃、兒子弘和女兒簡璧登上一個高台，腳下踩着柴草，派人帶了喪帽喪服去迎接秦穆公，並且告訴他說：「上天降災，讓我們秦、晉兩國國君不能用玉帛作為贈禮和平相見，而用興師動眾的辦法見面。如果晉君今天早晨被押進都城，我今天晚上就死；今天晚上押進都城，我明天早上就死，您來定奪吧！」於是秦穆公只好將晉惠公安置在靈台。

秦國的大夫要求把晉侯押進國都，穆公說：「俘虜了晉侯，本來是帶着豐碩的收穫回來的；一回來卻引出了喪事，那有甚麼用呢？各位大夫又能得到甚麼好處呢？況且晉國大夫們用悲傷來感動我，用天地神明來約束我，我如果不考慮晉國的哀痛，就是加深他們的憤怒。我取消自己的諾言，就是違背天地。加深晉人的憤怒，我擔當不起；違背天地，不吉祥，一定要讓晉君回去。」公子縶說：「不如把晉君殺掉，不能再讓他回去跟惡人聚在一起。」秦大夫公孫枝說：「放了晉君而把他的太子作為抵押，一定會得到滿意的和議。既然還不能滅掉晉國，卻殺他們的國君，只會造成仇恨。況且史佚有過這樣的話說：『不要製造災禍，不要倚仗動亂，不要加深忿恨。』加深忿恨會使自己難以承受，欺侮別人會對自己不吉利。」於是秦穆公就答應跟晉國講和。

晉惠公派郤乞回晉國把秦國同意講和的事告訴瑕呂飴甥，並且召他到秦國來。瑕呂飴甥教給郤乞一番話說：「你會見國都裏的上層人士，用君王的名義賞賜他們，並且告訴他們說：『我即使能夠回國，也已經羞辱國家了，還是占卜一個好日子立繼承人太子圉當國君吧。』」聽了郤乞這番話，大家都哭了。晉國在這樣的情況下才開始改變田制，把公田的稅收賞給羣臣。呂甥說：「君王流亡在外而不為自己憂慮，反而替我們各位臣子擔心，這是莫大的恩惠了，我們打算怎樣對待國君呢？」大家說：「我們怎樣做才對呢？」呂甥說：「徵收賦稅，整頓軍備，用來輔佐太子圉。各國諸侯都知道，我們失去了原來的國君，還有新的國君，羣臣團結一致，鎧甲武器比原來更多。這樣，喜歡晉國的人會受到鼓舞，討厭晉國的人會感到害怕，也許會有點益處吧！」大家聽了都很高興，晉國在這樣的情況下才開始建立各州的地方武裝。

……

十月間，晉國呂甥會見秦穆公，在王城訂立了盟約。秦穆公問：「晉國一致嗎？」呂甥回答說：「不一致。下面的人為失去國君而感到恥辱，為親屬戰死而感到哀傷，因此不害怕徵收賦稅、修整軍備來擁立太子圉。他們說：『寧可去事奉戎人狄人，秦國的仇非報不可。』上面的人愛護國君並且知道他的罪過，也不害怕徵收賦稅、修整軍備來等待秦國的命令。他們說：『寧死也不存二心，秦國的恩德非報不可。』因此意見不一致。」秦穆公說：「晉國人認為晉君會怎麼樣呢？」呂甥回答說：「下面的人感到哀傷，認為國君免不了一死；上層的人以自己的想法去推測秦國，認為一定會放他回來。下層的人說：『我們傷害了秦國，秦國怎麼肯讓國君回來？』上層的人說：『晉國已經服罪了，秦國一定會讓國君回來。秦國因為晉君懷有二心就把他抓了去，現在服了罪就會把他放回來，恩德再沒有比這更大的了，刑罰再沒有比這更威嚴的了。服罪的人思念秦國的恩德，叛逆的人害怕秦國的刑罰，這一次，秦國可以成就霸業了。秦國當初送惠公回國為君而不能使君位安定，現在廢除舊君而不為晉國立新君，使恩惠變成了仇恨，秦國大概不會是這樣吧？』」秦穆公說：「這正是我的心思。」於是，穆公讓晉侯換到賓館居住，並且送給他七套牛、羊、豬等食品。

蛾析對慶鄭說：「你為甚麼不逃亡呢？」慶鄭答道：「我使國君陷入失敗，失敗了又不能為他戰死，反而讓國君不能使用刑罰，這就不是臣子應有的行為了。作為臣子而不像個臣子，出逃又能逃到哪裏呢？」十一月，惠公回到晉國。二十九日，惠公殺了慶鄭然後才進入都城。

這一年，晉國又鬧饑荒，秦穆公又給晉國送來糧食，並且說：「我怨恨他們的國君而可憐他們的百姓。而且，我聽說唐叔接受封國的時候，箕子說過：『唐叔的子孫必定強大。』晉國難道是可以打主意的嗎？我們暫且還是對晉國樹立一些恩德，來等待能幹的人才出現。」從這時候起，秦國開始對晉國的河東地區徵收賦稅，並且設置官員管理這些地方。

九　晉公子重耳之亡

本文選自魯僖公二十三年（前637）、二十四年。晉文公重耳是春秋時期的一代霸主。他當公子時，因為驪姬之亂而被迫出逃，輾轉八國，歷時十九年，其間事件紛繁，頭緒錯雜。本篇記述他出奔、流亡到回國為君的經過，只選擇了別隗、受土、醉遣、觀裸、過鄭、對楚、居秦、沉璧等富有戲劇性的小故事加以串連和描述。即位之初，也只寫了寺人披和頭須請見、趙姬請迎叔隗和介之推不言祿四件事，卻多方面地刻畫了重耳的性格，使人看到一個胸無大志、貪圖逸樂的貴族公子如何從憂患中逐步磨煉而成為一個堅強機智、有膽有識的成熟的政治家。作為配角的十多個人物，作者也只選取他們頃刻間的行動或簡短的對話，寥寥幾筆，人物的神態和性格卻躍然紙上。

全篇依時間順序進行記述，眾多的人物和事件都圍繞着重耳這一主要人物着筆，詳略得當，井然有序，在材料的剪裁和結構佈局上也很有特色。

晉公子重耳之及於難也①，晉人伐諸蒲城②。蒲城人欲戰，重耳不可，曰：「保君父之命而享其生祿③，於是乎得人。有人而校④，罪莫大焉。吾其奔也。」遂奔狄。從者狐偃、趙衰、顛頡、魏武子、司空季子⑤。

【注釋】❶難（nàn）：危難。指魯僖公四年十二月重耳遭驪姬之亂。❷諸：「之於」的合音字。之，指代重耳。伐諸蒲城是追敘魯僖公五年的事。參見《晉驪姬之亂》。❸保：仗恃，依靠。❹校（jiào）：較量，抵抗。❺狐偃：重耳的舅父，又稱子犯、舅犯。趙衰（cuī）：重耳的主要謀士，字子餘。顛頡（jié）：晉大夫。魏武子：魏犨（chōu）。司空季子：名胥臣。從者不只這五人，這裏只舉出著名的。

狄人伐廧咎如①，獲其二女叔隗、季隗，納諸公子。公子取季隗，生伯儵、叔劉②。以叔隗妻趙衰③，生盾。將適齊④，謂季隗曰：「待我二十五年，不來而後嫁。」對曰：「我二十五年矣，又如是而嫁，則就木焉⑤。請待子。」處狄十二年而行⑥。

【注釋】廧咎（qiáng gāo）如：部族名，赤狄的別種，隗姓。❷儵：音 yóu。❸妻：嫁給。❹適：去，往。❺木：借指棺材。❻「處狄」句：重耳於魯僖公五年至狄，十六年離去，前後共十二年。

過衛，衛文公不禮焉。出於五鹿①，乞食於野人②，野人與之塊。公子怒，欲鞭之。子犯曰：「天賜也③！」稽首受而載之。

及齊，齊桓公妻之，有馬二十乘④。公子安之。從者以為不可，將行，謀於桑下。蠶妾在其上⑤，以告姜氏⑥。姜氏殺之，而謂公子曰：「子有四方之志，其聞之者，吾殺之矣。」公子曰：「無之。」姜曰：「行也！懷與安，實敗名。」公子不可。姜與子犯謀，醉而遣之⑦。醒，以戈逐子犯。

【注釋】❶五鹿：衛地，在今河南省濮陽市南。❷野人：鄉下人，農夫。❸天賜：土塊象徵土地，狐偃認為得土就是上天賜給國家權力的預兆。❹乘（shèng）：古代用四匹馬駕一乘車，所以馬四匹稱乘。二十乘即八十匹馬。❺蠶妾：養蠶的女奴。❻姜氏：齊桓公嫁給重耳的齊女。齊是姜姓國，故稱姜氏。❼遣：送走。

及曹①，曹共公聞其駢脅②，欲觀其裸。浴，薄而觀之③，僖負羈之妻曰④：「吾觀晉公子之從者，皆足以相國。若以相，夫子必反其國⑤。反其國，必得志於諸侯。得志於諸侯而誅無禮⑥，曹其首也。子盍蚤自貳焉⑦？」乃饋盤飧⑧，置璧焉⑨。公子受飧反璧。

及宋⑩，宋襄公贈之以馬二十乘。

【注釋】❶曹：姬姓國，都陶丘，在今山東省定陶縣西南。❷駢（pián）：並排。脅：胸部的兩側。駢脅，胸部兩側的肋骨緊密排列幾乎連成一片。❸薄：逼近。❹僖負羈：曹大夫名。❺夫（fú）：指示代詞，那。子：古代男子的尊稱。夫子，那個人，指重耳。❻誅：討伐。❼蚤：通「早」。貳：不一致。自貳，自己去表示在對待重耳的態度和禮節上與曹君不同。❽飧（sūn）：晚餐。❾置璧：春秋時代，大夫不能私下和外國君臣交往，所以把玉璧藏在裝飯食的盤子裏，不讓人知道。❿宋：子姓國，都商丘，在今河南省商丘市。

及鄭，鄭文公亦不禮焉。叔詹諫曰①：「臣聞天之所啟②，人弗及也。晉公子有三焉，天其或者將建諸③，君其禮焉！男女同姓，其生不蕃。晉公子，姬出也④，而至於今，一也。離外之患⑤，而天不靖晉國⑥，殆將啟之⑦，二也。有三士足以上人⑧，而從之，三也。晉、鄭同儕⑨，其過子弟固將禮焉，況天之所啟乎？」弗聽。

【注釋】❶叔詹：鄭大夫。❷啟：開。天之所啟，猶言上天為他開路的人。❸「天其」句：「其」和「或者」都是表示不肯定語氣的副詞。❹姬出：姬姓父母所生。重耳的父親晉獻公和母親大戎狐姬都姓姬。❺離：通「罹（lí）」，遭受。❻靖：安定。❼殆：副詞，也許。❽三士：據《國語・晉語四》，三士是指狐偃、趙衰和賈佗。❾儕（chái）：等，類。

及楚，楚子饗之①，曰：「公子若反晉國，則何以報不穀？」對曰：「子女玉帛，則君有之；羽毛齒革，則君地生焉。其波及晉國者②，君之餘也。其何以報君？」曰：「雖然，何以報我？」對曰：「若以君之靈，得反晉國，晉楚治兵③，遇于中原，其辟君三舍④。若不獲命⑤，其左執鞭弭⑥，右屬櫜鞬⑦，以與君周旋⑧。」子玉請殺之⑨。楚子曰：「晉公子廣而儉，文而有禮。其從者肅而寬，忠而能力。晉侯無親⑩，外內惡之。吾聞姬姓唐叔之後，其後衰者也，其將由晉公子乎！天將興之，誰能廢之？違天，必有大咎。」乃送諸秦。

【注釋】❶楚子：楚成王。饗（xiǎng）：用酒食款待人。❷波：通「播」，播散。❸治兵：演練軍隊，重耳用作外交詞令，以諱言戰爭。❹辟：避的古字。舍：古代行軍一宿為一舍，一舍為三十里。❺命：指楚王退兵之命。❻弭（mǐ）：弓梢，弓的末端。❼屬（zhǔ）：佩，繫。櫜（gāo）：箭袋。鞬（jiān）：弓套。❽周旋：古代進退揖讓的一種應酬禮節，重耳用作外交詞令，以諱言戰爭。❾子玉：成得臣的字，楚令尹，相當於宰相。❿晉侯：指晉惠公夷吾。外：指各國諸侯。內：指國內臣民。「吾聞」二句：唐叔是晉國的第一位國君。當時流行一種預言：唐叔的後代是在姬姓諸國中最後衰微的。

秦伯納女五人①，懷嬴與焉②。奉匜沃盥③，既而揮之。怒，曰：「秦晉，匹也，何以卑我？」公子懼，降服而囚④。他日，公享之⑤。子犯曰：「吾不如衰之文也⑥，請使衰從。」公子賦《河水》，公賦《六月》⑦。趙衰曰：「重耳拜賜！」公子降，拜，稽首。公降一級而辭焉。衰曰：「君稱所以佐天子者命重

耳，重耳敢不拜？」（以上僖公二十三年）

【注釋】❶秦伯：秦穆公。❷懷嬴：秦穆公之女。晉懷公圉即位前在秦為人質，曾娶此女為妻。圉於魯僖公二十二年逃回晉國而此女留秦。秦是嬴姓國，故稱懷嬴。❸奉：同「捧」。匜（yí）：盛水器。沃：淋水。盥：洗手。❹降服：除去上衣。囚：拘禁。表示請罪。❺享：用酒食招待。❻文：言辭的文采，指擅長辭令。❼「公子」二句：春秋的外交宴會中，指定詩篇讓樂工演奏，用來表達自己的意思，稱為賦詩。《河水》篇已失傳。《國語・晉語四》韋昭注認為就是《詩・小雅・沔水》，篇首有「沔彼流水，朝宗於海」句，重耳借用來表示歸向秦國。《六月》是《詩・小雅》中的一篇，記述尹吉甫輔佐周宣王征伐獲勝的事。穆公借這首詩表示，重耳若為君必能輔佐天子。所以下文趙衰說：「君稱所以佐天子者命重耳。」

二十四年春王正月，秦伯納之①。……及河，子犯以璧授公子，曰：「臣負羈絏從君巡於天下②，臣之罪甚多矣，臣猶知之，而況君乎？請由此亡③。」公子曰：「所不與舅氏同心者，有如白水④！」投其璧于河⑤。

【注釋】❶納：送入，指秦穆公以武力送重耳入晉。❷羈（jī）：馬籠頭。絏（xiè）：繩子，指馬韁。負羈絏，等於說擔任僕役。❸亡：離去。❹「所不」二句：「所……有如……」是當時發誓的常用格式。所，假設連詞，如果。有如，猶言聽從，任憑。對某物發誓，就說有如某物，表示如果違背誓言，則任憑某物懲罰。❺投其璧於河：表示以璧取信於河神。

濟河，圍令狐①，入桑泉②，取臼衰③。二月甲午，晉師軍于廬柳④。秦伯使公子縶如晉師⑤，師退，軍于郇⑥。辛丑，狐偃及秦、晉之大夫盟于郇。壬寅，公子入于晉師。丙午，入于曲沃。丁未，朝于武宮⑦。戊申，使殺懷公于高梁⑧。

【注釋】❶令狐：晉地，在今山西省臨猗縣西。❷桑泉：晉地，在今山西省臨猗縣臨晉鎮東北。❸臼衰（cuī）：晉地，當在今山西省運城境內。❹晉師：晉懷公的軍隊。廬柳：晉地，在今山西省臨猗縣北。❺公子縶（zhí）：秦公子。秦穆公派他到晉軍中說明利害關係，使晉軍背叛晉懷公而支持重耳。❻郇（xún）：晉地，在今山西省臨猗縣西南。❼武宮：重耳祖父晉武公的廟，在曲沃。❽高梁：晉地，在今山西省臨汾東北。

呂、郤畏偪①，將焚公宮而弒晉侯②。寺人披請見③。公使讓之，且辭焉，曰：「蒲城之役④，君命一宿，女即至。其後余從狄君以田渭濱，女為惠公來求殺余，命女三宿，女中宿至。雖有君命，何其速也？夫袪猶在⑤，女其行乎！」對曰：「臣謂君之入也，其知之矣⑥。若猶未也，又將及難。君命無二，古之制也。除君之惡，唯力是視⑦。蒲人狄人，余何有焉？今君即位，其無蒲、狄乎！齊桓公置射鉤，而使管仲相⑧。君若易之，何辱命焉⑨？行者甚眾，豈唯刑臣？」公見之，以難告⑩。三月，晉侯潛會秦伯于王城。己丑晦，公宮火。瑕甥、郤芮不獲公，乃如河上，秦伯誘而殺之。晉侯逆夫人嬴氏以歸。秦伯送衛于晉三千人，實紀綱之僕⑪。

【注釋】❶呂、郤：晉懷公的舊臣呂甥、郤芮。❷晉侯：這時重耳已即位為晉文公，此處和下文的晉侯都指晉文公。❸寺人披：閹人，名披。曾先後受獻公和惠公的派遣去殺害重耳。❹蒲城之役：魯僖公五年，晉獻公派兵到蒲城攻打重耳，重耳翻牆逃走，寺人披斬斷了他的一截袖口，所以下文說「夫袪猶在」。❺袪（qū）：袖口。❻其：語氣詞，表揣測。知之：指知道為君的道理。❼唯力是視：「唯視力」的倒裝句，意思是盡力而為。❽「齊桓公」二句：魯莊公九年，公子小白（即位後為齊桓公）和公子糾回齊國爭奪君位。公子糾命管仲射桓公，射中帶鉤。桓公即位後不記前仇，任用管仲為相。❾「易之」二句：如果改變桓公之道，計較舊仇，不勞下令，我會自己走開。易，改變。❿難：指呂、郤燒宮室殺晉侯的禍難。⓫紀綱之僕：僕役中的骨幹、頭目。

初，晉侯之豎頭須①，守藏者也②。其出也，竊藏以逃，盡用以求納之。及入，求見。公辭焉以沐③。謂僕人曰：「沐則心覆，心覆則圖反④，宜吾不得見也。居者為社稷之守，行者為羈絏之僕，其亦可也，何必罪居者？國君而仇匹夫，懼者其眾矣。」僕人以告，公遽見之⑤。

【注釋】❶豎（shù）：未成年的僕役。❷藏：庫藏。❸辭焉以沐：以沐辭焉。沐，洗頭。❹「沐則心覆」二句：古人認為心是思維器官，洗頭時低頭，心就朝下，思考問題就與正常直立的時候相反。圖，想法，意圖。❺遽（jù）：急忙。

狄人歸季隗于晉，而請其二子。文公妻趙衰①，生原同、屏括、樓嬰。趙姬請逆盾與其母②，子餘辭③。姬曰：「得寵而忘舊，何以使人？必逆之！」固請，許之。來，以盾為才，固請于公，以為嫡子④，而使其三子下之；以叔隗為內子⑤，而己下之。

【注釋】❶妻（qì）：把女兒嫁給人。❷趙姬：晉文公的女兒，趙衰的妻子。盾：趙盾。其母：叔隗。❸子餘：趙衰的字。❹嫡（dí）子：正妻所生的長子。❺內子：正妻。

晉侯賞從亡者，介之推不言祿①，祿亦弗及。推曰：「獻公之子九人，唯君在矣。惠、懷無親，外內棄之。天未絕晉，必將有主。主晉祀者②，非君而誰？天實置之，而二三子以為己力③，不亦誣乎④？竊人之財，猶謂之盜，況貪天之功以為己力乎？下義其罪⑤，上賞其姦，上下相蒙⑥，難與處矣。」其母曰：「盍亦求之？以死，誰懟⑦？」對曰：「尤而效之⑧，罪又甚焉。且出怨言，不食其食。」其母曰：「亦使知之，若何？」對曰：「言，身之文也。身將隱，焉用文之？是求顯也⑨。」其母曰：「能如是乎？與女偕隱。」遂隱而死。晉侯求之，不獲，以綿上為之田⑩，曰：「以志吾過⑪，且旌善人⑫。」

【注釋】❶介之推：曾隨重耳流亡的臣子。姓介，名推，「之」是語助詞，故下文單稱推。❷主晉祀者：指當晉君的人。❸力：功勞。❹誣：不真實，荒謬。❺義其罪：以其罪為義。❻蒙：欺詐，矇騙。❼懟（duì）：怨恨。❽尤：譴責。❾是：代詞，指上文的「文之」。❿綿上：晉地，在今山西省介休東南的介山。⓫志：記住。⓬旌（jīng）：表彰。

【翻譯】

當初，晉公子重耳遭到危難的時候，晉國軍隊到蒲城討伐他。蒲城人打算迎戰，重耳不肯，說：「我靠了君父的任命才能享受養生的俸祿，才得到所屬百姓的擁護。有了百姓的擁護就跟君父較量起來，罪過沒有比這更大的了。我還是逃出去吧！」重耳就逃到了狄國，跟他一起出逃的有狐偃、趙衰、顛頡、魏武子和司空季子。

狄國人去攻打一個叫廧咎如的部落，俘虜了君長的兩個女兒叔隗和季隗，都送給了重耳。重耳娶了季隗，生下了伯儵和叔劉。把叔隗給了趙衰做妻子，生下了趙盾。重耳準備到齊國去，對季隗說：「等我二十五年，我不回來，你再去嫁人。」季隗回答說：「我二十五歲了，又等上同樣的年數再去改嫁，都該進棺材了。讓我等着您吧！」重耳在狄國住了十二年才離開。

重耳經過衛國，衛文公不按禮節接待他。重耳從五鹿出去，向鄉下人討點東西吃，鄉下人給了他一塊泥土。重耳氣極了，想用鞭子抽他。狐偃說：「這正是上天的恩賜呀。」重耳這才叩頭謝過，把泥土接過來放到車上。

重耳到了齊國，齊桓公給他娶了個妻子，有了八十匹馬。重耳對這裏的生活感到很安逸，不想走了。隨行的人認為這樣待下去不行，打算離開齊國，正在一棵桑樹下商量。一個養蠶的女奴在桑樹上，把她聽到的話都告訴了重耳的妻子姜氏。姜氏把她殺了，對重耳說：「你有到四方遠行的想法吧！偷聽到這事的人，我已經把她殺了。」重耳說：「沒有這回事。」姜氏說：「你走吧，貪戀享樂和安於現狀，足以敗壞您的功名。」重耳還是不肯。姜氏就和狐偃商量，用酒灌醉了重耳然後送他上了路。重耳酒醒過來，拿起戈就去追擊狐偃。

到了曹國，曹共公聽說重耳的肋骨長得連成一片，想看看他的光身子。重耳洗澡的時候，曹共公就走近去看他的肋骨。僖負羈的妻子對她丈夫說：「我看晉公子的隨行人員，都是足可以當國相的。要是讓他們輔佐公子，那就一定能回到晉國為君。回到晉國為君，就一定能在列國中稱霸。在列國中稱霸而討伐對他無禮的國家，曹國恐怕就是頭一個。你為甚麼不趁早向他表示自己待他與曹君不同呢？」僖負羈就給重耳送去了一盤晚飯，把一塊玉璧藏在裏邊。重耳收下了飯食，卻退還了玉璧。

到了宋國，宋襄公送了重耳八十匹馬。到了鄭國，鄭文公也不按禮節接待他。叔詹規勸說：「我聽說上天為他開路的人，普通人是比不上的。晉公子有三件不尋常的事，也許上天準備立他為國君，您還是依禮好好款待他吧！同姓的男女結婚，生下的子孫不能繁盛。晉公子是姬姓的父母生的，而他一直活到今天，這是第一件。遭到逃亡於國外的災難，而上天不讓晉國安定下來，恐怕是要為他開出一條路吧，這是第二件。有三位才智過人的賢士肯跟隨他，這是第三件。晉國跟鄭國是地位相等的國家，晉國子弟路過鄭國的，本來就應該依禮招待，何況是上天為他開路的人呢？」鄭文公不聽他的勸告。

到了楚國，楚成王設宴招待重耳，並且問他：「公子如果回到晉國，拿甚麼來酬謝我呢？」重耳回答說：「男女奴隸和寶玉絲綢，您都有了；鳥羽獸毛和象牙皮革，都是貴國的出產。流散到晉國的，也只是您剩下的。我能拿甚麼來報答您呢？」楚成王說：「儘管這麼說，總得拿點甚麼來酬謝我吧？」重耳回答說：「如果托您的福，我能回到晉國，一旦晉、楚兩國演習軍隊，我們在中原大地碰上了，我將退讓您九十里地。如果得不到您退兵的命令，我將左手拿着馬鞭和弓梢，右邊掛着箭袋和弓套，同您應酬應酬。」子玉請求楚成王殺了重耳。楚成王說：「晉公子志向遠大而且生活儉樸，言辭華美而且合乎禮儀。他的隨從態度恭敬而且待人寬厚，赤膽忠心而且盡心竭力。現在晉惠公沒有親近的人，國外國內都討厭他。我聽說姬姓諸國中，唐叔的後代是最後衰亡的一支，恐怕就是靠了晉公子吧！上天要讓他興盛，誰能夠除掉他呢？違背天意，必定遭到大禍。」楚成王就把重耳送往秦國。

秦穆公把五位女子送給重耳，懷嬴也在這裏邊。懷嬴端着水盆子淋水讓重耳洗手。重耳洗完，對懷嬴揮揮手讓她走開。懷嬴很生氣，說：「秦國和晉國，是同等的，你憑甚麼瞧不起我？」重耳害怕了，脫去上衣並且把自己囚禁起來，表示認錯。

有一天，秦穆公宴請重耳。狐偃說：「我不像趙衰那樣擅長辭令，讓趙衰陪你去吧。」宴會上，重耳賦《河水》這首詩，秦穆公賦《六月》這首詩。趙衰說：「重耳拜謝君王恩賜的美言。」重耳走到階下，拜謝，叩頭。秦穆公也下一級台階表示不敢接受叩謝的重禮。趙衰說：「君王拿輔佐天子的詩篇來吩咐重耳，重耳怎麼敢不拜謝？」

……

二十四年春，周曆正月，秦穆公派了軍隊送重耳回到晉國。……到了黃河邊上，狐偃把一塊玉璧交給重耳，說：「我背着馬籠頭和韁繩跟着您走遍天下，我的罪過太多了，我自己尚且知道，何況您呢？請允許我就此告辭！」重耳說：「我如果不跟舅舅一條心，任憑河神懲罰。」說完，就把那塊玉璧丟到了河裏。

重耳渡過黃河，包圍了令狐，開進了桑泉，攻佔了臼衰。二月四日，晉懷公的軍隊到廬柳紮營。秦穆公派公子縶到晉軍中遊說，晉軍就往後撤退，在郇地駐紮。十一日，狐偃和秦國、晉國的大夫三方在郇地結盟。十二日，重耳入統晉軍。十六日，進入曲沃。十七日，重耳往晉武公廟朝拜。十八日，重耳派人到高梁殺死了晉懷公。

呂甥和郤芮害怕受到迫害，打算焚燒晉文公的宮室並且殺死文公。這時，寺人披來請求見文公。文公派人斥責他，並且拒絕他的要求，對他說：「蒲城的那件事，國君限令你過一個晚上趕到，你立刻就趕來了。這以後，我隨狄國國君在渭水邊上打獵，你替惠公趕來妄圖殺害我。惠公命令你過三個晚上趕到，你只過了兩晚就趕到了。雖然有國君的命令，你為甚麼那麼快呢？那截斷的袖子我還保存着呢，你還是走開吧！」寺人披回答說：「我原以為您回國之後，已經懂得為君的道理了。如果還不懂，又將會遭殃的。國君下的命令，下臣不能有二心，這是古來的法規。我除掉國君所憎惡的人，唯有看自己的能力所及，盡力去做。您到了蒲城就是蒲人，到了狄就是狄人，蒲人和狄人，跟我有甚麼關係呢？現在您當了國君，難道就沒有蒲和狄那樣反對國君的人了嗎！齊桓公把管仲射中他帶鉤的事撇到一邊，而讓管仲做了國相。您如果改變桓公這種做法，我自己會走開，哪裏用得着勞您下令呢？畏罪出逃的人多着呢，豈止我這樣一個受過宮刑的小臣？」文公就接見了他，他就把即將發生的禍亂告知了文公。這年三月，晉文公在王城秘密會見了秦穆公。三月三十日，文公的宮室起火。呂甥和郤芮抓不着文公，就走到黃河邊上，秦穆公把他們騙去殺了。文公把夫人嬴氏接回晉國。秦穆公送給晉國三千名衛士，充實了晉國僕役中的領頭人。

當初，重耳手下的一個未成年奴僕叫頭須的，是看守庫藏的人。重耳出國流亡的時候，頭須偷了財物逃跑了，他花光了這些錢財想辦法讓重耳能回到國內。重耳回國後，頭須請求接見。文公藉口正在洗頭拒絕見他。頭須對僕人說：「洗頭的時候要低頭，心就朝下，心朝下就跟直立時的想法相反，怪不得我不能見他了。留在國內的人，是替國君看守國家的；隨從出走的人，是替國君奔走服役的，不也都是對的嗎？何必歸罪於留守的人呢？作為國君卻把普通人看成仇敵，感到害怕的人就太多了。」僕人把這番話告訴重耳，重耳連忙接見了他。

狄人送季隗回晉國，並請示重耳如何安排他的兩個子女。重耳把女兒嫁給了趙衰，生下原同、屏括和樓嬰。趙姬請求接回趙盾和他的母親叔隗。趙衰不同意。趙姬說：「你有了新的愛妻而忘了原來的妻子，還怎樣指揮別人呢？你一定要接回他們！」趙姬堅決要求，趙衰才答應了。叔隗和趙盾回到晉國來了，趙姬認為趙盾很有才幹，極力請求重耳把趙盾立為趙衰的嫡子，而讓她自己的三個親生兒子處在趙盾的下位；讓叔隗當趙衰的正夫人，自己處在叔隗的下位。

晉侯賞賜隨他一起逃亡的人，介之推沒有提到俸祿，俸祿也沒有他的份。

介之推說：「獻公的兒子一共有九位，現在只有國君一個人在世了。從前惠公和懷公沒有親近他的人，國外國內都厭棄他。但是上天不肯滅絕晉國，一定會安排一位國君的。主持晉國祭祀的人，不是文公還能是誰呢？上天特地立他為君，而那幾位卻認為是他們自己的功勞，這不太荒謬了嗎？偷了別人的錢財，尚且叫做賊，何況貪沒上天的功勞來當成自己的功勞呢？下面的人把貪沒之罪當成正義行為，上面的人卻獎賞他們所做的壞事，上上下下互相矇騙，這就很難跟他們相處了。」介之推的母親說：「你為甚麼不去請求封賞，就這樣死了，怨誰呢？」介之推回答說：「指責這種行為卻還要去效法，罪過又比他們更大了。而且我們說了埋怨的話，就不能再去貪圖那份俸祿。」他母親說：「也讓國君知道一下，怎麼樣？」介之推回答說：「言辭本來是自身的裝飾。我準備隱居了，又何必用言辭來裝飾自己呢？那樣做就是乞求顯貴了。」他母親說：「你能夠這樣做嗎？那麼，我和你一起隱居去。」於是母子倆就一直隱居到死。晉侯到處找他們，沒有找着，就把綿上這地方作為介之推的祭田，說：「用這件事來記着我的過錯，並且表彰好人。」

十　魯展喜犒齊師

本文選自魯僖公二十六年（前634）。齊軍入侵魯國，魯君卻派展喜前去慰勞。文章一開頭就像奇峯陡起，引人入勝。展喜的辭令謙和有禮，面對齊孝公咄咄逼人的問話，巧妙地分出君子和小人作答，並針對齊孝公不能不依仗周王名號經營霸業的心理，抬出「先王之命」給他當頭一棒；接着又用兩國先君之盟來約束他，用齊桓之功來勉勵他，用諸侯之望來鞭策他；最後說他嗣位九年，決不會棄命廢職，做出對不起祖宗的事。義正辭嚴，層層緊逼，使齊孝公無辭可對，只得興沖沖而來，灰溜溜而去。

本文的構思跟呂甥答秦伯問有異曲同工之妙。全篇結構緊湊，從頭至尾，無一閑文懈筆。

夏，齊孝公伐我北鄙。……

公使展喜犒師①，使受命于展禽②。齊侯未入竟③，展喜從之，曰：「寡君聞君親舉玉趾④，將辱於敝邑，使下臣犒執事⑤。」齊侯曰：「魯人恐乎？」對曰：「小人恐矣，君子則否⑥。」齊侯曰：「室如縣罄⑦，野無青草⑧，何恃而不恐？」對曰：「恃先王之命。昔周公、大公股肱周室⑨，夾輔成王。成王勞之，而賜之盟，曰：『世世子孫無相害也！』載在盟府⑩，大師職之⑪。桓公是以糾合諸侯，而謀其不協，彌縫其闕⑫，而匡救其災⑬，昭舊職也⑭。及君即位，諸侯之望曰：『其率桓之功⑮！』我敝邑用是不敢保聚⑯，曰：『豈其嗣世九年，而棄命廢職？其若先君何？君必不然。』恃此而不恐。」齊侯乃還。

【注釋】❶公：魯僖公。展喜：魯大夫。❷展禽：魯大夫，名獲，食邑在柳下，私謚為惠，故又稱柳下惠，是當時有名的賢人。❸齊侯：齊孝公。竟：同「境」。❹玉趾：猶言「貴足」、「貴步」。加「玉」字是當時的禮節套話，表示恭敬。❺執事：本指辦事人員，古代用作對方的敬稱，意思是不敢直接與對方說話，請他手下的執事轉達。❻小人、君子：有時以地位貴賤分，有時以見識高下分，這裏是後一種情況。❼縣：同「懸」。磬（qìng）：一種石製的打擊樂器，中間屈曲像人字形，懸掛時中間高而兩邊下斜。百姓家無積儲，只有一間屋脊高隆兩簷下斜的空房子，所以用懸磬來形容。❽野無青草：據《國語・魯語上》韋昭注：「野無青草，旱甚也。」❾周公：即周姬旦，周武王之弟。大（tài）公：齊國的第一位國君呂尚。股肱（gōng）：大腿和手臂，這裏用作動詞，輔佐的意思。❿載：盟約又稱載書，省稱為載。⓫大師：當作「太史」，主管盟誓之官。職：掌管。⓬彌縫：填滿縫隙，引申為補救。⓭匡：救助。⓮昭：昭明，發揚光大。⓯率：遵循，繼承。⓰保聚：保築城郭，聚集百姓，都是戰前的準備工作。

【翻譯】

夏天，齊孝公率兵攻打我國西部邊境。……

僖公派展喜去犒勞齊國軍隊，讓他先向展禽討教犒勞齊軍時的辭令。當時，齊孝公還沒有進入我國國境，展喜就出境去跟隨着齊孝公，對他說：「我們國君聽說您親移貴步，即將屈尊光臨敝國，所以派我來犒勞您的侍從們。」齊孝公說：「魯國人害怕嗎？」展喜回答說：「沒有見識的人害怕，有見識的人就不害怕。」齊孝公說：「百姓的家空空蕩蕩像掛起來的磬，田野光光禿禿連青草也沒有，你們倚仗甚麼不害怕？」展喜回答說：「倚仗先王的命令。從前周公旦和齊太公輔佐周王室，在左右協助成王。成王慰勞他們，並且賜給他們盟約，盟約說：『世世代代的子孫們都不要互相殘害！』這盟約保存在盟府裏，太史掌管着它。所以齊桓公集合諸侯，謀求解決他們的分歧，彌補他們的過失，救助他們的災禍，這都是為了發揚光大齊太公的職責。到了您當了國君，諸侯們都仰望着說：『但願他繼承桓公的功業！』我們國家因此不敢修築城郭，聚集百姓，大家都說：『難道他嗣位才九年，就丟開使命放棄職責嗎？他對先君怎麼交待呢？您一定不會這樣做的。』有見識的人倚仗這一點，所以不害怕。」齊孝公於是率兵回國。

十一　晉楚城濮之戰

本文選自魯僖公二十七年（前633）、二十八年。城濮之戰是晉、楚兩大國爭奪霸權的一場關鍵性大戰。宋、齊、秦和曹、衛、鄭、魯、陳、蔡等許多諸侯國都不同程度地捲了進來。作者通過對雙方內政、外交和軍事上一系列鬥爭的記述和許多細節的點染，展現了一幅晉、楚爭霸的有聲有色的壯闊圖景。

文章大體上依照時間順序，對交戰中兩大營壘的種種活動交錯地進行敍述，而以晉、楚兩大國在爭霸戰爭中的矛盾關係作為主幹，其他有關國家和有關的大小事件都有條不紊地穿插進來。通過許多不同的側面，將戰爭的起因、經過、結果，雙方鬥爭的一些主要事件，以及主要人物的性格和心態，都表現得非常生動和清晰。一場規模宏大、場面壯闊、矛盾複雜、頭緒紛繁的大決戰，在作者筆下表現得首尾完整，層次井然。行文也忽開忽合，奇峯迭出，前呼後應，氣勢磅礴。讀者掩卷而思，不難看出：晉國修政教民、君臣團結、爭取盟國、講究戰略戰術，是取得勝利的原因；楚國優柔寡斷、君臣不和、盟邦叛離、主帥輕敵，因而導致失敗。可以說，這是《左傳》描寫戰爭最見功力的名篇之一。

楚子將圍宋①，使子文治兵於睽②，終朝而畢③，不戮一人④。子玉復治兵於蔿⑤，終日而畢，鞭七人，貫三人耳。國老皆賀子文⑥。子文飲之酒⑦。蔿賈尚幼⑧，後至，不賀。子文問之，對曰：「不知所賀。子之傳政於子玉，曰：『以靖國也⑨。』靖諸內而敗諸外，所獲幾何？子玉之敗，子之舉也；舉以敗國，將何賀焉？子玉剛而無禮，不可以治民。過三百乘，其不能以入矣⑩。苟入而賀，何後之有⑪？」

【注釋】 ❶楚子：楚成王。❷子文：鬥穀於菟（wū tú）的字，楚國的前任令尹。睽（kuí）：楚地，今地不詳。❸終朝（zhāo）：從早晨至中午。❹戮：責罰。❺子玉：成得臣的字，子文舉薦的現任令尹。蒍（wěi）：楚地，今地不詳。❻國老：退職的老臣。賀：指祝賀子文舉薦了賢人。❼飲（yìn）：使人飲。❽蒍賈：字伯嬴，楚國名相孫叔敖之父。❾以靖國也：魯僖公二十三年，子玉伐陳有功，子文怕他恃功作亂，舉薦他為令尹。當時楚大夫叔伯問他為甚麼。子文回答說：「吾以靖國也。」蒍賈這時拿子文說過的話來反駁他。❿「過三百乘」二句：三百乘兵車的軍隊，計二萬二千五百人。其，語氣副詞，恐怕。以入，以之入。所省略的代詞「之」，代「三百乘」。⓫何後之有：「有何後」的倒裝，意思是不算晚。

冬，楚子及諸侯圍宋①。宋公孫固如晉告急②。先軫曰③：「報施、救患④，取威、定霸，於是乎在矣！」狐偃曰：「楚始得曹，而新昏於衛⑤。若伐曹、衛，楚必救之，則齊、宋免矣⑥！」於是乎蒐于被廬⑦，作三軍，謀元帥⑧。趙衰曰：「郤縠可⑨。臣亟聞其言矣⑩，說禮、樂而敦《詩》、《書》⑪。《詩》、《書》，義之府也⑫；禮、樂，德之則也⑬；德、義，利之本也。《夏書》曰⑭：『賦納以言，明試以功，車服以庸⑮。』君其試之！」乃使郤縠將中軍，郤溱佐之⑯。使狐偃將上軍，讓於狐毛⑰，而佐之。命趙衰為卿⑱，讓於欒枝、先軫⑲。使欒枝將下軍，先軫佐之。荀林父御戎⑳，魏犫為右㉑。

【注釋】❶「楚子」句：據《春秋》載，圍宋的諸侯國還有陳、蔡、鄭、許等。❷公孫固：宋襄公的庶兄，宋莊公的孫子。❸先軫（zhěn）：晉下軍佐，後升任中軍將，食邑在原，又名原軫。❹報施：報答恩惠。重耳流亡時，宋襄公曾送他八十匹馬。❺新昏：即新婚，指楚、衛兩國新近結為姻親。❻齊宋免矣：去年，楚與魯伐齊，佔領了齊的穀邑（今山東省東阿縣）並派了楚將申叔侯駐守。狐偃認為若伐曹、衛，楚國對齊、宋的威脅可以一起解除。❼蒐（sōu）：閱兵。被廬：晉地，今地不詳。❽「作三軍」二句：魯閔公元年（前661），晉建上、下二軍。這時改設上、中、下三軍，各軍設將和佐。以中軍將為元帥。❾郤縠（xì hú）：晉大夫。❿亟（qì）：屢次。⓫說：「悅」的本字。敦：愛重。⓬府：府庫。⓭則：準則。⓮《夏書》：《尚書》中有關夏代的部分。⓯「賦納」三句：見於今《尚書・益稷》。賦，通「敷」，今《尚書》亦作「敷」，普遍。納，接納，聽取。明，清楚。試，考察。功，指工作任務。庸，功績，這裏指酬勞功績，即用不同等級的車馬服飾來論功行賞。⓰郤溱（zhēn）：晉大夫。⓱狐毛：狐偃的哥哥。⓲卿：指下軍將。⓳欒枝：晉大夫，又稱欒貞子。⓴荀林父：晉大夫，又稱荀伯、中行桓子。㉑魏犫（chōu）：即魏武子。

晉侯始入而教其民，二年①，欲用之。子犯曰：「民未知義，未安其居。」於是乎出定襄王②，入務利民，民懷生矣。將用之。子犯曰：「民未知信，未宣其用③。」於是乎伐原以示之信④。民易資者⑤，不求豐焉⑥，明徵其辭⑦。公曰：「可矣乎？」子犯曰：「民未知禮，未生其共⑧。」於是乎大蒐以示之禮，作執秩以正其官⑨。民聽不惑，而後用之。出穀戍，釋宋圍，一戰而霸⑩，文之教也。（以上僖公二十七年）

【注釋】❶二年：晉文公回國為君後的第二年，即魯僖公二十五年，下文所說「出定襄王」和「伐原」都是這一年的事。❷出定襄王：魯僖公二十四年，周襄王被他的弟弟王子帶驅逐而逃到鄭國。二十五年，晉文公出兵攻殺王子帶，送襄王回國復位。❸宣：明白。❹「伐原」句：原：地名，在河南省濟源市北。僖公二十五年，晉文公「出定襄王」之後，周襄王把原地賞賜給他。原人不服，文公率兵圍原，命令三天攻下。三天沒有攻下，文公下令退兵。間諜報告說，原人就要投降了。文公說，信用是國家之寶，不能因為得原而失信。撤兵三十里之後，原人就投降了。「示之信」即指此事。❺易資：交換貨物。❻不求豐：不追求過多的利潤。豐，多。❼明徵其辭：「其辭明徵」的倒裝。明徵，可以明白地加以驗證。即真實可信。譯文採用了意譯。❽共：同「恭」。❾執秩：主管官吏爵秩升降的官。正其官：規定百官的職責，使之正規。❿「出穀戍」二句：都是說下一年的事。

二十八年春，晉侯將伐曹，假道于衛①。衛人弗許。還，自南河濟②，侵曹、伐衛。正月戊申，取五鹿。二月，晉郤縠卒。原軫將中軍，胥臣佐下軍③，上德也④。

【注釋】❶假道：衛在晉之東，曹又在衛之東，所以晉伐曹要向衛國借路。❷南河：晉地，在今河南省衛輝南。黃河曾流經這裏。濟：渡河。❸胥臣：晉大夫，又稱司空季子。❹上：通「尚」，崇尚。先軫原為下軍佐，位列第六；現升任中軍將，位列第一。是因為「尚德」。

晉侯、齊侯盟于斂盂①，衛侯請盟②，晉人弗許。衛侯欲與楚③，國人不欲，故出其君，以說于晉④。衛侯出居于襄牛⑤。

公子買戍衛⑥，楚人救衛，不克。公懼於晉，殺子叢以說焉。謂楚人曰：「不卒戍也。」

【注釋】❶齊侯：齊昭公，名潘，桓公之子。斂盂：衛地，在今河南省濮陽東南。❷衛侯：衛成公，名鄭，衛文公之子。晉文公怨衛文公曾對他「不禮」和衛成公不同意借路，所以不允許衛國結盟。❸與：親附。❹說：「悅」的本字，取悅，討好。❺襄牛：衛地，是衛國的東北邊境。❻公子買：魯大夫，字子叢。當時魯衛結盟，所以派他駐守衛國。

晉侯圍曹，門焉①，多死。曹人尸諸城上，晉侯患之②。聽輿人之謀③，稱「舍於墓」④，師遷焉。曹人兇懼⑤，為其所得者，棺而出之。因其兇也而攻之。三月丙午，入曹。數之⑥，以其不用僖負羈⑦，而乘軒者三百人也⑧；且曰獻狀⑨。令無入僖負羈之宮⑩，而免其族，報施也。魏犫、顛頡怒曰：「勞之不圖，報於何有⑪？」爇僖負羈氏⑫。魏犫傷於胸，公欲殺之，而愛其材。使問，且視之；病⑬，將殺之。魏犫束胸見使者，曰：「以君之靈，不有寧也？」距躍三百⑭，曲踊三百⑮。乃舍之⑯。殺顛頡以徇于師⑰，立舟之僑以為戎右⑱。

【注釋】❶門：動詞，攻門。❷患：憂慮。之：指「尸諸城上」這件事。❸輿人：眾人，指士兵。❹稱：說，揚言。舍於墓：在曹人墓地上紮營，表示要挖墓暴屍。❺兇：通「恟」，驚恐慌亂的樣子。❻數：列舉罪狀。❼僖負羈：曹大夫，晉文公流亡經過曹國時，他曾暗中給文公送過飯食和玉璧。❽乘軒者：指大夫。軒，大夫以上所乘的車子，車高有窗。這句說，曹是小國，卻濫封了三百名大夫。❾獻狀：謂觀狀，責問當年曹文公觀看重耳裸狀。參見《晉公子重耳之亡》。❿宮：住宅。先秦時代房屋通稱宮，後來才專指宮殿。⓫「勞之不圖」二句：「不圖勞，何有於報」的倒裝句。魏犨和顛頡都曾隨從重耳流亡，但未得厚賞，因此怨恨文公不考慮報答自己的功勞，卻記着報答僖負羈的小恩惠。⓬爇（ruò）：燒。氏：古時候姓之下的分支，這裏指家。⓭病：傷勢重。⓮距躍：向高跳。⓯曲踊：向遠跳。三百：虛數，指多次。魏犨用跳躍表示自己傷勢不重。⓰舍之：放過他。⓱徇：通告。⓲舟之僑：虢國舊臣，於魯閔公二年投奔晉國。戎右：即車右。魏犨原任車右，這時被免職。

宋人使門尹般如晉師告急①。公曰：「宋人告急，舍之則絕②；告楚不許；我欲戰矣，齊、秦未可。若之何？」先軫曰：「使宋舍我而賂齊、秦，藉之告楚③。我執曹君而分曹、衛之田以賜宋人。楚愛曹、衛，必不許也。喜賂、怒頑，能無戰乎？」公說，執曹伯，分曹、衛之田以畀宋人④。

【注釋】❶門尹般：宋大夫。❷舍：丟開不管。❸藉（jiè）：依仗。之：指秦、齊。❹畀（bì）：給與。

楚子入居于申①，使申叔去穀②，使子玉去宋，曰：「無從晉師！晉侯在外，十九年矣，而果得晉國。險阻艱難，備嘗之矣③；民之情偽④，盡知之矣。天假之年⑤，而除其害⑥。天之所置，其可廢乎？《軍志》曰⑦：『允當則歸⑧。』又曰：『知難而退。』又曰：『有德不可敵。』此三志者，晉之謂矣。」子玉使伯棼請戰⑨，曰：「非敢必有功也，願以間執讒慝之口⑩。」王怒，少與之師，唯西廣、東宮與若敖之六卒實從之⑪。

【注釋】❶申：本姜姓國，此時已為楚邑，在今河南省南陽市。❷申叔：即申叔侯，佔領齊國穀邑並在那裏駐守的楚軍將領。去：離開。❸備：完全。嘗：指經歷過。❹情：真實。偽：虛假。❺天假之年：上天給他長壽。假，借，給。❻除其害：指除去了晉惠公、晉懷公、呂甥、郤芮等。❼《軍志》：古代的兵書。❽允當：恰當，恰如其分。❾伯棼（fén）：楚大夫鬥椒，又稱子越。❿間（jiàn）：乘間，藉機會。執：塞，堵住。讒慝（tè）：誹謗，說壞話，這裏用作名詞，指誹謗者。這是針對蔿賈而說。⓫西廣（guàng）：楚國國君的親兵分左右廣，每廣有兵車十五乘；西廣即右廣。東宮：太子的衛隊。若敖：楚國先君熊儀的名號，其子孫沿用為氏。若敖也是子玉的祖先，「若敖之六卒」，即若敖宗族的親軍。卒：三十乘兵車為一卒，六卒共有兵車一百八十乘。

子玉使宛春告於晉師曰①：「請復衛侯而封曹②，臣亦釋宋之圍。」子犯曰：「子玉無禮哉！君取一③，臣取二④，不可失矣。」先軫曰：「子與之⑤！定人之謂禮，楚一言而定三國，我一言而亡之。我則無禮，何以戰乎？不許楚言，是棄宋也；救而棄之，謂諸侯何？楚有三施⑥，我有三怨⑦，怨讎已多，將何以戰？不如私許復曹、衛以攜之⑧，執宛春以怒楚，既戰而後圖之⑨。」公說，乃拘宛春於衛，且私許復曹、衛。曹、衛告絕於楚。

【注釋】❶宛（yuān）春：楚大夫。❷復衛侯：讓逃離國都的衛侯恢復君位。封曹：建立曹國。當時晉國已扣留曹君，並把曹國土地分給了宋國，所以楚國要求「封曹」。❸君：指晉文公。取一：指釋宋之圍。❹臣：指子玉。取二：指復衛侯和封曹。❺與：答應。❻三施：指使曹、衛、宋都得到恩惠。❼三怨：指使曹、衛、宋三國都產生怨恨。❽攜：分離。指離間曹、衛跟楚國的關係。❾圖：考慮。之：指復曹、衛的事。

子玉怒，從晉師。晉師退。軍吏曰：「以君辟臣①，辱也！且楚師老矣②，何故退？」子犯曰：「師直為壯③，曲為老④，豈在久乎？微楚之惠不及此⑤。

退三舍辟之⑥，所以報也⑦。背惠食言，以亢其讎⑧，我曲楚直；其眾素飽⑨，不可謂老。我退而楚還，我將何求？若其不還，君退、臣犯，曲在彼矣。」退三舍。楚眾欲止，子玉不可。

【注釋】❶辟：同「避」。❷老：疲乏，士氣不振。❸直：理直，指符合正義。❹曲：理虧，指不合乎正義。❺微：帶有假設意味的連詞，要不是，沒有。❻三舍：九十里。一舍為三十里。❼報：報答。重耳流亡時經過楚國，受到楚成王款待。重耳許諾將來晉、楚交戰時，晉軍要退避三舍。❽亢（kàng）：庇護。讎：敵人，指宋國。❾其眾：指楚國士兵。素：向來。飽：士氣飽滿。

夏四月戊辰，晉侯、宋公、齊國歸父、崔夭、秦小子憖次于城濮①。楚師背酅而舍②，晉侯患之。聽輿人之誦曰③：「原田每每④，舍其舊而新是謀⑤。」公疑焉。子犯曰：「戰也！戰而捷，必得諸侯。若其不捷，表裏山河⑥，必無害也。」公曰：「若楚惠何？」欒貞子曰：「漢陽諸姬⑦，楚實盡之。思小惠而忘大恥，不如戰也。」晉侯夢與楚子搏⑧，楚子伏己而盬其腦⑨，是以懼。子犯曰：「吉。我得天，楚伏其罪⑩，吾且柔之矣⑪！」

【注釋】❶宋公：宋成公，襄公之子，名王臣。國歸父、崔夭：都是齊大夫。小子憖（yìn）：秦穆公之子。城濮：衛地，在今山東省鄄（juàn）城縣西南的臨集鎮。❷背：背靠着。酅（xī）：地名，是城濮附近一個險要的丘陵地。❸誦：不配樂曲的歌辭。❹原田：高原之田。每每：青草茂盛的樣子。❺舍其舊：放棄舊田。古代用休耕法，舊田耕種幾年之後，地力衰退，即須另闢新田。新是謀：即謀新，指開闢新田耕種。這兩句用來比喻晉國應該丟開楚國舊日的恩惠，及時開闢新的疆土。❻表：外。裏：內。表裏山河，指晉國外有黃河之隔，內有太行山之險，靠山面河，地勢優越。❼漢：漢水。陽：河流的北面。❽搏：徒手對打，格鬥。❾盬（gǔ）：吸吮。❿「我得天」二句：狐偃為了打消文公的疑慮，把夢解釋為：文公仰臥向天，象徵得到天助；楚王俯身壓住文公，面向下，象徵伏罪。⓫柔之：軟化他，使他馴服。古人認為腦汁可以使硬的東西變軟，楚子吮吸腦汁，所以被馴服。

子玉使鬥勃請戰①，曰：「請與君之士戲②，君馮軾而觀之③，得臣與寓目焉④。」晉侯使欒枝對曰：「寡君聞命矣。楚君之惠，未之敢忘，是以在此⑤。為大夫退，其敢當君乎！既不獲命矣，敢煩大夫謂二三子⑥：戒爾車乘⑦，敬爾君事⑧，詰朝將見⑨。」

【注釋】❶鬥勃：楚大夫。❷戲：玩耍，遊戲。古代凡比賽勝負的都可以稱戲。子玉借指戰爭，反映了他的自負輕敵。❸馮：同「憑」，靠着。❹得臣：子玉的字。寓目：觀看。❺此：指退避三舍後的地方。❻大夫：指鬥勃。二三子：指楚軍將領子玉、子西等。❼戒：準備。❽敬：重視，認真對待。君事：國君交付的事。❾詰朝：明天早上。

晉車七百乘，韅、靷、鞅、靽①。晉侯登有莘之墟以觀師②，曰：「少長有禮，其可用也。」遂伐其木，以益其兵③。

己巳，晉師陳于莘北④，胥臣以下軍之佐當陳、蔡⑤。子玉以若敖之六卒將中軍⑥，曰：「今日必無晉矣！」子西將左⑦，子上將右⑧。胥臣蒙馬以虎皮，先犯陳、蔡。陳、蔡奔，楚右師潰。狐毛設二旆而退之⑨，欒枝使輿曳柴而偽遁⑩，楚師馳之，原軫、郤溱以中軍公族橫擊之⑪。狐毛、狐偃以上軍夾攻子西，楚左師潰。楚師敗績。子玉收其卒而止，故不敗。

晉師三日館、穀⑫，及癸酉而還。甲午，至于衡雍⑬，作王宮于踐土⑭。

【注釋】❶韅（xiǎn）、靷（yǐn）、鞅（yāng）、靽（bàn）：裝備在馬身上的各種皮件。據杜預注：「在背曰韅，在胸曰靷，在腹曰鞅，在後曰靽。」這裏形容晉軍車馬裝備齊全。❷有莘（shēn）：古國名，在今山東省曹縣西北。虛：同「墟」，舊城廢址。❸兵：兵器，這裏指各種攻戰器械。❹莘北：當在城濮附近。❺陳、蔡：陳、蔡之軍屬楚軍右師。❻中軍：楚軍建制分左、中、右三軍，以中軍為最高統帥。❼子西：楚左軍統帥鬥宜申的字。❽子上：楚右軍統帥鬥勃的字。❾旆（pèi）：裝飾有飄帶的大旗。古代只有中軍才設二旆，狐毛本來統率上軍，故意設二旆偽裝中軍敗退，誘楚軍深入。❿輿：車。曳：拖着。欒枝用車拖着樹枝使灰塵揚起，偽裝敗逃。遁（dùn）：逃跑。⓫公族：國君的同族。中軍公族，中軍裏由公族子弟組成的晉侯親兵。⓬館：居住，指駐紮在楚國的軍營裏。穀：吃糧，指吃楚軍丟棄的軍糧。⓭衡雍：鄭地，在今河南省原陽縣西。⓮踐土：鄭地，在今河南省原陽縣西南。

鄉役之三月①，鄭伯如楚致其師②。為楚師既敗而懼，使子人九行成于晉③。晉欒枝入盟鄭伯。五月丙午，晉侯及鄭伯盟于衡雍。丁未，獻楚俘于王④：駟介百乘⑤，徒兵千。鄭伯傅王⑥，用平禮也⑦。己酉，王享醴⑧，命晉侯宥⑨。王命尹氏及王子虎、內史叔興父策命晉侯為侯伯⑩，賜之大輅之服、戎輅之服⑪，彤弓一⑫，彤矢百，玈弓矢千⑬，秬鬯一卣⑭，虎賁三百人⑮。曰：

「王謂叔父⑯：『敬服王命，以綏四國⑰，糾逖王慝⑱。』」晉侯三辭，從命，曰：「重耳敢再拜稽首，奉揚天子之丕顯休命⑲。」受策以出。出入三覲⑳。

【注釋】❶鄉（xiàng）：不久之前。役：指城濮之戰。❷致其師：把他的軍隊交給楚軍指揮。❸子人九：鄭大夫，姓子人，名九。行成：休戰講和。❹王：指周襄王。❺駟介：四馬披甲的戰車。❻傅：相禮，即主持禮節儀式。❼用平禮：用周平王的禮節。指用從前周平王禮待晉文侯的儀式來接待晉文公。❽享醴：用醴酒設宴招待。醴（lǐ），甜酒。❾宥（yòu）：同「侑」，勸酒。天子設宴，命諸侯勸酒加餐。❿尹氏、王子虎：周王室的執政大臣。內史：掌管爵祿策命的官。策命：在竹簡上寫上命令，即書面任命。侯伯：諸侯之長。⓫輅（lù）：也作「路」，車。大輅，禮車，祭祀時所乘。戎輅：兵車。服：指與兵車相配套的服飾儀仗。如乘大輅服鷩（bié）冕（用紅色雉毛裝飾的帽子），乘戎輅服韋弁（皮帽子）。⓬彤：紅色。⓭玈（lú）：黑色。古代一弓百矢，從「矢千」可以推知這次所賜玈弓共有十張。⓮秬鬯（jù chàng）：用黑黍和香草釀成的香酒。卣（yǒu）：一種酒器，圓肚小口，有蓋和提梁。⓯虎賁（bēn）：勇士。⓰叔父：天子對同姓諸侯的稱呼，不分行輩。這裏指晉文公。⓱綏：安撫，安定。⓲糾：檢舉。逖（tì）：懲治。慝（tè）：壞人。⓳丕：大。顯：明。休：美。這都是「命」的定語。⓴出入：猶言「來去」，指從進入到離去。三覲（jìn）：三次朝見。

衛侯聞楚師敗，懼，出奔楚，遂適陳。使元咺奉叔武以受盟①。癸亥，王子虎盟諸侯于王庭，要言曰②：「皆獎王室③，無相害也。有渝此盟，明神殛之④，俾隊其師⑤，無克祚國⑥，及而玄孫⑦，無有老幼。」君子謂是盟也信，謂晉於是役也，能以德攻。

【注釋】❶元咺（xuān）：衛大夫。奉：擁戴。叔武：衛成公的弟弟。❷要（yāo）言：約言，指誓辭。❸獎：助。❹殛（jí）：誅責，嚴懲。❺俾：使。隊：同「墜」，喪亡。❻克：能。祚：享有。❼玄孫：曾孫之子，這裏指遠代子孫。

初，楚子玉自為瓊弁玉纓①，未之服也。先戰，夢河神謂己曰：「畀余②！余賜女孟諸之麋③。」弗致也。大心與子西使榮黃諫④，弗聽。榮季曰：「死而利國，猶或為之，況瓊玉乎！是糞土也，而可以濟師，將何愛焉？」弗聽。出，告二子曰：「非神敗令尹，令尹其不勤民，實自敗也。」既敗，王使謂之曰：「大夫若入，其若申、息之老何⑤？」子西、孫伯曰：「得臣將死，二臣止之，曰：『君其將以為戮。』」及連轂而死⑥。

晉侯聞之，而後喜可知也⑦。曰：「莫余毒也已⑧！蔿呂臣實為令尹⑨，奉己而已⑩，不在民矣。」

【注釋】❶瓊弁（biàn）：用美玉裝飾的馬冠。瓊，美玉。弁，馬冠，用在馬鬣毛前面。纓：馬鞅，套在馬頸上的革帶。這句說子玉奢侈過分。❷畀：給。❸孟諸：宋國沼澤名，在今河南省商丘東北，今已不存。麋（mí）：通「湄」，水邊草地。孟諸之麋，指宋國的土地。❹大心：子玉之子，即下文的孫伯。榮黃：楚大夫，即下文的榮季。❺申：本姜姓國，此時已為楚邑。息：本為姬姓小國，現為楚邑，在今河南省息縣。老：父老。若……何：「對……怎麼辦」，這是古漢語的一種固定格式。這句說，子玉帶領的申、息子弟都戰死了，怎樣向申、息的父老交代呢？❻連轂：楚地，今地不詳。❼可知：等於說「可見」，指喜形於色。❽「莫余毒」：「莫毒余」的倒裝。毒，危害。也已，句末語氣詞連用，表示肯定。❾蔿呂臣：楚大夫，繼子玉為令尹，即本篇第一大段的注中提到的叔伯。❿奉己：奉養自己，指為己謀利。

【翻譯】

楚成王將要圍攻宋國，派子文在睽地操練軍隊，操練一個上午就結束了，沒有懲罰一個人。子玉又在蔿地操練軍隊，操練了一整天才結束，鞭打了七個人，用箭穿了三個人的耳朵。一班有名望的退職老臣都來祝賀子文舉薦了賢能。子文請老臣們喝酒。當時蔿賈年紀還小，最後一個到場，又不向子文祝賀。子文問他甚麼緣故，蔿賈回答說：「我不知道祝賀甚麼。您把政事交給子玉的時候，說：『用他來安定國家。』如果國內得到了安定而國外遭到了失敗，得到的好處能有多少？子玉的失敗，是您舉薦的結果；薦舉了他而使國家遭到失敗，還祝賀甚麼呢？子玉為人剛暴而放肆，不能夠治理民眾。如果讓他率領超過三百乘的兵車去作戰，恐怕就不能再帶着他們回來了。如果他勝利歸來，我再祝賀，有甚麼晚呢？」

這年冬季，楚成王和諸侯國圍攻宋國。宋國的公孫固到晉國求援。先軫說：「報答恩惠，救助危難，取得威望，奠定霸業，就在這一回了。」狐偃說：

「楚國剛剛得到曹國的親附，又新近和衛國結為婚姻。我們如果去攻打曹國和衛國，楚國一定得去援救他們，那麼，齊國和宋國都可以免受威脅了。」於是晉國就在被廬閱兵，開始建立上、中、下三軍，並商量元帥的人選。趙衰說：「郤縠能勝任。我多次聽過他的談話，他喜歡禮樂而愛重《詩》、《書》，《詩》、《書》是義理的府庫；禮、樂是道德的準則；道德義理，又是利益的根本。《夏書》上說：『廣泛聽取他的言論，仔細考驗他的能力，賞給他車馬衣服以表彰他的功績。』您不妨用他試一試。」於是晉文公就派郤縠統率中軍，郤溱輔助他。派狐偃統率上軍，狐偃讓給了狐毛，而自己來輔助他。派趙衰為下軍統帥，趙衰推讓給了欒枝和先軫。文公就派遣欒枝統率下軍，先軫輔助他。荀林父替晉文公駕御兵車，魏犨擔任車右。

晉文公剛回到國內就訓練他的民眾，第二年，就打算用民眾作戰。狐偃說：「民眾還不能明辨道理，還不安守他們的本分。」文公於是在國外安定了周襄王的君位，在國內極力讓民眾得到利益，民眾都有安居樂業的意思了。文公又打算用民眾作戰。狐偃說：「民眾還不懂得誠信，還不明白它的作用。」文公於是通過伐原這件事向民眾表明誠信的作用。百姓中交換貨物的，不貪求暴利，他們開的價碼都誠實可信了。文公說：「現在可以了吧？」狐偃說：「民眾還不懂得禮法，還沒有養成恭敬從命的習慣。」文公於是舉行大規模的閱兵，向民眾表明禮法的作用，並且設立執秩的官，讓他來規定百官的職責。等到民眾聽到命令不再疑惑動搖，然後才使用民眾作戰。就這樣，逼使楚國撤出穀地的守軍，解除了諸侯對宋國的包圍，城濮一戰而成就霸業，這都是文公教化的結果。

……

魯僖公二十八年的春天，晉文公將要攻打曹國，向衛國借路。衛國人不答應。晉兵退回來，從南河這個地方渡過黃河，入侵曹國，攻打衛國。正月初九，攻佔了衛國的五鹿。二月，晉國的郤縠去世。先軫升任中軍主帥，胥臣接任下軍副將，這樣做是看重有德行的人。

晉文公和齊昭公在斂盂訂立盟約，衛成公也請求參加結盟，晉國人不同意。衛成公就打算投靠楚國，國內的人卻不願意，所以驅逐了他們的國君來討好晉國。衛成公逃出國都，在襄牛這個地方住了下來。

當時，魯國的公子買在衛國駐防，楚國去救衛國，沒有獲勝。魯僖公害怕晉國，就殺了公子買來討好晉國。對楚國人卻說：「殺公子買是因為他不盡力駐守。」

晉文公領兵包圍了曹國國都，攻打城門的時候，晉國很多人戰死。曹國人就把晉軍的屍體擺在城上示眾，晉文公很擔心這事會影響士氣。就聽從士兵們的計謀，揚言「把軍隊駐紮在曹國人的墓地裏」，並且把軍隊移駐到了那裏。曹國人又慌亂又害怕，把他們得到的晉兵屍體，都裝進棺材送出城去。晉軍就趁着曹人慌亂的時候攻城。三月初八，晉軍進入曹國國都。晉文公列舉曹國的罪狀，因為他們不重用僖負羈卻有三百名乘坐高車的大夫；並且說到當年曹文公觀看自己裸浴的罪狀。晉文公還下令不准進入僖負羈的宅院，而且赦免他的全族人，這是為了報答他的恩惠。魏犨和顛頡很生氣，說：「我們的功勞卻不考慮賞賜，僖負羈有甚麼值得報答的？」他倆放火燒了僖負羈的家。魏犨的前胸受了傷，晉文公想殺了他，卻愛惜他的才幹。就派人去看看他的傷勢；要是他傷勢很重，就打算殺了他。魏犨包紮好胸部的傷口才出來見文公的使者，說：「託國君的福，我這不是很好嗎？」當着使者的面，向上跳了很多次，又向前跳了很多次。文公這才寬恕了他。文公殺了顛頡並且在全軍示眾，任命舟之僑為兵車右衛。

宋國派門尹般到晉軍求救。晉文公說：「宋國來請求救援，丟下宋國不管就會斷了兩國的交往；請楚國撤兵，楚國又不依；我們想跟楚國打一仗，齊國和秦國還不贊成。怎麼辦呢？」先軫說：「讓宋國不求我們，而去給齊國和秦國送財禮，通過齊、秦兩國去要求楚國撤兵。我們卻把曹君扣起來，把曹、衛兩國的田地分給宋國。楚國親近曹國和衛國，一定不肯答應秦國和齊國的請求。秦、齊兩國既喜歡宋國的財禮，又惱恨楚國的固執，能不打起來嗎？」晉文公很高興，就扣押了曹共公，把曹國和衛國的田地分給了宋國。

楚成王回到申地駐兵，命令申叔撤離穀地，又命令子玉撤離宋國，對他們說：「不要進逼晉軍！晉侯在國外流亡十九年，而最終得到了晉國。各種艱難險阻，他都經歷了，民間的真假虛實，他都明白了。老天爺給他長壽，又清除了他的對頭。這是上天的安排，難道能推翻他嗎？《軍志》說：『恰到好處就應當回頭。』又說：『知道困難就應當退卻。』又說：『有德的人抵擋不住。』這三條記載，就是對晉國說的了。」子玉派伯棼向楚成王請求出戰，說：「我不敢說一定就有功勞，只是想藉此機會堵住那些播弄是非的人的嘴巴。」楚成王很生氣，就少派軍隊給他，只有西廣、東宮兩支軍隊和若敖族的一百八十輛兵車隨他出發。

子玉派宛春來通知晉軍說：「請晉國恢復衛侯的君位並且讓曹國能重立國家，我也解除對宋國的包圍。」狐偃說：「子玉太無禮了！做國君的只得到一樣好處，做臣子的倒得到兩樣好處，進攻楚國的機會不要失掉了。」先軫說：

「您答應他！能安定別人才叫有禮，楚國一句話就使曹、衛、宋三國安定下來，我們一句話就把他們葬送了。那是我們自己無禮了，還憑甚麼去打仗？我們不答應楚國的要求，那就是扔下宋國不管；既然來救宋國，卻又扔下不管它，我們對諸侯怎樣解釋呢？楚國有三國的恩惠，我們有三國的仇恨。仇敵太多了，還靠甚麼來打仗？不如暗地裏答應恢復曹國和衛國，來拆散他們跟楚國的關係，再扣留宛春來激怒楚國，打完仗再去考慮恢復曹、衛的問題。」晉文公聽了很高興，就把宛春拘禁在衛國，並且暗地裏答應恢復曹國和衛國。曹、衛兩國於是宣告跟楚國斷絕交往。

子玉很生氣，就進逼晉軍。晉軍卻向後撤退。晉國的軍官們說：「做國君的卻躲避臣子，這是恥辱啊！況且楚軍已經士氣衰落了，我們為甚麼還要撤退呢？」狐偃說：「兩國交兵，理直就士氣旺盛，理虧就士氣衰落，難道還在於出征時間的長短嗎？要不是楚國的恩惠，我們也到不了今天這個地步。我們後撤九十里來避開楚軍，就是用這個行動來報答楚國。如果我們忘恩負義取消諾言，保護楚國的敵人，那麼，我們理虧，楚國理直；楚國的士兵向來士氣高昂，不能說是士氣衰竭。如果我們後退而楚軍也撤了回去，我們還要求甚麼呢？要是做國君的已經退走，做臣子的還要進犯，理虧就在他們那一邊了。」晉軍後退了九十里。楚國的士兵們想停止前進，子玉卻不依。

夏季四月初一，晉文公、宋成公、齊國的國歸父和崔夭、秦國的小子憖進駐城濮。楚軍背靠着名叫酅的丘陵險地安營。晉文公為這事犯愁。這時候他聽到士兵們唱的歌辭：「高田裏的野草亂蓬蓬，丟了舊田再把新田耕。」晉文公對此疑惑不定。狐偃說：「打吧！我們打勝了，就一定能得到諸侯的擁戴。如果失利了，晉國外有黃河之阻、內有太行之險，也一定不會有甚麼損害。」晉文公說：「對楚君的恩惠怎麼辦呢？」欒枝說：「漢水北面的那些姬姓國家，楚國把它們都吞併完了。我們還想着那點小恩小惠，卻忘記了這個奇恥大辱，不如就跟他們打一仗！」晉文公夜裏夢見跟楚成王對打，楚成王趴在他身上吸他的腦汁，因此感到害怕。狐偃說：「這是吉兆。我們得到天助，楚國伏罪，我們就要使楚國順服了。」

子玉派鬥勃來要求交戰，對文公說：「請允許跟您的士兵們玩耍玩耍，您可以靠在車前橫杠上參觀參觀，得臣我也陪着您瞧瞧！」晉文公讓欒枝回答說：「我們的國君領教了。楚王的恩惠，我們不敢忘記，所以才退到這裏。對子玉大夫尚且要退讓，哪裏敢抵擋楚君呢？既然得不到貴國退兵的命令，那麼就麻煩您轉告貴國幾位將領：準備好你們的戰車，認真對待貴君交付的任務，明天早上將要見面。」

晉軍有七百輛兵車，馬身上的各種裝備十分齊全。晉文公登上古莘國的舊城遺址檢閱軍容，說：「年輕的和年長的都很有紀律，我們可以用來作戰了！」於是下令砍伐當地的樹木，用來補充作戰的器械。

四月四日，晉兵在莘北擺開陣勢，胥臣以下軍副帥的身份率部抵擋陳、蔡兩國的軍隊。子玉用若敖氏的一百八十輛兵車帶領楚國中軍，說：「今天一定沒有晉國了！」子西統率楚國左軍，鬥勃統率楚國右軍。晉將胥臣用虎皮把戰馬蒙上，首先攻擊陳、蔡兩國聯軍。陳、蔡的軍隊敗逃，楚國的右軍就潰散了。狐毛樹起兩面大旗假裝敗退，欒枝讓戰車拖着樹枝假裝逃跑，楚軍追過來，先軫和郤溱統率中軍的公族子弟兵向楚軍攔腰截擊。狐毛和狐偃指揮上軍從兩邊夾攻子西，楚國的左軍也潰散了。楚軍大敗。子玉及時收住他的士兵，所以他的中軍沒有打敗仗。

晉軍在楚營裏駐留了三天，吃楚軍丟下的糧食，到四月八日才起程返國。四月二十九日到達衡雍，在踐土給周襄王修了一座行宮。

在這次戰役之前的三個月，鄭文公去楚國把他的軍隊交給楚國指揮。後來，因為楚軍打了敗仗而感到害怕，就派子人九去向晉國講和。晉國的欒枝進入鄭國和鄭文公結盟。五月十一日，晉文公和鄭文公在衡雍訂立盟約。十二日，晉文公把楚國戰俘獻給周襄王：四匹披甲戰馬的兵車一百輛，步兵一千名。鄭文公替周襄王主持典禮儀式，用的是當年周平王接待晉文侯的禮節。十四日，周襄王用甜酒設宴款待，並且叫晉文公向自己敬酒。襄王還命令尹氏、王子虎和內史叔興父用策書任命晉文公為諸侯的首領，賜給他一輛大輅車和配套的服飾儀仗，一輛大戎車和配套的服飾儀仗，紅色的弓一把，紅色的箭一百支，黑色的弓十把，黑色的箭一千支，用黑黍和香草釀造的酒一卣，勇士三百名。並且說：「周王告訴叔父：『恭敬地服從周王的命令，來安撫四方的諸侯，督察和懲治危害周王的壞人。』」晉文公辭讓了三次，才接受了策命，說：「重耳再拜叩頭，接受並發揚天子發佈的偉大、光明和美好的命令。」這才接過策書退出。晉文公從進入成周到離去，一共三次朝見了周襄王。

衛成公聽說楚軍被打敗了，感到害怕，就逃到楚國，又逃往陳國。衛國派元咺輔佐叔武去接受盟約。五月二十八日，王子虎和諸侯在周王的廳堂裏立誓締約，誓辭說：「大家都要扶助王室，不得互相殘害。有背叛盟誓的，聖明的神會嚴懲他，使他的軍隊覆滅，不能再享有國家，一直到你的遠代子孫，不論老老少少，都不能逃脫懲罰。」君子認為這次盟誓是謹守信用的，認為晉國在這次戰役中，能夠倚仗德行進行征討。

當初，楚國的子玉自己做了一套用美玉裝飾的馬冠和馬鞅，還沒有用過。交戰之前，夢見河神對自己說：「送給我！我賞給你宋國孟諸的沼澤地。」子玉不肯交出。子玉的兒子大心和大夫子西讓榮黃去勸他，子玉不肯。榮黃說：「犧牲性命如果對國家有利，還要去幹，何況只是美玉罷了！那些東西是糞土，如果能夠用它來使軍隊得勝，有甚麼可以吝嗇的呢？」子玉還是不肯。榮黃出來，告訴他們兩人說：「不是河神讓令尹打敗仗，令尹不替民眾盡力，實在是自找失敗。」楚軍戰敗以後，楚王派人對子玉說：「您如果回到楚國來，怎樣向申、息兩地的父老們交代呢？」子西和大心對使者說：「子玉本來想自殺，我們兩個攔住他，說：『國君還準備懲治你呢！』」子玉到了連穀，就自殺了。

晉文公聽到了子玉自殺的消息，喜形於色地說：「沒有人危害我了！蔿呂臣當令尹，只是替自己謀利罷了，不會為老百姓着想。」

十二　燭之武退秦師

本文選自魯僖公三十年（前630）。秦、晉兩國圍鄭，鄭國派燭之武去遊説秦穆公退兵。文章開頭先交代伐鄭的原因在於晉而不在於秦，而且秦、晉兩軍分駐兩地，留下了可以乘機勸説的契機。然後插入燭之武先推辭後受命這個小插曲，增加了文章的波瀾。

燭之武見秦伯的説辭，緊緊抓住秦、晉兩國的矛盾，處處扣住「利害」二字加以發揮。前一段就秦與鄭的關係立論，説明「亡鄭以陪鄰」，於秦無益而有害；若「舍鄭以為東道主」，則對秦無害而有益。後一段就秦與晉的關係立論，先舉舊例，説明晉人慣於背惠忘恩，用以離間兩國關係，再進一步指出亡鄭之後，晉人勢必「闕秦以利晉」。層層剖析，入情入理，聽起來竟好像不是為了保存鄭國，簡直是處處為秦國的利害存亡設想。秦穆公深思之後，不但立刻退兵，還留下秦將代鄭戍守以防備晉國。這篇出色的外交辭令所取得的成果是非常顯著的。

九月甲午，晉侯秦伯圍鄭，以其無禮於晉①，且貳於楚也②。晉軍函陵③，秦軍氾南④。

佚之狐言於鄭伯曰⑤：「國危矣！若使燭之武見秦君⑥，師必退。」公從之。辭曰：「臣之壯也，猶不如人；今老矣，無能為也已。」公曰：「吾不能早用子，今急而求子，是寡人之過也。然鄭亡，子亦有不利焉！」許之。

【注釋】❶以：因。其：指鄭國。無禮：重耳流亡的時候路過鄭國，鄭文公不以禮相待。❷貳：兩屬，既親附晉國，又同時心向楚國。貳於楚，指城濮之戰中「鄭伯如楚致其師」的事。❸函陵：鄭地，在今河南省新鄭北。❹氾（fán）：鄭國水名，在今河南省中牟縣西南，早已乾涸。❺佚之狐：鄭大夫。❻燭之武：鄭大大。

夜，縋而出①。見秦伯，曰：「秦晉圍鄭，鄭既知其亡矣。若亡鄭而有益於君，敢以煩執事。越國以鄙遠②，君知其難也；焉用亡鄭以陪鄰？鄰之厚，君之薄也。若舍鄭以為東道主③，行李之往來④，共其乏困⑤，君亦無所害。且君嘗為晉君賜矣⑥。許君焦瑕⑦，朝濟而夕設版焉⑧，君之所知也。夫晉何厭之有？既東封鄭⑨，又欲肆其西封⑩；不闕秦，將焉取之⑪？闕秦以利晉，唯君圖之。」

秦伯說，與鄭人盟。使杞子、逢孫、楊孫戍之⑫，乃還。

【注釋】❶縋（zhuì）：用繩子吊着重物，這裏指用繩子縛住燭之武從城牆上吊下來。❷鄙：邊邑。這裏用作動詞。鄙遠，把遠地作為邊邑。鄭在東，秦在西，中間隔着晉國。秦國要越過晉國才能佔有鄭國的土地。❸東道主：東方路上的主人。介詞「以」後面省略了代詞「之」。❹行李：使臣，外交官員。❺共：同「供」，供給。乏困：指資財糧食等的不足。❻嘗：曾經。為晉君賜：給晉君恩惠。賜，恩惠。晉君，指晉惠公。秦穆公曾幫助他回國為君。❼焦：晉邑，在今河南省三門峽市附近。瑕：晉邑，在今河南省靈寶市東。❽濟：渡河。

版：築土牆用的夾板，這裏指用版築的工事。❾封：疆界，這裏用作動詞。封鄭，以鄭為疆界。❿肆：放肆。這裏指極力擴張。⓫焉：代詞，可理解為「於之」，「從那裏」的意思。⓬「杞子」句：杞子等三人都是秦國大夫。戍：駐守。

子犯請擊之。公曰：「不可。微夫人之力不及此①。因人之力而敝之②，不仁；失其所與③，不知④；以亂易整⑤，不武。吾其還也。」亦去之⑥。

【注釋】❶微：帶有假設語氣的連詞，「要不是」的意思。夫（fú）：那。夫人，那個人。這句意思是，自己靠了秦國的幫助才能回國為君。參見《晉公子重耳之亡》。❷因：倚仗。敝：壞，指傷害。❸與：聯合。所與，指友好國家，盟國。❹知：同「智」。❺亂：指衝突。整：指團結一致。❻去：離開。

【翻譯】

九月十三日，晉文公和秦穆公率軍包圍鄭國，因為它對晉國無禮，並且心向楚國。晉軍駐紮在函陵，秦軍駐紮在氾水南面。

佚之狐對鄭文公說：「國家很危急了，如果派燭之武朝見秦穆公，敵軍一定會撤回去。」鄭文公依從了他的意見。燭之武卻推辭說：「我年青力壯的時候，尚且比不上人家。現在老了，幹不了甚麼了。」鄭文公說：「我不能及早任用您，現在形勢危急才來求您，這就是我的過錯了。可是鄭國亡了，您也有不利的地方啊！」燭之武這才答應了。

夜裏，用繩子把燭之武吊出了城。燭之武朝見秦穆公，說：「秦國和晉國圍攻鄭國，鄭國已經知道要亡國了。要是滅亡鄭國而對您有利，那就冒昧地拿這件事來麻煩您。但是，跨過一個國家而把遠地作為邊邑，您知道這是很困難的；哪裏用得着滅亡鄭國來增加鄰國的土地呢？鄰國的實力增強了，您的實力就減弱了。要是放過鄭讓它作為東路上的主人，秦國外交官員來來往往，也好供應些他們所短缺的東西，您也不會有甚麼害處。況且您已經給過晉惠公好處了。他答應給您焦邑和瑕邑，早上一過黃河，晚上就在那裏修築工事，這是您知道的。晉國哪有滿足的時候？它已經向東把鄭國作為邊界，又將極力擴張它的西部邊境。不損害秦國，它將到哪裏取得土地呢？損害了秦國卻讓晉國得到好處，您還是考慮考慮這件事情吧！」

秦穆公聽了很高興，就跟鄭國訂立盟約，派杞子、逢孫和楊孫駐守鄭國，這才起程回國。

狐偃請求進攻秦軍，晉文公說：「不能這麼做。要不是那個人的力量，我們到不了今天。依靠人家的力量卻去損害人家，這是不仁；失去了同盟國家，這是不智；用互相衝突來代替團結一致，這是不武。我們還是回去吧！」晉文公也離開了鄭國。

十三　晉秦殽之戰

本文選自魯僖公三十二年（前628）、三十三年。城濮之戰，晉國一舉奠定了它的霸主地位。逐步強大起來的秦國也不甘心株守於西北一隅，趁着晉文公去世，就出兵越過晉境遠襲鄭國，被晉國在殽地打敗。此後，秦、晉關係惡化，為楚國勢力的北進提供了機會。本篇完整地記敍了這次戰役中秦、晉、鄭三方的一些重要史實。

「蹇叔哭師」是貫串全篇的主線。秦國出師前，蹇叔已經把不可「勞師以襲遠」的道理分析得很透闢。出師時，又把晉軍必在殽山二陵之間擊敗秦軍的預見説得非常具體，讓讀者看出秦國出兵的不義性質和它失敗的不可避免。其他情節，則是環繞着主線從不同的側面進一步揭示秦國失敗的原因。卜偃託言「君命大事」，説明晉國早有防備。秦軍過周北門而超乘，説明其驕傲輕敵。弦高犒師並「遽告于鄭」，使鄭國事先防範並驅逐了內奸。先軫説「秦違蹇叔而以貪勤民」，並抓住戰機出擊，進一步強調了秦軍必敗。末段秦伯素服哭師時説「孤違蹇叔」，又跟前面遙相呼應。文章結構謹嚴，並且善於捕捉重要的細節，模擬人物性格化的口吻，用極簡練的筆墨，把人物刻畫得生動而傳神。

冬，晉文公卒。庚辰，將殯于曲沃①。出絳②，柩有聲如牛③。卜偃使大夫拜④，曰：「君命大事⑤：將有西師過軼我⑥，擊之，必大捷焉。」

【注釋】❶殯：停棺待葬。春秋禮制，人死後先停棺於祖廟，再擇吉日下葬。曲沃：晉的舊都，晉國的祖廟所在地，在今山西省聞喜縣。❷絳：晉都，在今山西省翼城縣東南。❸柩（jiù）：裝有屍體的棺材。❹卜偃：卜官，名偃。❺大事：指戰爭。卜偃可能已知道秦軍將經過晉國去襲擊鄭國，所以託言「君命」。❻西師：西方軍隊，指秦軍。軼（yì）：後車越過前車。過軼，這裏指越過。

杞子自鄭使告于秦曰①：「鄭人使我掌其北門之管②，若潛師以來③，國可

得也④。」穆公訪諸蹇叔⑤。蹇叔曰：「勞師以襲遠，非所聞也。師勞力竭，遠主備之⑥，無乃不可乎？師之所為，鄭必知之。勤而無所⑦，必有悖心⑧。且行千里，其誰不知？」公辭焉。召孟明、西乞、白乙⑨，使出師於東門之外。蹇叔哭之曰：「孟子！吾見師之出而不見其入也！」公使謂之曰：「爾何知，中壽⑩，爾墓之木拱矣⑪！」蹇叔之子與師，哭而送之，曰：「晉人禦師必於殽⑫，殽有二陵焉⑬。其南陵，夏后皋之墓也⑭；其北陵，文王之所辟風雨也。必死是間，余收爾骨焉⑮！」秦師遂東。（以上僖公三十二年）

【注釋】❶杞子：秦國大夫。❷管：鑰匙。❸潛：秘密地。❹國：國都。❺訪：徵詢。蹇叔：秦國的老臣。❻遠主：指鄭君。❼勤：勞苦。所：處所。無所，沒有着落，指一無所得。❽悖（bèi）：違逆。❾孟明：姓百里，名視，字孟明，秦國老臣百里奚之子。西乞：名術。白乙：名丙。三人都是秦國將軍。❿中（zhòng）壽：滿壽，年壽滿了。⓫拱：兩手合抱，穆公發怒時說話太急，所以在「爾墓之木拱矣」前面，承上文（「不見其入」）省略了「及師之入也」一句，所以語意不連貫。（說見洪誠《訓詁學》142—143頁）⓬殽（xiáo）：同「崤」，山名。在今河南省洛寧縣西北。⓭陵：大山。崤有二陵，南陵稱西崤山，北陵稱東殽山，相距三十里，形勢險要。⓮夏后皋：夏代的君主皋，夏桀的祖父。后，君。⓯焉：「於之」，在那裏。

三十三年春，秦師過周北門。左右免冑而下①，超乘者三百乘②。王孫滿尚幼③，觀之，言於王曰：「秦師輕而無禮④，必敗。輕則寡謀，無禮則脫⑤。入險而脫，又不能謀，能無敗乎？」

【注釋】❶左右：兵車左右兩邊的士兵。古代一般兵車，御者居中，射手在左，執戈盾者在右。免冑（zhòu）：脫下頭盔。「免冑而下」，是表示向周天子致敬。❷超乘：跳上車去。剛下車又立即跳上，這是輕狂無禮的舉動。❸王孫滿：周共王之子圉的曾孫。❹輕：輕狂放肆，指「超乘」。無禮：指過天子之門，不去甲束兵，只「免冑而下」，不合於禮。❺脫：疏略，粗心大意。

及滑①，鄭商人弦高將市於周②，遇之，以乘韋先牛十二犒師③，曰：「寡君聞吾子將步師出於敝邑④，敢犒從者。不腆敝邑為從者之淹⑤，居，則具一日之積⑥；行，則備一夕之衛。」且使遽告于鄭⑦。

【注釋】❶滑：姬姓小國，在今河南省偃師市境。❷市：做買賣。❸乘：四。韋：熟牛皮。先：古人送禮，照常例先送輕的東西，再送重的東西，叫以某先某。❹步師：行軍。❺腆（tiǎn）：厚，富裕。淹：久，指久留。❻積：指日常的糧、菜、柴草、馬料等。❼遽（jù）：驛車，用過站換馬快速傳送的車子。

鄭穆公使視客館①，則束載、厲兵、秣馬矣②。使皇武子辭焉③，曰：「吾子淹久於敝邑，唯是脯資餼牽竭矣④。為吾子之將行也，鄭之有原圃⑤，猶秦之有具囿也⑥，吾子取其麋鹿以間敝邑⑦，若何？」杞子奔齊，逢孫、楊孫奔宋。

孟明曰：「鄭有備矣，不可冀也⑧。攻之不克，圍之不繼，吾其還也。」滅滑而還。……

【注釋】❶鄭穆公：鄭文公的庶子，在這一年即位。❷束載：把裝車的物品捆好。厲兵：磨利兵刃。厲，同「礪」。秣馬：用秣餵馬。❸辭：道歉，實際上示意要他們離開。❹唯是：因此。脯（fǔ）：乾肉。資：糧食。餼：鮮肉。牽：活的牲畜。❺原圃：鄭國的獵場，在今河南省中牟縣西北。❻具囿：秦國的獵場，在今陝西省鳳翔縣。原圃、具囿都是圈養禽獸的地方。❼間（xián）：同「閒」。❽冀：指望，希望得到。

晉原軫曰：「秦違蹇叔，而以貪勤民，天奉我也①。奉不可失，敵不可縱②。縱敵患生，違天不祥。必伐秦師。」欒枝曰：「未報秦施，而伐其師，其為死君乎③？」先軫曰：「秦不哀吾喪而伐吾同姓④，秦則無禮，何施之為？吾聞之：『一日縱敵，數世之患也。』謀及子孫，可謂死君乎！」遂發命，遽興姜戎⑤。子墨衰絰⑥，梁弘御戎，萊駒為右。

【注釋】❶奉：給與。❷縱：放走。❸其：副詞，表示反詰，和「豈」意思相同。為：有。死君：去世的國君，指文公。這句說：難道心目中還有先君嗎？❹同姓：指鄭國和滑國。它們和晉國同是姬姓國。❺遽：緊急。興：起，發動。姜戎：處於晉國北境的部族。❻子：晉襄公，其父文公未葬，所以稱子。墨：染黑。衰（cuī）：喪服。絰（dié）：喪帶，繫在頭部或腰部。古代士兵穿黑色，所以襄公染黑了喪服出征。

夏四月辛巳，敗秦師于殽，獲百里孟明視、西乞術、白乙丙以歸。遂墨以葬文公①，晉於是始墨②。

文嬴請三帥③，曰：「彼實構吾二君④。寡君若得而食之，不厭⑤，君何辱討焉？使歸就戮于秦，以逞寡君之志⑥，若何？」公許之。

【注釋】❶墨：指黑色喪服。❷於是：由此，從此。❸文嬴：秦穆公女，晉文公的夫人，襄公的嫡母。❹構：離間。❺厭：滿足。❻逞：實現，滿足。

先軫朝，問秦囚。公曰：「夫人請之①，吾舍之矣。」先軫怒曰：「武夫力而拘諸原②，婦人暫而免諸國③，墮軍實而長寇讎④，亡無日矣！」不顧而唾⑤。

公使陽處父追之⑥，及諸河⑦，則在舟中矣。釋左驂⑧，以公命贈孟明。孟明稽首曰：「君之惠，不以纍臣釁鼓⑨，使歸就戮于秦。寡君之以為戮，死且不朽⑩。若從君惠而免之，三年，將拜君賜⑪。」

【注釋】❶夫人：指文嬴。❷力：奮力，用力。原：野外，這裏指戰場。❸暫：匆忙。免：赦罪而釋放。❹墮（huī）：毀棄。軍實：戰果，指秦囚。長：助長。❺顧：回頭。唾（tuò）：吐口水。❻陽處父：晉大夫。❼河：黃河。❽驂（cān）：古代用四匹馬駕車，兩邊的馬稱驂。❾纍（léi）：捆綁。纍臣，被俘之臣，孟明自稱。釁鼓：取血塗鼓。古代新製成重要器物，都殺牲塗血而祭，稱為釁。也間或用俘囚的血。這裏是處死的意思。❿不朽：指名留後世。⓫拜君賜：指報仇。

秦伯素服郊次①，鄉師而哭②，曰：「孤違蹇叔，以辱二三子，孤之罪也。」不替孟明③，曰：「孤之過也，大夫何罪？且吾不以一眚掩大德④。」（以上僖公三十三年）

【注釋】❶素服：白色喪服。郊次：在郊外等待。❷鄉：同「向」。❸替：廢。指撤職。❹眚（shěng）：眼睛上長的膜，引申為過失。

【翻譯】

冬季，晉文公去世了。十二月十二日，準備把靈柩送往曲沃停放。剛走出絳城，棺材裏發出聲音像牛叫一般。卜偃讓大夫們都向着棺材跪拜，說：「君發佈軍事命令：將有西方的軍隊越過我們的國境，我們攔擊它，一定大獲全勝。」

杞子從鄭國派人向秦國報告説：「鄭國人讓我掌管他們北門的鑰匙，如果偷偷地派軍隊前來，他們的國都是可以到手的。」秦穆公向蹇叔請教。蹇叔説：「讓軍隊辛辛苦苦去偷襲遠方的國家，這是我沒有聽説過的。軍隊辛苦勞累而氣力衰竭，遠國的君主又有了防範，恐怕不行吧？軍隊的一舉一動，鄭國也一定知道。軍隊辛辛苦苦而一無所得，一定產生怨恨的念頭。而且行軍千里，誰還不知道？」秦穆公拒絕了蹇叔的意見。穆公召見孟明、西乞、白乙，派他們從東門外面出兵。蹇叔哭着對他們説：「孟子啊！我看着大軍出發，可是看不到他們回來了！」穆公派人對蹇叔説：「你懂得甚麼！你的年壽滿了，等到軍隊回來，你墳上種的樹該長到兩手合抱了！」蹇叔的兒子也參加了出征的隊伍，蹇叔哭着送他，説：「晉國人抵禦我軍一定是在殽這個地方，殽有兩座大山在那裏。它南面的大山，是夏王皋的陵墓；它北面的大山，是周文王躲避風雨的地方。你一定會戰死在這兩座山的中間，我在那裏收撿你的屍骨吧！」秦國軍隊就此向東進發。

魯僖公三十三年春天，秦國軍隊經過周王城的北門。戰車上左右兩邊的士兵脱去頭盔下車，但馬上又跳上車去的共有三百輛戰車的士兵。王孫滿年紀還小，看到了這種情形，對周天子說：「秦軍輕狂而無禮，一定要打敗仗。輕狂就缺少謀略，無禮就粗心大意。深入險地卻粗心大意，又不會出謀畫策，能不失敗嗎？」

秦軍到了滑國，鄭國的商人弦高正要到周地去做買賣，遇到了秦軍。他先送去四張熟牛皮，再用十二頭牛犒勞秦軍，說：「我們國君聽說大夫們將要行軍來到敝國，讓我冒昧犒勞您的部下。不富裕的敝國，作為您部下的久留之地，要是住下來，我們就準備一天的食用給養；要是離開，我們就準備一夜的安全保衛。」一面又派了接力快馬向鄭國報告消息。

鄭穆公叫人偵察杞子等人住的賓館，原來他們已經捆紮行裝，磨利兵器，餵飽戰馬了。穆公派皇武子請他們離開，說：「各位大夫在敝國逗留久了，因此敝國的乾肉、糧食、鮮肉和牲口也耗盡了。各位大夫將要離開了，鄭國有個獵場原圃，正像秦國有個獵場具囿一樣，各位大夫獵取那裏的麋鹿，也好讓敝國休息休息，怎麼樣？」這樣，杞子就逃往齊國，逢孫和楊孫逃往宋國。

孟明說：「鄭國已經有準備了，不能指望了。攻它又攻不下來，包圍它又沒有後援，我們還是回去吧。」就滅了滑國回去。……

晉國的先軫說：「秦國不聽蹇叔的意見，因為貪心而讓百姓勞累，這是上天賜給我們的機會。機會不能失去，敵人不能放走。放走敵人，就會生出禍患，違背天意，就會不吉利。一定要攻打秦兵。」欒枝說：「還沒有報答秦國的恩惠，反而去攻打它的軍隊，難道心目中還有先君嗎？」先軫說：「秦國不為我們的國喪而哀傷，反而攻打我們的同姓國家，秦國就是自己無禮，還有甚麼恩惠可言呢？我聽說過這樣的話：『一旦放走敵人，就是幾代人的禍患。』我們為後世子孫着想，可以有理由對先君說了吧？」於是發佈了起兵的命令，並迅速動員了姜戎的兵力。晉襄公染黑了喪服出征，梁弘替他駕御兵車，萊駒擔任車右。

夏季四月十三日，晉軍在殽山打敗了秦軍，俘虜了百里孟明視、西乞術和白乙丙回到晉國。於是染黑了喪服來安葬晉文公。晉國從這時候開始使用黑色的喪服。

文嬴請求釋放孟明等三位大將，說：「他們正是挑撥離間秦、晉兩國國君的人，我們國君如果把他們抓住，吃他們的肉也不解恨，您何必屈尊去懲罰他們呢？讓他們回到秦國去接受刑戮，使我們國君的心願得到滿足，怎麼樣？」晉襄公答應了。

先軫朝見襄公，問起秦國囚徒。襄公說：「母親替他們求情，我把他們放了！」先軫非常憤怒，說：「將士出死力才在戰場上捉到他們，一個女人匆忙之間就從國都裏把他們放走，斷送了我們的戰果而助長了敵人，亡國要不了幾天了！」頭也不回就吐唾沫。

襄公派了陽處父追趕孟明他們，追到黃河邊上，孟明幾個已經在船上了。

陽處父解下戰車左邊的馬，用晉襄公的名義送給孟明。孟明叩頭說：「承蒙國君的恩惠，不拿我這被俘之臣來取血祭鼓，讓我們回到秦國去接受刑罰。如果我們國君把我們處死，死了也能永垂後世。倘若遵從晉君的好意而赦免我們，三年之後，我將會來拜謝晉君的恩賞。」

秦穆公穿了白色的喪服在郊外等待着，向回來的秦國軍隊哭着說：「我不聽蹇叔的勸告，使各位受到了屈辱，這是我的罪過呀！」穆公不撤掉孟明的官職，並且說：「這是我的過錯，各位大夫有甚麼罪呢？況且我也不能因為一次小過失而埋沒了你們的大功勞啊！」

十四　晉靈公不君

本文選自魯宣公二年（前607），通過幾個故事性很強的細節，揭露了晉靈公的荒淫暴虐，表彰了趙盾的直言敢諫和忠於國事，使一個暴君和一位賢臣的形象，活脱脱地呈現在讀者眼前。

文章開頭先用「晉靈公不君」一句來總括全篇，然後從三件事上分寫他的「不君」，並且寫他拒絕進諫，還千方百計要殺掉敢於「驟諫」的趙盾，用的是正面描寫的方法。寫趙盾，卻主要用「藉賓顯主」的方法，從刺客鉏麑的眼中，寫他一大早「盛服將朝」，從刺客口中讚美他「不忘恭敬」，刺客寧可觸槐而死也不忍殺害他。再通過提彌明為他戰死和靈輒的倒戈，寫他的仁愛和武士對他的擁戴。作者藉助這三個小人物的言語和舉動，把這位賢臣的形象烘托得非常鮮明。

鉏麑觸槐自殺之前說的話，沒有人能聽到，卻寫得如聞其聲。這就不是「記言」，而是作者替古人「代言」了。史家不能憑空虛構史事和情節，卻可以根據當時的情勢和人物的性格，擬想他們的語言，並合情合理地摹寫出來。在這點上，歷史記述就跟文學創作有相通之處了。

晉靈公不君①：厚斂以雕牆②；從台上彈人，而觀其辟丸也；宰夫胹熊蹯不熟③，殺之，置諸畚④，使婦人載以過朝⑤。趙盾、士季見其手⑥，問其故，而患之。將諫，士季曰：「諫而不入⑦，則莫之繼也⑧。會請先，不入，則子繼之。」三進⑨，及溜⑩，而後視之，曰：「吾知所過矣，將改之。」稽首而對曰：「人誰無過？過而能改，善莫大焉。《詩》曰：『靡不有初，鮮克有終⑪。』夫如是，則能補過者鮮矣。君能有終，則社稷之固也，豈惟羣臣賴之⑫。又曰：『袞職有闕，惟仲山甫補之⑬。』能補過也。君能補過，袞不廢矣⑭。」

【注釋】❶晉靈公：名夷臯，文公之孫，襄公之子。不君：不行君道，指言行不符合作為一個國君的規矩。❷厚斂：加重徵收賦稅。雕：畫，修飾。❸宰夫：國君的廚子。胹（ér）：燉，煮。熊蹯（fán）：熊掌。❹畚（běn）：筐子一類的盛物器具。❺載：通「戴」，用頭頂着。❻趙盾：趙衰之子，諡宣子，晉的正卿（首席大臣）。士季：名會，士蔿之孫，晉大夫。❼入：納。❽莫之繼：「莫繼之」的倒裝。莫，不定指代詞，相當於「沒有人」。之，指代進諫這件事。意思説：趙盾是正卿，如果他的意見也不被接受，就沒有人能繼續進諫了。❾三進：向前走了三次。❿溜：屋簷下滴水處。古代臣朝於君，入門為一進，到庭院為二進，上階至屋簷下為三進，每進要伏地行禮。靈公不願聽諫，裝作沒看見，士會三進至簷下，靈公才不得不抬眼看他。⓫「靡不」二句：引自《詩・大雅・蕩》。靡，不定指代詞，「沒有誰」的意思。初，開始。鮮（xiǎn），少。克，能。終，終結。⓬賴：依靠。⓭「袞職」二句：引自《詩・大雅・烝民》。袞（gǔn），天子的禮服，這裏借指天子。職，通「識」，適，偶爾。闕，破損，引申為過失。仲山甫，周宣王的賢臣，曾輔佐宣王中興。補，補衣，引申為彌補，補救。⓮袞：借指君位。

猶不改。宣子驟諫①，公患之，使鉏麑賊之②。晨往，寢門闢矣③，盛服將朝④。尚早，坐而假寐⑤。麑退，歎而言曰：「不忘恭敬，民之主也⑥。賊民之主，不忠；棄君之命，不信。有一於此，不如死也！」觸槐而死。

【注釋】❶驟：多次。❷鉏麑（chú mí）：晉國的力士。賊：刺殺。❸闢：開。❹盛服：穿戴整齊。❺假寐：不脱衣帽睡覺，打盹兒。❻主：主人，這裏指依靠、靠山。

秋九月，晉侯飲趙盾酒①，伏甲②，將攻之。其右提彌明知之③，趨登④，曰：「臣侍君宴，過三爵⑤，非禮也。」遂扶以下。公嗾夫獒焉⑥。明搏而殺之⑦。盾曰：「棄人用犬，雖猛何為！」鬥且出⑧。提彌明死之⑨。

【注釋】❶飲（yìn）：使人喝。❷甲：甲士，披甲的士兵。❸右：車右。❹趨：快步走。❺爵：古代的酒器，有三足。❻嗾（sǒu）：用嘴發出指使狗的聲音。獒（áo）：兇猛的狗。❼搏：徒手對打。❽且：連詞，表示其前後的動作同時進行。❾死之：為之死。之，指趙盾。

初，宣子田于首山①，舍于翳桑②。見靈輒餓③，問其病。曰：「不食三日矣！」食之④，舍其半。問之。曰：「宦三年矣⑤，未知母之存否。今近焉，請以遺之⑥。」使盡之，而為之簞食與肉⑦，置諸橐以與之⑧。既而與為公介⑨，倒戟以禦公徒，而免之。問何故，對曰：「翳桑之餓人也。」問其名居，不告而退。遂自亡也。

【注釋】❶首山：即首陽山，在今山西省永濟東南。❷舍：住宿。翳（yì）桑：首山附近的地名。❸靈輒：人名。❹食（sì）之：給他吃東西。❺宦（huàn）：給人當奴僕。❻遺（wèi）：送給。❼簞（dān）：盛飯的圓筐。食（shí）：飯。❽橐（tuó）：兩頭有口的口袋，用時以繩紮緊。❾與（yù）：參加。介：甲，指甲士。

乙丑，趙穿攻靈公於桃園①。宣子未出山而復。大史書曰②：「趙盾弒其君。」以示於朝。宣子曰：「不然。」對曰：「子為正卿，亡不越竟③，反不討賊④，非子而誰？」宣子曰：「嗚呼⑤！《詩》曰：『我之懷矣，自詒伊戚⑥。』其我之謂矣。」

【注釋】❶趙穿：晉大夫，趙盾的堂兄弟。桃園：園囿名。❷大（tài）史：即太史，掌記國家大事的史官。這裏指晉太史董狐。書：寫。❸竟：同「境」，國境。❹賊：弒君的人，指趙穿。❺烏呼：嘆詞，同「嗚呼」。❻「我之懷矣」二句：杜預注認為是逸詩。今《詩・邶風・雄雉》中有這兩句，但末字「戚」作「阻」。懷，懷戀。詒，同「貽」，留下。伊，語氣詞，無實義。戚，憂傷。

孔子曰：「董狐，古之良史也，書法不隱①。趙宣子，古之良大夫也，為法受惡②。惜也，越竟乃免③。」

宣子使趙穿逆公子黑臀于周而立之④。壬申，朝于武宮⑤。

【注釋】❶書法：史官記事的原則。隱：隱諱，指隱趙盾之罪。❷惡：指弒君的惡名。❸越竟乃免：杜預注解釋孔子這句話的意思說，「越竟則君臣之義絕，可以不討賊」。❹逆：迎。公子黑臀：晉文公之子，襄公之弟，為周女所生，故迎於周，即位為晉成公。❺武宮：重耳祖父晉武公的廟，在曲沃。

【翻譯】

晉靈公的言行不符合做國君的規矩：大量徵收賦稅來裝飾宮牆；從高台上彈射行人，而看他們躲避彈丸的模樣。廚子燉熊掌沒有燉爛，晉靈公就把他殺了，放在筐裏，讓宮女們頂着從朝廷經過。趙盾和士季看見了死人的手，就詢問廚子被殺的原因，並且為這事憂慮。他們打算向靈公進諫，士季說：「要是您進諫而國君不聽，那就沒有人能接着進諫了。讓我先進去勸諫，國君不聽，那麼，您再接着進諫。」士季往前走了三次，到了屋簷下滴水處，靈公才抬眼看他，說：「我知道我所犯的錯誤了，準備改正。」士季叩頭回答說：「誰能沒有錯誤，犯錯誤而能夠改正，好事沒有比這更大的了。《詩》上說：『人們向善都有個好開頭，但很少有人能堅持到底。』要是像這樣，能夠彌補過失的人就很少了。君王向善能堅持到底，這就是國家的保障了，豈止是臣子們依靠它。《詩》上又說：『天子偶有過失，只有仲山甫來彌補。』這是說能補救過失。君王能彌補過失，君位就不會失去了。」

晉靈公還是不悔改。趙盾又多次向靈公勸諫，靈公很厭惡他這樣做，就派了鉏麑去刺殺趙盾。鉏麑一大早就去了趙盾的家，臥室的門已經打開了，趙盾整整齊齊地穿了衣服準備上朝。時間還早，他就坐着打個盹兒。鉏麑退了出來，讚歎地說：「這時候還不忘記恭敬，真是老百姓的靠山啊。殺害老百姓的靠山，這是不忠；背棄國君的命令，這是不信。不忠不信只要有了一條，還不如死了好！」就撞槐樹自殺了。

秋季九月，晉靈公請趙盾喝酒，埋伏好了穿鎧甲的武士，準備攻殺趙盾。趙盾的車右提彌明發覺了這個陰謀，就快步走上堂去，說：「臣子陪君王宴飲，喝酒超過三杯，就不合禮儀了。」於是扶起趙盾走下堂去。晉靈公嗾使一條猛狗來咬趙盾。提彌明上去搏鬥並且殺死了猛狗。趙盾說：「不用人而用狗，即使兇猛，又有甚麼用？」就一邊打鬥一邊退了出去。提彌明卻為趙盾戰死了。

當初，趙盾到首陽山打獵，在翳桑住下。看到靈輒餓壞了，就問起他的病情。靈輒說：「已經三天沒吃東西了。」趙盾給他東西吃，靈輒留下一半。趙盾問他為甚麼。靈輒回答說：「我給人家當奴僕已經三年了，不知道母親還在不在世。現在離她近了，請讓我把留下的食物送給她。」趙盾讓他把食物吃完，並且替他準備了一籃飯和肉，放在一個口袋裏遞給他。不久，靈輒加入了晉靈公的甲士隊伍，就把武器倒轉過來抵擋靈公手下的人，使趙盾躲過了這場大難。趙盾問他為甚麼這樣做，他回答說：「我就是翳桑的餓漢啊！」問他的名字和住處，他不回答就退了出去。趙盾也就自己逃亡去了。

九月二十六日，趙穿在桃園殺死了晉靈公。趙盾還沒有走出國境的山界就轉回來了。晉國太史寫道：「趙盾殺了他的國君。」並且把上邊的話拿到朝廷上公佈。趙盾說：「不是這樣的。」太史回答說：「您作為正卿，逃亡不走出國界，回來不聲討叛賊，不是您殺了國君又是誰呢？」趙盾說：「唉呀！《詩》上說：『我因為懷戀祖國，反而給自己留下憂傷。』大概就是說我吧！」

孔子說：「董狐是古代的好史官，記事的原則是不隱諱事實。趙盾是古代的好大夫，因為史官的記事原則而蒙受了惡名。可惜啊，如果他走出了國界就可以免掉殺君之名了。」趙盾派了趙穿到成周去迎接公子黑臀，把他立為國君。十月三日，晉侯去晉武公廟朝拜。

十五　宋及楚平

本文選自魯宣公十四年（前595）、十五年。春秋中期，晉、秦在殽之戰後關係惡化，南方的楚國就乘機向北擴張。夾在晉、楚、齊三個大國之間的一些二三等國家，就成了大國爭奪的對象。本篇記述了楚莊王侵宋和宋人為了保衛國家而堅決抗爭的經過。

本篇在記述事件發展的過程中，非常成功地刻畫了楚莊王和華元這兩個人物形象。楚莊王派使者出訪齊、晉，卻不向宋、鄭借路，故意激怒宋國和鄭國，找尋出兵的藉口。當他聽到宋人中了他設下的圈套、殺了楚使的消息時，作者不直接寫他的表情神色，卻從袂上、屨上、劍上、車上寫他一連串不平常的動作，把楚莊王喜極忘形、侍從們匆忙追趕的急遽神態，活靈活現地表現出來了，可以說是傳神之筆。

華元是執政大臣，他明白楚國不向宋國借路的用意，但為了國家的尊嚴，堅決殺掉了楚使。在危急時刻，又隻身夜入楚營，劫持楚帥子反，逼他訂盟，自己卻不惜作為人質，不愧是一位傑出的愛國者。

楚子使申舟聘于齊①，曰：「無假道于宋②。」亦使公子馮聘于晉③，不假道于鄭。申舟以孟諸之役惡宋④，曰：「鄭昭、宋聾⑤，晉使不害，我則必死。」王曰：「殺女，我伐之。」見犀而行⑥。

【注釋】❶楚子：楚莊王。申舟：楚大夫，名毋畏，申是他的食邑，舟是字。聘：派使節訪問。❷「無假道」句：古代諸侯路過他國，必須事先請求借路，才算符合禮節。當時宋國親近晉國，楚臣過宋而不借路，正想借機會挑起事端。❸公子馮（píng）：楚公族。❹孟諸：宋沼澤名，在今河南省商丘東北。魯文公十年（前617），宋昭公和楚穆王在孟諸打獵。昭公耽誤了穆王的命令，申舟就把昭公的御者痛打一頓並拿他來示眾。「孟諸之役」就是指這件發生在二十多年前的事。❺昭：明白。聾：糊塗。❻見：引見。犀：申犀，申舟之子。申舟臨行前讓楚王見其子，是希望楚王能堅守「殺女，我伐之」的諾言。

及宋，宋人止之①。華元曰②：「過我而不假道，鄙我也③。鄙我，亡也。殺其使者，必伐我；伐我，亦亡也。亡，一也。」乃殺之。楚子聞之，投袂而起④，屨及於窒皇，劍及於寢門之外，車及於蒲胥之市⑤。秋九月，楚子圍宋。（以上宣公十四年）

【注釋】❶止：扣留。❷華元：宋國的執政大臣。❸鄙：邊邑。鄙我，以我為邊邑。❹投：甩，揮動。袂（mèi）：衣袖。❺「屨及」三句：屨：麻做的鞋。及：追上。窒皇：由堂到宮門的甬道。寢門：寢宮（後宮）的門。蒲胥：楚市名。這幾句寫楚王聽到楚使被殺的消息，站起來就往外走，來不及穿鞋、佩劍和坐車。隨從們分別拿着鞋、拿着劍、趕着車子從後面追他，分別在好幾個地方才追上。

宋人使樂嬰齊告急于晉①，晉侯欲救之②。伯宗曰③：「不可，古人有言曰：『雖鞭之長，不及馬腹④。』天方授楚，未可與爭。雖晉之彊，能違天乎？諺曰：『高下在心⑤。』川澤納污，山藪藏疾⑥，瑾瑜匿瑕⑦，國君含垢⑧，天之道也。君其待之。」乃止。

【注釋】❶樂嬰齊：宋大夫。❷晉侯：晉景公。❸伯宗：晉大夫。❹「雖鞭之長」二句：譬喻晉國雖強，也不能跟楚國抗爭。❺高下在心：指處理事情要心中有數。❻藪（sǒu）：草木茂盛的淺水湖澤。疾：指害人之物，毒蛇猛獸之類。❼瑾瑜：美玉。匿：隱藏。瑕（xiá）：美玉上的疵斑。❽垢：恥辱。前三句是比喻，這一句才是本意，指暫時忍辱對國家並無損害。

使解揚如宋①，使無降楚，曰：「晉師悉起②，將至矣。」鄭人囚而獻諸楚。楚子厚賂之，使反其言。不許。三而許之。登諸樓車③，使呼宋人而告之，遂致其君命④。楚子將殺之，使與之言曰：「爾既許不穀，而反之，何故？非我無信，女則棄之，速即爾刑⑤！」對曰：「臣聞之：君能制命為義，臣能承命為信，信載義而行之為利。謀不失利，以衛社稷，民之主也。義無二信，信無二命。君之賂臣，不知命也。受命以出，有死無霣⑥，又可賂乎？臣之許君，以成命也。死而成命，臣之祿也⑦。寡君有信臣，下臣獲考死⑧，又何求？」楚子舍之以歸。

【注釋】❶解揚：晉大夫。❷悉：全，都。❸樓車：一種設有瞭望樓的兵車。❹致其君命：傳達了晉君要求宋人堅守待援的命令。❺即：就，走到某個位置。即刑，就刑。❻霣（yǔn）：同「隕」，墜落，引申為丟掉。❼祿：猶言福分。❽考死：善終。這是說，自己完成了使命，雖被殺也死得其所，可以算善終了。

夏五月，楚師將去宋①，申犀稽首於王之馬前曰：「毋畏知死而不敢廢王命，王棄言焉②！」王不能答。申叔時僕③，曰：「築室，反耕者④，宋必聽命。」從之。宋人懼，使華元夜入楚師⑤，登子反之牀⑥，起之，曰：「寡君使元以病告⑦，曰：『敝邑易子而食⑧，析骸以爨⑨。雖然⑩，城下之盟⑪，有以國斃，不能從也。去我三十里，唯命是聽。』」子反懼，與之盟而告王。退三十里，宋及楚平⑫。華元為質。盟曰：「我無爾詐，爾無我虞⑬。」（以上宣公十五年）

【注釋】❶去：離開。❷棄言：背棄諾言。指楚王背棄了對申舟說的『女死，我伐之』的話，要從宋國退兵。❸申叔時：楚大夫。僕：替王駕車。❹「築室」二句：修房子住下，叫回耕田人。這是準備長期圍宋而作的安排。❺夜入楚師：杜預注認為華元能夜入楚師，是靠其「鄉人」事先探知了虛實。❻子反：楚軍主帥公子側。❼病：指極端困難的情況。❽易：交換。❾析：劈開。爨（cuàn）：燒火做飯。❿雖：即使。然：這樣。⓫城下之盟：兵臨城下而被逼簽訂的盟約，指投降。⓬平：講和。⓭無：不要。虞：欺騙。

【翻譯】

楚莊王派申舟到齊國訪問，對他說：「不要向宋國請求借路。」又派公子馮到晉國訪問，也不向鄭國請求借路。申舟因為在孟諸打獵那件事情上得罪過宋國，就對楚王說：「鄭國是明白的，宋國是糊塗的；訪問晉國的使臣不會有危險，我卻必死無疑。」楚王說：「宋國真要殺了你，我就攻打它。」申舟讓兒子申犀去見過楚王就出發了。

申舟一到宋國，宋國人就把他扣住了。華元說：「經過我們的地方卻不向我們借路，這是把我國當成楚國的邊邑了。把我國當成楚國的邊邑，這是亡國；殺了他的使臣，楚國必定要攻打我們，攻打我們，也是亡國。亡國是一樣的。」就把申舟殺了。楚莊王聽到申舟被殺的消息，一甩袖子就站起來往外跑，一羣隨從追到甬道裏才讓他穿上鞋，追出寢宮門外才讓他佩上劍，追到蒲胥街上才讓他坐上車子。秋季九月，楚莊王領兵包圍了宋國。

……

宋國人派了樂嬰齊向晉國報告情況危急。晉景公打算救援宋國。伯宗說：「不行，古人有過這樣的話：『即使鞭子再長，也打不着馬肚子。』上天正在保佑楚國，現在還不能跟他鬥。晉國雖然強盛，難道能夠違背天意嗎？俗話說：『抬高壓低，想在心裏。』河流沼澤可以包納污穢，山林草莽可以暗藏毒物，美玉可以隱匿疵點，國君也是可以容忍恥辱的，這是老天的常規。您還是等一等吧！」晉侯才停止了出兵。

晉國派解揚到宋國去，叫宋國不要向楚國投降，讓他說：「晉國軍隊已經全體出動，就快到宋國了。」解揚經過鄭國的時候，鄭國人扣住解揚並把他獻給楚國。楚莊王用重禮收買他，讓他對宋國人說相反的話。解揚不答應。再三強逼他，才同意了。楚莊王讓解揚上了樓車，要他對宋人喊話說晉不來救宋，解揚就趁機傳達了晉君要宋人堅守待援的命令。楚莊王要殺解揚，派人對他說：「你已經答應我，卻又違反諾言，這是甚麼原因？不是我不講信用，而是你丟掉了信用。趕快去接受你該遭到的刑罰吧。」解揚回答說：「我聽過這樣的話：國君能夠制定正確的命令就叫做道義，臣子能夠奉行國君的命令就叫做誠信，誠信包含着道義並且貫徹它就叫做利益。考慮問題不能丟掉利益，以便捍衛國家，這才是百姓的依靠。合乎道義就不能有兩種誠信，講求誠信也不能接受兩種相反的命令。君王用厚禮收買我，就是不懂得臣子接受命令的道理。我奉命出使，寧可犧牲也不能夠背棄使命，難道可以拿財物來收買嗎？我之所以答應君王，是為了能完成我的使命。我死了卻能夠完成使命，這是我的福分。我們國君有個誠信的臣子，我又能夠死得其所，還要求甚麼呢？」楚莊王釋放了解揚，讓他回到晉國。

夏季五月，楚國軍隊將要撤離宋國，申犀在楚王的馬前叩頭說：「毋畏明知必死卻不敢不遵從您的命令，現在您倒背棄諾言了。」楚王不能回答。當時，申叔時替楚王駕車，他說：「在這裏修起房子，把種田的人叫回來，做出久圍的打算，宋國就一定會聽從命令了。」楚王照他的話辦。宋國人害怕起來，就派華元在夜裏摸進楚營，上了子反的牀，把他拉起來，說：「我們國君派我來把我們的苦難告訴你，說：『敝國人交換了孩子吃肉，劈了骨頭燒火。即使這樣，兵臨城下被逼簽訂的盟約，就算讓國家滅亡，也不能同意。如果撤離我們三十里地，就一切聽從吩咐。』」子反害怕起來，就跟華元定了盟誓並且報告了楚王。楚軍後撤了三十里，宋國就跟楚國講和了。華元自己作了人質。誓辭說：「我不哄你，你不騙我。」

十六　齊晉鞌之戰

本文選自魯成公二年（前589）。晉國在泌之戰中被楚國打敗，威望下降。為了重振霸業，必須遏止齊國的擴張，爭取小國的歸附。魯成公二年，魯、衛受到齊國的侵略而向晉國求救，晉國主帥郤克也對出使齊國受辱一事記恨在心，所以晉國就聯合魯、衛，在鞌地和齊國進行了戰爭。

本篇對雙方交戰的過程作了非常具體而細緻的描繪，從齊侯「滅此朝食」、「不介馬而馳」開始，到齊侯從徐關入、遇辟司徒之妻結束，中間插入許多緊張精彩的細節：郤克「流血及屨，未絕鼓音」；解張「左并轡，右援枹而鼓」；晉軍繞着華不注山追擊齊軍；韓厥如何俘虜假齊侯；齊侯如何脱險；齊侯如何三進三出敵軍，找尋逢丑父，等等。一個緊接一個扣人心弦的精彩畫面，組成了一幅古代戰爭的長卷畫軸，令人目不暇給。

賓媚人賂晉求和也是本篇的重要部分。賓媚人針對郤克蠻橫無理的「質母」和「盡東其畝」的講和條件，一層層加以揭露和駁斥。最後鄭重申明，求和不許，齊國將收集殘兵，決一死戰，雖未必能勝，也只有在決戰之後才能聽從晉命。嚴正的立場，堅定的態度，卻用極其委婉動聽的言辭加以闡明，既不唐突冒犯，激怒對方，也絕不低聲下氣，卑恭屈節，的確是一篇出色的外交辭令。

二年春，齊侯伐我北鄙①，圍龍②。頃公之嬖人盧蒲就魁門焉③，龍人囚之。齊侯曰：「勿殺，吾與而盟④，無入而封⑤。」弗聽，殺而膊諸城上⑥。齊侯親鼓，士陵城⑦。三日，取龍，遂南侵，及巢丘⑧。

【注釋】❶齊侯：齊頃公。❷龍：魯邑，在今山東省泰安市東南。❸嬖人：受寵的人。盧蒲就魁：人名。❹而：你，你們。❺封：國境。❻膊：通「曝」，暴露。膊諸城上，暴屍於城上。❼陵城：爬上城牆。❽巢丘：魯邑，當在龍邑附近。

衛侯使孫良夫、石稷、寧相、向禽將侵齊①，與齊師遇。石子欲還。孫子曰：「不可。以師伐人，遇其師而還，將謂君何？若知不能，則如無出②。今既遇矣，不如戰也。」

石成子曰：「師敗矣，子不少須，眾懼盡③。子喪師徒，何以復命？」皆不對。又曰：「子，國卿也。隕子④，辱矣。子以眾退⑤，我此乃止⑥。」且告車來甚眾⑦。齊師乃止，次于鞫居⑧。新築人仲叔于奚救孫桓子⑨，桓子是以免。……

【注釋】❶衛侯：衛穆公。孫良夫：衛大夫，又稱孫桓子。石稷：又稱石成子，衛賢臣石碏的四世孫。寧相：寧俞子。向禽將：衛大夫。❷如：副詞，應當。❸「子不」二句：少須，稍稍等待。這兩句說，要是不稍停一下收束敗軍，恐怕要全軍覆沒。❹隕：指損失。❺以：帶領。❻我此乃止：「我乃止此」的倒裝。❼且：連詞，表示前後事同時進行。車：援軍的戰車。❽鞫（jū）居：舊說在河南封丘縣。❾新築：衛邑，在今河北省大名縣附近。新築人，新築的邑大夫。

孫桓子還於新築，不入，遂如晉乞師。臧宣叔亦如晉乞師①。皆主郤獻子②。晉侯許之七百乘。郤子曰：「此城濮之賦也③。有先君之明與先大夫之肅④，故捷。克於先大夫，無能為役，請八百乘。」許之，郤克將中軍，士燮佐上軍⑤，欒書將下軍⑥，韓厥為司馬⑦，以救魯、衛。臧宣叔逆晉師，且道之⑧。季文子帥師會之⑨。

及衛地，韓獻子將斬人。郤獻子馳，將救之。至，則既斬之矣。郤子使速以徇⑩，告其僕曰：「吾以分謗也⑪。」

【注釋】❶臧宣叔：魯大夫。❷主：動詞，住在某人家裏並把他作為主人。郤獻子：郤克，在魯宣公十七年（前592）曾出使齊國，齊頃公之母蕭同叔子嘲笑他跛足，郤克大怒，發誓要報仇，所以魯、衛兩國來使都投奔他。❸賦：本指賦税，古代又依賦出兵甲車馬，所以又指軍賦，即兵員裝備。❹先君：指晉文公。先大夫：本國的前輩大夫。指先軫、狐偃、欒枝等在城濮之戰中卓有戰功的大夫。肅：機敏。❺士燮（xiè）：又稱范文子、范叔，士會之子。❻欒書：又稱欒武子，欒枝之孫。❼韓厥：又稱韓獻子。司馬：軍法官。❽道：同「導」，做嚮導，開路。❾季文子：季孫行父，魯國的執政大臣。❿徇（xùn）：示眾。⓫分謗：分擔人們的指責。

師從齊師于莘①。六月壬申，師至于靡笄之下②。齊侯使請戰曰：「子以君師辱於敝邑，不腆敝賦③，詰朝請見。」對曰：「晉與魯、衛，兄弟也。來告曰：『大國朝夕釋憾於敝邑之地④。』寡君不忍，使羣臣請於大國，無令輿師淹於君地⑤。能進不能退，君無所辱命⑥。」齊侯曰：「大夫之許，寡人之願也；若其不許，亦將見也。」齊高固入晉師⑦，桀石以投人⑧，禽之而乘其車⑨，繫桑本焉⑩，以徇齊壘⑪，曰：「欲勇者賈余餘勇⑫！」

【注釋】❶莘：衛地，在今山東省莘縣北。❷靡笄（jī）：山名，今山東省濟南市的千佛山。❸賦：軍賦，即兵員裝備。❹大國：等於說貴國，尊稱齊。釋憾：撒氣，發洩怨恨。❺輿師：眾軍。淹：久留。❻無所辱命：不勞吩咐。這是答應交戰的意思。❼高固：齊大夫。❽桀：舉。❾禽：同「擒」。❿本：樹根。⓫徇：遍告。⓬賈（gǔ）：買。

癸酉，師陳于鞌①。邴夏御齊侯②，逢丑父為右。晉解張御郤克③，鄭丘緩為右④。齊侯曰：「余姑翦滅此而朝食⑤。」不介馬而馳之⑥。郤克傷於矢，流血及屨，未絕鼓音⑦，曰：「余病矣⑧！」張侯曰：「自始合⑨，而矢貫余手及肘⑩，余折以御，左輪朱殷⑪，豈敢言病？吾子忍之！」緩曰：「自始合，苟有險，余必下推車，子豈識之⑫？然子病矣！」張侯曰：「師之耳目，在吾旗鼓，進退從之⑬。此車一人殿之⑭，可以集事⑮，若之何其以病敗君之大事也？擐甲執兵⑯，固即死也⑰；病未及死，吾子勉之⑱！」左并轡⑲，右援枹而鼓⑳。馬逸不能止㉑，師從之，齊師敗績。逐之，三周華不注㉒。

【注釋】❶鞌：同「鞍」，齊地，在今山東省濟南市西北。❷邴（bǐng）夏：及下句逢丑父都是齊大夫。❸解張：晉大夫，下文又稱張侯。❹鄭丘緩：晉大夫，姓鄭丘，名緩。❺姑：暫且。翦滅：消滅，翦與滅同義。朝食：吃早飯。❻不介馬：不給馬披上甲。❼未絕鼓音：古代作戰，主帥親掌旗鼓，用來指揮三軍進退，所以郤克受傷仍然擊鼓不停。❽病：負傷。❾合：交戰。❿貫：穿過。及：連詞，和。肘：胳膊。⓫朱：大紅色。殷：暗紅色。⓬識：知道。這句說郤克受重傷而專心擊鼓，不知車右下去推車。⓭「師之耳目」三句：大意說，全軍都跟着旗幟和鼓聲而決定進退。⓮殿：鎮守。⓯集事：成事。⓰擐

(huàn)：穿着。兵：武器。⓱即死：就死，往死裏走。⓲勉：努力，盡力。⓳并：合在一起。轡（pèi）：韁繩。解張駕車本來用兩手執韁，現在把韁繩合到左手。⓴援：拽過來。枹（fú）：鼓槌。㉑逸：狂奔。㉒周：環繞。華不注：山名，在今濟南市東北。

韓厥夢子輿謂己曰①：「旦辟左右②！」故中御而從齊侯③。邴夏曰：「射其御者④，君子也。」公曰：「謂之君子而射之，非禮也。」射其左，越于車下⑤；射其右，斃于車中⑥。綦毋張喪車⑦，從韓厥曰：「請寓乘⑧。」從左右，皆肘之⑨，使立於後。韓厥俛⑩，定其右⑪。逢丑父與公易位⑫。將及華泉⑬，驂絓於木而止⑭。丑父寢於轏中⑮，蛇出於其下，以肱擊之⑯，傷而匿之⑰，故不能推車而及。韓厥執縶馬前⑱，再拜稽首，奉觴加璧以進⑲，曰：「寡君使羣臣為魯、衛請，曰：『無令輿師陷入君地。』下臣不幸，屬當戎行⑳，無所逃隱，且懼奔辟而忝兩君㉑。臣辱戎士㉒，敢告不敏㉓，攝官承乏㉔。」丑父使公下，如華泉取飲㉕。鄭周父御佐車，宛茷為右㉖，載齊侯以免。韓厥獻丑父，郤獻子將戮之，呼曰：「自今無有代其君任患者㉗，有一於此，將為戮乎？」郤子曰：

「人不難以死免其君㉘，我戮之，不祥。赦之，以勸事君者㉙。」乃免之。

【注釋】❶子輿：韓厥之父。❷辟：同「避」。左右：車的左邊和右邊。古代車戰，君主或元帥站在兵車中間，御者在左，車右在右。一般的兵車由御者居中，射手在左，車右在右。這兩句是插敘前一天晚上的事。❸中御：韓厥是司馬，本應在左，這時卻代替御者居中駕車。❹「射其御」二句：邴夏認為韓厥的儀態風度像貴族，所以請齊侯射他。❺越：墜落。❻斃：仆倒。❼綦（qí）毋張：晉大夫，姓綦毋，名張。❽寓：寄。寓乘，搭車。❾肘之：用肘推他，示意不能站在左右兩邊。❿俛：同「俯」。⓫定其右：把車右的屍身放穩當。⓬易位：逢丑父本在右位，知道齊頃公可能被俘，就趁韓厥俯身時與居中的齊頃公交換位置。⓭華泉：華不注山下的泉水名。⓮驂（cān）：位置在車前兩旁的馬。絓：同「掛」，絆住。⓯輚（zhàn）：一種用竹木橫條編成的輕便棚車。⓰肱（gōng）：手臂。⓱匿之：隱瞞傷情。從「丑父寢」一句到此，是追敘交戰前夜發生的事。⓲縶：絆馬索。古代貴族外出，奴僕「負羈縶以從」，韓厥執縶，是表示對齊侯（已由逢丑父冒充）行臣僕之禮。⓳奉：捧。觴（shāng）：盛酒器，用途相當於酒杯。進：獻。⓴屬：適，正好。戎行（háng）：兵車隊列，指齊軍。㉑忝（tiǎn）：羞辱。㉒辱：自謙之辭。戎士：軍人。這句說，自己不夠格擔任軍職因而羞辱了軍人。㉓敢：表示恭敬的副詞。不敏：不聰明，遲鈍。這是當時常用的謙詞。㉔攝：代理。承乏：謙詞，由於人才缺乏而來充數。韓厥言外之意是：自己既然當了軍人，就要履行職責，把齊侯（丑父冒充的假齊侯）俘虜回去。㉕飲：喝的水。㉖鄭周父、宛茷（fèi）：都是齊大夫。佐車：副車。㉗自今：「自今以往」的意思，從現在追溯到以前。任患：承擔災難。㉘難：意動用法，認為難。這句說，不把「以死免其君」看作難事。㉙勸：勉勵。

齊侯免，求丑父，三入三出①。每出，齊師以帥退②。入于狄卒③，狄卒皆抽戈楯冒之④。以入于衛師，衛師免之⑤。遂自徐關入⑥。齊侯見保者⑦，曰：「勉之，齊師敗矣！」辟女子⑧，女子曰：「君免乎？」曰：「免矣。」曰：「銳司徒免乎⑨？」曰：「免矣。」曰：「苟君與吾父免矣，可若何？」乃奔。齊侯以為有禮。既而問之，辟司徒之妻也⑩。予之石窌⑪。

【注釋】❶三入：指入晉軍，入狄卒，入衛師。❷齊師以帥退：齊軍掩護主帥齊侯撤出。❸狄卒：狄人無兵車，只有步兵，故稱卒。狄卒是晉國的友軍。❹楯：同「盾」。冒：遮護，使免受傷害。❺免之：不傷害他。狄、衛都害怕齊國，不敢過分得罪齊君。❻徐關：齊地，在今山東省臨淄西。❼保者：守衛城邑的人。❽辟：同「避」，使避開，驅趕。❾銳司徒：軍械官，這位女子的父親。❿辟司徒：主管營壘的官。辟，通「壁」，營壘。⓫石窌（liù）：齊地，在今山東省長清東南。

晉師從齊師，入自丘輿①，擊馬陘②。齊侯使賓媚人賂以紀甗、玉磬與地③：「不可，則聽客之所為④！」賓媚人致賂⑤，晉人不可⑥，曰：「必以蕭同叔子為質⑦，而使齊之封內盡東其畝⑧。」對曰：「蕭同叔子非他，寡君之母也。若以匹敵⑨，則亦晉君之母也。吾子布大命於諸侯，而曰必質其母以為信，其若王命何⑩？且是以不孝令也。《詩》曰：『孝子不匱，永錫爾類⑪。』若以不孝令於諸侯，其無乃非德類也乎⑫？先王疆理天下⑬，物土之宜⑭，而布其利⑮。故《詩》曰：『我疆我理，南東其畝⑯。』今吾子疆理諸侯，而曰『盡東其畝』而已，唯吾子戎車是利⑰，無顧土宜，其無乃非先王之命也乎？反先王則不義，何以為盟主？其晉實有闕⑱。四王之王也⑲，樹德而濟同欲焉；五伯之霸也⑳，勤而撫之，以役王命。今吾子求合諸侯，以逞無疆之欲㉑。《詩》曰：『布政優優，百祿是遒㉒。』子實不優而棄百祿㉓，諸侯何害焉？不然，寡君之命使臣，則有辭矣。曰：『子以君師辱於敝邑，不腆敝賦，以犒從者㉔。畏君之震㉕，師徒橈敗㉖。吾子惠徼齊國之福㉗，不泯其社稷㉘，使繼舊好，唯是先君之敝器、土地不敢愛㉙。子又不許，請收合餘燼㉚，背城借一㉛。敝邑之幸㉜，亦云從也㉝；況其不幸，敢不唯命是聽？』」魯、衛諫曰：「齊疾我矣㉞。其死亡者，皆親暱也。子若不許，讎我必甚。唯子㉟，則又何求？子得其國寶，我亦得地㊱，而紓於難㊲，其榮多矣。齊、晉亦唯天所授，豈必晉？」晉人許之，對曰：「羣臣帥賦輿以為魯、衛請㊳。若苟有以藉口而復於寡君㊴，君之惠也，敢不唯命是聽？」

禽鄭自師逆公㊵。

【注釋】❶丘輿：齊地，在今山東省青州西南。❷馬陘：齊地，在丘輿之北。❸賓媚人：齊大夫，又稱國佐。紀：國名，為齊所滅。甗（yǎn）：甑一類的炊具，分兩層，上可蒸，下可煮，用陶或青銅製成。❹客：指晉國。❺賂：禮物。❻晉人：當指郤克。❼蕭同叔子：齊頃公之母。蕭是國名，同叔是蕭國國君的字，子是女兒。郤克跛足，受過蕭同叔子的嘲笑，所以提出以她為質，不便直言齊君之母，所以稱蕭同叔子。❽封內：境內。畝：田壟。盡東其畝，把田間道路全都改從東西方向。這樣做，就使晉軍向齊境東進時便於兵車行走。❾匹敵：對等，相當。❿「其若」句：意思是先王提倡孝治，晉國要求以齊侯之母為質，就違反了先王之命。⓫「孝子」二句：見《詩・大雅・既醉》。匱，窮盡。錫，同「賜」，給與。⓬其：表示不肯定的語氣詞。無乃：豈不是。德類：以孝德賜其同類。⓭疆：劃定疆界。理：區分地理，確定土地特性。⓮物：觀察，物色。⓯布：分佈，安排。⓰「我疆」二句：引自《詩・小雅・信南山》。⓱「唯吾子」句：「唯利吾子戎車」的倒裝。⓲闕：過失。⓳四王：夏禹、商湯、周文王、周武王。王：春秋時以能統一天下者為王。⓴五伯：指夏代的昆吾，商代的大彭、豕韋，周代的齊桓公和晉文公。伯：通「霸」。春秋時以能統領諸侯為天子效力者為霸主。㉑無疆：無止境。㉒「布政」二句：引自《詩・商頌・長發》。布，施行。優優，寬和的樣子。祿，福。遒（qiú），聚。㉓優：優優的省略。㉔以犒從者：當時的外交辭令，指兩國交戰。㉕震：威。㉖橈敗：挫敗。㉗惠：表示恭敬的副詞，意思是對方的行動對自己是恩惠。徼：求。㉘泯：滅。㉙愛：吝惜。㉚餘燼：剩餘的燃燒物，比喻殘餘兵力。㉛背城借一：背靠己城決一死戰。㉜幸：指幸而戰勝。㉝云：助詞，無義。從：服從。㉞疾：痛恨。㉟唯：義同「雖」，即使。㊱得地：得回被齊國侵佔的土地。㊲紓（shū）：解除。㊳賦輿：兵車。㊴若苟：同義詞連用，表示假設。藉口：可以答覆的理由。復：回報。㊵禽鄭：魯大夫。魯成公來與齊、晉會盟，禽鄭從軍中出發去迎接。

秋七月，晉師及齊國佐盟于爰婁①，使齊人歸我汶陽之田②。公會晉師于上鄍③，賜三帥先路三命之服④。司馬、司空、輿師、候正、亞旅皆受一命之服⑤。

【注釋】❶爰婁：齊地，在今山東省淄川區境。❷汶陽：魯地，在今山東省寧陽縣北。❸上鄍（míng）：在今山東省陽谷縣境。❹三帥：郤克、士燮、欒書。先路：卿所乘的禮車，由天子或諸侯所賜才能稱「路」。三命之服：卿的禮服。❺司馬：掌軍法之官。司空：掌營壘之官。輿師：掌兵車之官。候正：掌斥候（偵察瞭望）之官。亞旅：職掌不詳，屬大夫官秩。一命之服：大夫的禮服。

【翻譯】

魯成公二年的春天，齊頃公進攻我國北部邊境，包圍了龍城。齊頃公的寵臣盧蒲就魁來攻打龍城城門，龍城人把他捉住了。齊頃公說：「不要殺他，我跟你們訂立盟約，不進入你們的國界。」魯國人不答應，殺了盧蒲就魁並且在城上陳屍。齊頃公就親自擂起戰鼓，齊軍士兵爬上城頭。三天，就攻佔了龍城。

接着向南進兵，到了巢丘。

衛穆公派了孫良夫、石稷、寧相和向禽將進攻齊國，跟齊國軍隊相遇了。石稷想收兵回國，孫良夫說：「不行。我們帶領軍隊去攻打人家，碰上人家的軍隊就往回撤，將對國君怎麼交代呢？如果知道不能打這一仗，就不如不出兵。現在已經碰上了，不如打一仗。」

石稷說：「我軍打了敗仗，您不稍稍停下來穩住隊伍，恐怕要全軍覆沒。您喪失了軍隊，還拿甚麼向國君復命呢？」大家都不作聲。石稷又說：「您是國卿，如果損失了您，就是恥辱。您帶着士兵們後撤，我就留在這裏抵禦敵人。」一面又通告全軍，說援軍的戰車將會來得很多。齊國軍隊停止了進攻，在鞫居紮營。新築大夫仲叔于奚領兵來救孫良夫，孫良夫這才躲過了這場禍難。……

孫良夫回到了新築，不入國都，就到晉國去請求發兵。魯國的臧宣叔也到晉國去請求發兵。兩人都住在郤克家裏把他當主人。晉景公答應派給郤克七百輛兵車。郤克說：「這是城濮之戰的兵員裝備。當時有先君的賢明和先輩大夫的機敏，所以打了勝仗。我跟先輩大夫相比，還不夠格做他們的奴僕，請派八百輛兵車吧！」晉景公答應了。郤克統率中軍，士燮輔佐上軍，欒書統率下軍，韓厥擔任司馬，來救援魯國和衛國。魯國的臧宣叔來迎接晉軍，還替晉軍領路。季文子也統率魯軍來同晉軍會合。

到了衛國地界，韓厥正要行刑殺人。郤克驅車趕來，想救下這個人。趕到的時候，這個人已經被殺掉了。郤克叫人趕快用死者的屍首示眾，並對他的駕車人說：「我想用這辦法替韓厥分擔別人的責難。」

聯軍追蹤齊軍到了莘地。六月十六日，聯軍來到了靡笄山下。齊頃公派人要求交戰，說：「您帶了貴君的隊伍屈臨敝國，敝國兵員裝備不多，明天早上請跟我們見見面。」晉軍方面回答說：「晉國跟魯、衛兩國是兄弟國家，他們來告知我們說：『貴國不分早晚在敝國的土地上撒氣。』我們國君心裏不忍，所以派我們幾個臣子來向貴國請求，也不讓我們的軍隊在貴國呆得太久。我們也只能進不能退，您用不着吩咐了！」齊頃公說：「大夫們答應的事，正是我的心願；如果您不答應，也是要見一見的。」齊國的高固衝入晉軍，舉起石頭向晉人擲去，活捉了晉軍的人並且乘了他的兵車回去，還在車後繫上桑樹根，在齊國軍營中巡行，說：「想要勇氣的，來買我多餘的勇氣！」

六月十七日，雙方軍隊在鞌地擺開陣勢。邴夏替齊頃公駕車，逢丑父擔任車右。晉國的解張替郤克駕車，鄭丘緩擔任車右。齊頃公說：「我姑且去殺盡了這些傢伙再吃早飯。」不給馬披上甲就驅車進擊晉軍。郤克被箭射傷了，血流到鞋子上，他一直沒有讓鼓聲停下來。他說：「我受傷了！」解張說：「從開始交戰，箭就射穿了我的手和胳膊，我折斷箭桿繼續駕車，左邊的車輪子被血染成了暗紅色，哪裏敢說受傷？您忍一忍吧！」鄭丘緩說：「從開始交戰，只要有難走的地方，我都下去推車子，您哪裏會知道這些？不過您的確負傷了！」解張說：「全軍的耳朵都聽着我們的鼓聲，眼睛都看着我們的旗子，進攻和後撤都聽旗鼓指揮。這輛戰車只要一個人鎮守，也可以成功的，怎麼可以因為負傷而斷送國君的大事呢？我們披上鎧甲拿起武器，本來就是往死裏走；負了傷還沒到死呢，您還是要努力啊！」解張左手把轡繩握在一起，右手拽過鼓槌來擊鼓。戰馬狂奔而停不下來，軍隊跟着主帥的戰車衝上去，齊軍大敗。晉軍追逐齊軍，繞着華不注山追了三圈。

頭天晚上，韓厥夢見他的父親子輿告訴自己說：「明天早上，乘車要避開左右兩邊的位置！」所以，他就站在車中間駕車去追趕齊頃公。邴夏對齊頃公說：「射那個駕車的，他是位君子！」齊頃公說：「說他是君子卻要射他，這不合於禮呀！」於是射左邊的人，左邊的人跌到車下；又射右邊的人，右邊的人倒在車裏。這時，綦毋張失去了戰車，跟隨着韓厥說：「請允許我搭您的車！」他站在車的左邊和右邊，韓厥都用肘推他，讓他站在自己背後。韓厥彎下身來，把車右的屍體放穩當。逢丑父就趁機跟齊頃公交換了位置。快跑到華泉了，齊頃公的驂馬被樹木絆住而停了下來。頭天晚上，逢丑父在棚車裏睡覺，一條蛇從下面鑽上來，逢丑父用手臂去打牠，被蛇咬傷卻隱瞞了傷情，所以這時候不能下來推車而被韓厥追上。韓厥拿着一根拴馬繩站在齊頃公馬前，拜了兩拜，叩了頭，捧上一杯酒並且加了一塊玉璧給齊頃公獻上，說：「敝國國君派我們這些臣子來替魯國和衛國求情，說：『不要讓大軍深入您的國土。』我沒有好運氣，恰好遇上了您的兵車隊列，沒有地方逃避和躲藏，而且也害怕逃走和躲避會羞辱兩國國君。我愧為一個軍人，冒昧地向您稟告自己無能，我代理這個職務只是由於人手缺乏而充數罷了！」逢丑父叫齊頃公下車，到華泉去弄點喝的水來。正好鄭周父駕了一輛副車，宛茷擔任車右，他們就載上齊頃公使他脫離了危險。韓厥把逢丑父抓了獻上去。郤克打算把逢丑父殺掉，逢丑父大叫起來說：「到現在為止還沒有肯替國君承擔災禍的人，有了一個在這裏，還要被殺掉嗎？」郤克說：「一個人不把用生命換取國君脫險這件事看作是難事，我卻殺了他，不吉利。赦免他，用來鼓勵那些侍奉君主的人。」於是把逢丑父放了。

齊頃公脫險之後，為了找到逢丑父，多次衝入敵軍，多次突出包圍。每次突圍，齊軍都簇擁着頃公往回撤。齊頃公衝入狄軍陣地，狄人的步兵都拿出戈和盾來替他遮擋。衝進衛軍陣地，衛軍也不傷害他。於是齊頃公就從徐關逃回齊國。齊頃公見到守城的人，說：「努力啊，齊軍打敗仗了！」士兵們喝令一個女人讓路，這個女人問：「國君脱險了嗎？」回答說：「脱險了！」又問：「銳司徒脱險了嗎？」回答說：「也脱險了！」這個女人就說：「如果國君和我的父親都脱險了，還要怎麼樣呢？」然後就跑開了。齊侯認為這個女子很有禮貌。事後問她，原來是辟司徒的妻子。就把石窌賞給她作封地。

晉國追逼齊軍，從丘輿進入，攻打馬陘。齊頃公就派賓媚人用滅紀國得來的甗、玉磬和土地送給各戰勝國。齊頃公說：「如果還不答應，那就隨他們怎麼辦吧！」賓媚人送上禮物，晉國人不答應，說：「一定要拿蕭同叔子做人質，而且讓齊國境內的田壟全都改成東西向。」賓媚人回答說：「蕭同叔子不是別人，她是我們國君的母親。如果按互相對等的地位來說，也就是晉國國君的母親。您向諸侯發佈重大命令，卻說一定要以別人的母親作為人質，您怎樣來對待先王的號令呢？況且這樣做，就是拿不孝來發號施令了。《詩》上說：『孝子的德行沒有止境，永遠把自己的孝心感染給同類的人。』假如拿不孝來向諸侯發號施令，豈不是否認把孝德賜給同類了嗎？先王給天下劃定疆界、區分地理，觀察土地所宜，來安排最有利的種植。所以《詩》上說：『劃出疆界辨地勢，或東或南開田壟。』現在您替諸侯劃疆界、辨地勢，卻說『田壟全部要改成東西向』，只求便利於您的兵車奔跑，不顧地勢是否合適，這恐怕不是先王的政令吧？違反先王就不合道義，還憑甚麼當盟主呢？這麼做，晉國確實是有錯的。四王之所以能統一天下，是因為能樹立恩德並且滿足諸侯的共同願望；五霸之所以能號令諸侯，是因自己辛辛苦苦去安撫他們，使諸侯為天子的命令效勞。現在您希望聯合諸侯，是想滿足自己無窮無盡的慾望。《詩》上說：『施政寬厚，百福聚湊。』你不肯寬厚，而丟掉百福，各諸侯國有甚麼損失呢？您如果不答應我們的要求，那麼，我們國君囑咐過我，我就有話可說了：『您統率國君的隊伍屈尊來到敝國，敝國以不多兵力，來犒勞您的部下。由於害怕貴君的聲威，全軍遭到挫敗。您惠臨為敝國求福，不滅掉我們的國家，讓我們繼續過去的友好關係，因此先君留下的破舊器物和土地，我們不敢吝惜。您如果還不答應，就請讓我們收集殘兵，背靠城牆打這最後一仗。敝國僥倖打勝了，也要依從貴國；不幸打敗了，怎敢不聽您的吩咐呢？』」魯、衛兩國也規勸郤克說：「齊國夠痛恨我們了。他們戰死的，都是齊侯最親近的人。您如果還不答應，齊國必定更加仇恨我們。即使是您，又還要求甚麼呢？您得到他們的國寶，我們也收回失地，災難也解除了，這光彩就夠多的了。齊國和晉國也都是天命所歸的國家，難道一定只是晉國嗎？」晉國人同意了，答覆說：「臣子們率領兵車來替魯國和衛國求情。如果有話讓我們能回復國君，就是貴君的恩惠了，怎敢不聽您的吩咐？」

禽鄭從軍中去迎接魯成公到來。

秋季七月，晉軍和齊國的賓媚人在爰婁結盟，讓齊國人歸還我國汶陽的耕地。魯成公在上鄍會見晉軍，把先路的禮車和三命的禮服賜給三位將軍，司馬、司空、輿師、候正、亞旅這些官員都得到了一命的禮服。

十七　楚歸晉知罃

本文選自魯成公三年（前588）。晉、楚交換戰俘，被囚了十年的知罃獲釋回國。楚王自以為對知罃有私恩，問他如何報答。三次問話層層進逼，知罃的答話卻一一跟楚王的問意相反。他一切從國家的公事說開去，撇開個人恩怨，表明自己跟楚王「無怨無德，不知所報」，把楚王的滿懷興致弄得煙消雲散。最後，又不卑不亢地說出一番盡忠於晉、盡為臣之道就是報答楚國的道理。言辭得體，正氣凜然，把知罃忠君愛國的精神和果敢堅毅的性格表現得淋漓盡致。文章主要部分完全用對話寫出，結構緊湊，文筆靈活而跳脱。

晉人歸楚公子穀臣與連尹襄老之尸于楚①，以求知罃②。於是荀首佐中軍矣③，故楚人許之。

【注釋】❶公子穀臣：楚莊王之子。連尹襄老：連尹是官名，襄老是人名。魯宣公十二年（前579），晉楚戰於邲，晉荀首俘虜了穀臣，射死了襄老並把他的屍首運回晉國。❷知罃（zhì yīng）：荀首之子，在邲之戰中被楚國俘虜。❸於是：於此時。荀首：知罃之父。佐中軍：任中軍副帥。

王送知罃，曰：「子其怨我乎？」對曰：「二國治戎①，臣不才，不勝其任，以為俘馘②。執事不以釁鼓③，使歸即戮④，君之惠也。臣實不才，又誰敢怨？」王曰：「然則德我乎？」對曰：「二國圖其社稷，而求紓其民，各懲其忿⑤，以相宥也⑥。兩釋纍囚，以成其好。二國有好，臣不與及⑦，其誰敢德？」王曰：「子歸，何以報我？」對曰：「臣不任受怨⑧，君亦不任受德，無怨無德，不知所報。」王曰：「雖然⑨，必告不穀。」對曰：「以君之靈，纍臣得歸骨於晉，寡君之以為戮，死且不朽。若從君之惠而免之，以賜君之外臣首⑩。首其請於寡君而以戮於宗⑪，亦死且不朽。若不獲命⑫，而使嗣宗職⑬，次及於事，而帥偏師以脩封疆⑭，雖遇執事⑮，其弗敢違。其竭力致死⑯，無有二心，以盡臣禮，所以報也⑰。」王曰：「晉未可與爭。」重為之禮而歸之。

【注釋】❶治戎：治兵，演習軍隊。這是外交辭令，實際上指交戰。❷馘（guó）：本指割下敵人的左耳，用來計數報功。這裏俘馘連用，泛指俘虜。❸釁鼓：取血塗鼓。此指處死。❹即戮：就戮，接受刑戮。❺懲：戒，克制。❻宥（yòu）：寬恕，諒解。❼與及：猶言「相干」。意思說兩國友好，都是為了自己的國家，不是為個人，自己與這事不相干。❽任：承受，承當。❾雖：即使。然：這樣。❿外臣：外邦之臣。臣子對外國之君稱外臣。⓫宗：宗廟。戮於宗，指執行家法在宗廟前懲治。⓬不獲命：不獲國君允許殺戮之命。⓭宗職：祖上世襲之職。⓮偏師：非主力之軍。⓯執事：辦事的官員，實指楚王。⓰致死：獻出生命。⓱「以盡」二句：知的意思是，忠於晉國就是盡了為臣之禮，可以用來報答楚王。

【翻譯】

晉國人把楚國公子穀臣和連尹襄老的屍首交還給楚國，要求換回知罃。這時候，荀首已經擔任晉國的中軍副帥，所以楚國人答應了。

楚共王為知罃送行，說：「您大概恨我吧？」知罃回答說：「兩國演習軍隊，我沒有本事，不能勝任職務，因此成了俘虜。您的辦事人員不把我拿來取血祭鼓，讓我回到晉國去接受刑罰，這是君王的恩德。我確實沒有本事，又敢怨誰呢？」楚共王說：「那麼，您感激我嗎？」知罃回答：「兩國都為自己的國家考慮，而想解除人民的痛苦，後來又各自克制了自己的憤怒，因而互相諒解了。雙方釋放俘虜，用來成全兩國的友好關係。兩國建立友好關係，我跟這件事不相干，我又感激誰呢？」楚共王說：「您回晉國，拿甚麼來報答我呢？」知罃回答說：「我承擔不起被人怨恨，您也承擔不起受人感激。沒有怨恨也沒有感激，我不知道報答甚麼？」楚共王說：「就算這樣吧，你一定要把你的想法告訴我。」知罃回答：「託您的福，我這個被俘之臣能把這把骨頭帶回晉國，敝國國君把我殺了，我死也不朽了。要是遵從您的好意而赦免了我，把我交給您的外邦之臣荀首。荀首將會向我們國君請示而在祖廟裏對我加以殺戮，我也死而不朽了。如果得不到國君允許殺戮的命令，而讓我繼承祖上的官職，依次輪到我執掌軍務，統率一部分非主力之軍來治理邊疆，即使遇上您的官員們，也將不敢迴避。將會盡心竭力貢獻自己的性命，不會有別的想法，向晉君盡為臣之禮，這就是我用來報答您的。」楚共王說：「晉國是不能同它爭鬥啊！」於是隆重地禮待知罃，並把他送了回去。

十八　呂相絕秦

本文選自魯成公十三年（前578）。魯成公十一年（前580），秦桓公和晉厲公約定在令狐會盟，晉君先到，而秦君卻不肯渡河，雙方只各派了大臣和對方的國君盟誓。秦君回國以後就背棄了盟約，又打算糾集狄人和楚國來攻打晉國，晉國就派了呂相去跟秦國斷交。於是就有了這樣一篇完整而出色的外交辭令。

文章先從秦、晉兩國先世的友好交往說起，然後列舉後來歷代邦交變化的關鍵，最後落實到當前秦君背棄盟誓，聯合楚、狄以圖謀攻晉的罪行，並以「諸侯暱就寡人，寡人帥以聽命」相威脅，要秦國掂量一下利害，這才是文章的本意。全篇用筆非常巧妙，講到秦國對晉國的好處時輕輕帶過，儘量縮小；講到晉國對秦國的恩德時就極力渲染，儘量擴大。講到自己的過錯時就輕輕開脫，講到對方的過錯時就儘量誇大。因而，幾乎把歷次交惡的責任都推到了對方身上。從內容來說，許多地方並不合乎事實，但寫法上輕筆帶過和重筆渲染的巧妙結合，無中生有卻又說得入情入理，言辭委婉而態度強硬，行文氣勢磅礴而富於變化，對戰國時代遊説之士縱橫捭闔的言辭技巧有着明顯的影響。

夏四月戊午，晉侯使呂相絕秦①，曰：

「昔逮我獻公及穆公相好，戮力同心②，申之以盟誓③，重之以昏姻④。天禍晉國，文公如齊，惠公如秦⑤。無祿⑥，獻公即世⑦。穆公不忘舊德，俾我惠公用能奉祀于晉⑧。又不能成大勳，而為韓之師⑨。亦悔于厥心⑩，用集我文公⑪。是穆之成也。

【注釋】❶晉侯：晉厲公，景公之子，名州蒲。呂相：晉大夫魏錡之子魏相，因食邑在呂，又稱呂相。❷戮力：併力。❸申：申明。秦穆公和晉獻公的盟誓，《春秋》之《傳》未見記載。

❹重：加重。昏姻：婚姻。秦穆公的夫人穆姬是晉獻公的女兒。❺「天禍晉國」三句：指晉獻公時，驪姬誣陷並逼死太子申生，公子重耳（文公）和夷吾（惠公）流亡國外。兩人流亡途經的國家很多，這裏只舉齊、秦為代表。參見本書《晉驪姬之亂》和《晉公子重耳之亡》。❻無祿：不能食祿，指死去。這裏表示「不幸」的意思。❼即世：去世。❽俾：使。用：因而。奉祀：主持祭祀，指立為國君。魯僖公九年（前651），秦穆公用武力送夷吾（惠公）回晉國為君。❾韓之師：指魯僖公十五年（前645）秦、晉韓原之戰，晉惠公被俘入秦。這次戰爭的原因是因為晉惠公對秦國忘恩負義。參見《秦晉韓之戰》。❿厥：其。指秦穆公。⓫用：因而。集：成全。這句指秦穆公於魯僖公二十四年（636）護送重耳（文公）回國為君。

「文公躬擐甲冑①，跋履山川②，逾越險阻，征東之諸侯，虞、夏、商、周之胤而朝諸秦③，則亦既報舊德矣④。鄭人怒君之疆埸，我文公帥諸侯及秦圍鄭⑤。秦大夫不詢于我寡君，擅及鄭盟⑥。諸侯疾之⑦，將致命于秦⑧。文公恐懼，綏靜諸侯⑨，秦師克還無害，則是我有大造于西也⑩。

【注釋】❶躬：親身。擐：穿。❷跋履：跋涉。❸胤（yìn）：後裔。東方諸國多為虞、夏、商、周的後裔。晉征諸侯而「朝諸秦」的事不見史籍記載。當時或有諸侯朝秦，而晉國故意誇大其事，說是由於文公之力。❹舊德：指秦納惠公、文公。❺「鄭人」二句：怒，指侵犯。疆埸（yì），邊疆。此句指鄭侵秦。秦與鄭不相鄰接，且秦強鄭弱，史無鄭侵秦之事。《左傳・僖公三十年》記載秦晉圍鄭，是由於重耳流亡過鄭，鄭文公對他不加禮待，並沒有「文公率諸侯」的事。❻「秦大夫」二句：指魯僖公三十年秦、晉圍鄭，秦穆公答應燭之武的請求而退兵。說成「秦大夫」，是外交辭令。參見《燭之武退秦師》。❼疾：痛恨。❽致命：猶言拚命。❾綏靜：安定。❿大造：大功。西：指秦，秦在晉西。

「無祿，文公即世；穆為不弔①，蔑死我君，寡我襄公②，迭我殽地③，奸絕我好④，伐我保城⑤，殄滅我費滑⑥，散離我兄弟⑦，撓亂我同盟⑧，傾覆我國家。我襄公未忘君之舊勳，而懼社稷之隕，是以有殽之師。猶願赦罪於穆公⑨，穆公弗聽，而即楚謀我⑩。天誘其衷⑪，成王隕命，穆公是以不克逞志于我。

【注釋】❶不弔：不善。❷寡：指輕視。❸迭（yì）：通「軼」，越過，指突然進犯。當時秦過晉是為了襲鄭，並非侵晉。參見《秦晉殽之戰》。❹奸絕：斷絕。我好：指自己同盟友好的國家。❺保：同「堡」，城堡。❻殄（tiǎn）：滅絕。費（bì）：滑國的都城，在今河南省偃師附近。費滑即滑國。當時秦襲鄭未成，滅滑而還。參見《秦晉殽之戰》。❼兄弟：兄弟國家。晉和鄭、滑都是姬姓國，故稱兄弟。❽同盟：同盟國家，指鄭、滑。❾「猶願」句：還是希望晉國的罪過為穆公諒解。這句是外交辭令。❿即楚：親近楚國。秦在殽之戰中失敗，就釋放了被囚於秦的楚臣鬥克，希望與楚結盟。但第二年楚成王就被太子商臣殺死，結盟未成。所以下文說「不克逞志」。《左傳・文公十四年》曾追敘此事。天誘其衷：當時的習慣語⓫。誘，開啟。衷，內心。「天開其心」，意思相當於今語「老天開眼」。

「穆、襄即世①，康、靈即位②。康公，我之自出③，又欲闕翦我公室④，傾覆我社稷，帥我蝥賊⑤，以來蕩搖我邊疆，我是以有令狐之役。康猶不悛⑥，入我河曲⑦，伐我涑川⑧，俘我王官⑨，翦我羈馬⑩，我是以有河曲之戰⑪。東道之不通⑫，則是康公絕我好也。

【注釋】❶穆、襄即世：指魯文公六年（前621），秦穆公和晉襄公去世。❷康、靈：秦康公和晉靈公。❸「康公」句：秦康公是穆姬（晉獻公的女兒）所生，是晉文公的外甥。❹闕翦：損害。❺蝥（máo）賊：吃禾的害蟲，這裏比喻危害國家的公子雍。晉襄公死後，因太子夷皋（即晉靈公）年幼，晉人派士會等到秦國迎立文公之子公子雍，秦國也派了軍隊護送他回國。後來晉國因為襄公夫人的反對而改變了主意，改立太子，並派兵在令狐把秦軍擊退。事見魯文公六年、七年的《左傳》。這裏說秦國「帥我蝥賊」，是誣枉之詞。❻悛（quān）：悔改。❼河曲：晉地，在今山西省永濟東南。❽涑（sù）川：水名，在今山西省西南部，至永濟流入黃河。❾俘：指劫掠百姓為奴。王官：晉地，在今山西省聞喜縣西。❿羈馬：晉地，在今山西省永濟南。⓫河曲之戰：在魯文公十二年（前615）。⓬東道：晉在秦東，所以自稱東道。不通：指兩國斷絕關係。

「及君之嗣也①，我君景公引領西望曰②：『庶撫我乎③！』君亦不惠稱盟④，利吾有狄難⑤，入我河縣⑥，焚我箕、郜⑦，芟夷我農功⑧，虔劉我邊垂⑨，我是以有輔氏之聚⑩。君亦悔禍之延，而欲徼福于先君獻、穆，使伯車來命我景公曰⑪：『吾與女同好棄惡，復脩舊德，以追念前勳。』言誓未就，景公即世⑫，我寡君是以有令狐之會⑬。君又不祥⑭，背棄盟誓。白狄及君同州⑮，君之仇讎，而我昏姻也⑯。君來賜命曰：『吾與女伐狄。』寡君不敢顧昏姻，畏君之威，而受命于吏⑰。君有二心於狄，曰：『晉將伐女。』狄應且憎，是用告我⑱。楚人惡君之二三其德也⑲，亦來告我曰：『秦背令狐之盟，而來求盟于我：「昭告昊天上帝、秦三公、楚三王曰⑳：『余雖與晉出入㉑，余唯利是視㉒。』」不穀惡其無成德，是用宣之，以懲不壹㉓。』諸侯備聞此言，斯是用痛心疾首，暱就寡人㉔。寡人帥以聽命㉕，唯好是求。君若惠顧諸侯，矜哀寡人，而賜之盟，則寡人之願也，其承寧諸侯以退㉖，豈敢徼亂？君若不施大惠，寡人不佞㉗，其不能以諸侯退矣。敢盡布之執事，俾執事實圖利之㉘。」

【注釋】❶君：指秦桓公，繼共公為君，時在魯宣公五年（前604）。❷引：伸長。領：脖子。❸庶：副詞，表示希望出現某種情況。❹稱盟：舉行盟會。❺狄難：指魯宣公十五年（前594）晉滅赤狄潞氏。滅狄而稱狄難，是歪曲事實，為自己辯解。❻河縣：晉國濱河的縣邑。❼箕：晉地，在今山西省蒲縣東北。郜（gào）：晉地，疑在今山西省浮山縣西。❽芟（shān）：割除。夷：傷害。農功：農作物。❾虔（qián）劉：殺戮。邊垂：邊境，這裏指邊境之民。垂，陲本字。❿輔氏：晉地，在今陝西省大荔縣東。聚：聚眾以拒敵，指戰爭。⓫伯車：秦桓公之子。⓬景公即世：事在魯成公十年（前581）。⓭寡君：指晉厲公。令狐之會：參見本篇提示。⓮不祥：不善。⓯白狄：狄族的一支。及：介詞，與。同州：同在古雍州（今陝西、甘肅二省和青海的一部分）。⓰昏姻：晉文公與白狄的婚姻關係未見於史傳。可能是指白狄伐赤狄廧咎如，獲其女季隗而嫁給文公，故稱婚姻。參見《晉公子重耳之亡》。⑰吏：指秦國傳命的使臣。⑱是用：因此。⑲二三其德：反復無常。⑳昭：明。昊（hào）：廣大。昊天，猶言皇天。秦三公：秦穆公、康公、共公。楚三王：楚成王、穆王、莊王。㉑出入：往來。㉒唯利是視：「唯視利」的倒裝。這是說，秦國只看重利益，並不誠心和晉國交好。㉓壹：專一。㉔暱就：親近。㉕帥以聽命：率領諸侯來聽從您的吩咐。這是外交辭令，實際上是以諸侯之兵來要脅秦國。㉖承寧：安定。㉗不佞（nìng）：不才，當時慣用的謙詞。㉘圖：考慮。利之：對秦國有利。

【翻譯】

夏季四月五日，晉厲公派遣呂相去跟秦國斷絕邦交，說：

「從前，我們獻公跟穆公互相友好，合力同心，用訂立盟誓來申明關係，用締結婚姻來加強關係。上天禍害晉國，文公逃奔齊，惠公逃奔秦。不幸，獻公逝世，穆公沒有忘記往日的恩情，使我們惠公因此能在晉國主持祭祀。可是穆公又不能完成他的大功，而發動了韓原的戰爭。後來，穆公也從心裏感到後悔，因而成全了我們文公。這些都是穆公的成就。

「文公親自披甲戴盔，跋涉山林川澤，經歷艱難險阻，征討東方的諸侯，虞、夏、商、周等國的後代都來到秦國朝見。這樣，也就報答了秦國往日的恩德了。鄭國人侵擾您的邊疆，我們文公統率諸侯和秦國一起去包圍鄭國。秦國的大夫卻不同我們國君商量，擅自跟鄭國締結了盟約。諸侯都痛恨這種行為，要跟秦國拚命。文公害怕失去秦國的友誼，勸止了諸侯，秦國的軍隊能回去而沒有受到損害，這就是我們對秦國有大恩大德的地方了。

「不幸，文公逝世。穆公不懷好意，蔑視我們已故的國君，看輕我們的襄公，侵襲我們的殽地，斷絕我們的友好，攻打我們的城堡，滅絕我們的滑國，離間我們的兄弟，擾亂我們的盟邦，顛覆我們的國家。我們襄公沒有忘記秦君以往的功勞，但是害怕國家的傾覆，所以才有了殽地的戰爭。我們還是希望穆公諒解我們的罪過，穆公不肯答應，反而靠攏楚國來算計我們。上天開眼，楚成王丟了性命，穆公才因此不能在我國實現他的心願。

「穆公和襄公去世，康公和靈公即位。康公是我們穆姬的親生，又打算損害我們公室，顛覆我們國家，率領我國的內奸，讓他來擾亂我們的邊疆，我們因此有令狐的戰爭。康公還不肯悔改，入侵我們的河曲，攻打我們的涑川，虜掠我們的王官，奪去我們的羈馬，我們因此有了河曲的戰爭。往東的道路不通，正是因為康公斷絕了我們的友好關係。「等到您繼承了君位，我們國君景公伸長脖子向西望着，說：『但願關照我們吧！』您也不肯開恩給晉國而締結盟約，利用我們有狄人的禍亂，入侵我們靠河的縣邑，焚燒我們的箕、郜兩地，割去我們的莊稼，屠殺我們的邊民，我們因此有了輔氏的戰爭。您也後悔戰禍的蔓延，因而打算向兩位先君獻公和穆公求福，就派了伯車來吩咐我們景公說：『我們和你們互相友好，拋開仇恨，恢復過去的友誼，用以追念從前先君的功績。』盟誓還沒有完成，景公就去世了，我們國君因而有了令狐的盟會。您又不懷好意，背棄了盟誓。白狄跟您同處雍州，您的仇敵，正是我們的姻親。您前來賜給我們命令，說：『我們和你們一起攻打狄人。』我們國君不敢顧念婚姻之好，害怕您的威嚴，而接受了您使臣的命令。您對狄人要兩面手腕，對狄人說：『晉國將要進攻你們。』狄人一面答應你們的要求，一面又憎恨你們的做法，因此告訴了我們。楚國人也恨您反復無常，也來告知我們說：『秦國背叛了令狐的盟約，而來向我們要求結盟：「向着皇天上帝、秦國三位先公和楚國三位先王明白祝告說：『我們雖然跟晉國交往，但是我們只盯着利益。』」我痛恨他們沒有堅定的德性，因此把這事揭露出來，以便懲戒那些用心不一的人。』諸侯全都聽到了這番話，因而對你們深惡痛絕，前來親近寡人。現在寡人率領諸侯來聽從吩咐，這完全是為了求得友誼。您如果好意顧念各路諸侯，哀憐寡人，而賞給我們盟誓，這就是寡人的心願了，寡人將安撫諸侯而退走，哪裏敢企求禍亂呢？您要是不施行大恩大德，寡人不才，恐怕就不能帶領諸侯退回去了。我謹把全部意思都向您的辦事人員宣佈了，請他們掂量一下怎樣才對秦國有利。」

十九　晉楚鄢陵之戰

本文選自魯成公十六年（前575）。鄢陵之戰是晉、楚兩大國為了爭取小國的歸附而爆發的又一次爭霸戰爭。本文依照時間順序，交錯地記述了雙方作戰經過，全文大致可分為五個大段落：一、晉伐鄭，並向齊、魯、衛請求援軍；二、寫楚、鄭諸臣對戰爭結果的估計，為楚方戰敗留下伏筆；三、寫晉軍將領對跟楚國作戰有不同的看法，但都相信能戰勝楚國；四、從雙方互窺虛實寫起，中間插入許多「戰場花絮」，最後，楚王因中軍主將酒醉誤事而宵遁，晉方僥倖得勝；五、以子重逼子反自殺結束，跟前面郤至「二卿相惡」的話遙相照應。

作者在描寫雙方生死搏鬥的過程中，點綴了許多饒有興味的「花絮」，如晉侯的戰車陷入泥淖中；潘黨和養由基比賽射甲；呂錡夢射月；楚王贈弓並慰問郤至；韓厥和郤至都故意讓鄭伯逃脫；欒鍼派人給楚將子重送酒食犒勞，以表現晉軍的「好整以暇」，等等。這些都構成了鄢陵之戰在寫法上的特色。

「楚子登巢車以望晉軍」，是寫得十分精彩的一段。晉軍臨戰之前一片緊張繁忙的軍事部署，像戰車左右馳騁，召集軍官到中軍商議，張幕，撤幕，填井平灶，發佈軍令，戰前祈禱等等，作者不直接描寫，卻讓楚王從眼中看出，又借伯州犁的口逐一作出說明。這樣寫，既可以細緻地鋪陳場面，又便於逐步推進事件的發展。這種「小說筆法」，可以說是《左傳》首創的。

晉侯將伐鄭①。范文子曰②：「若逞吾願，諸侯皆叛，晉可以逞。若唯鄭叛，晉國之憂，可立俟也③。」欒武子曰④：「不可以當吾世而失諸侯，必伐鄭。」乃興師。欒書將中軍，士燮佐之；郤錡將上軍⑤，荀偃佐之⑥；韓厥將下軍；郤至佐新軍⑦；荀罃居守⑧。

郤犨如衛⑨，遂如齊，皆乞師焉。欒黶來乞師⑩，孟獻子曰⑪：「晉有勝矣。」戊寅，晉師起。

【注釋】❶晉侯：晉厲公。❷范文子：士燮。❸「若逞」六句：范文子認為，諸侯皆叛，可以引起警戒。如果只有鄭國背叛，晉國必可戰而勝之，勝則必驕，晉國的危機就會馬上來到。逞，滿足，實現。俟（sì），等待，等到。❹欒武子：欒書。❺郤錡：郤克之子。❻荀偃：荀庚之子，字伯游，又稱仲行獻子。❼郤至：郤克和郤錡的同族，字季子。新軍：晉軍建制名。成公三年（前588），晉國在原上、中、下三軍外增設新上、中、下三軍。以後新三軍只餘一軍，即今「新軍」。❽荀罃：荀首之子，即知罃。❾郤犨：郤克的同族兄弟，又稱苦成叔。❿欒黶（yǎn）：欒書之子，又稱欒桓子。來：來魯國。⓫孟獻子：魯國公族，又稱孟孫，仲孫蔑。

鄭人聞有晉師，使告于楚，姚句耳與往①。楚子救鄭。司馬將中軍②，令尹將左③，右尹子辛將右④。過申，子反入見申叔時⑤，曰：「師其何如？」對曰：「德、刑、詳、義、禮、信⑥，戰之器也⑦。德以施惠，刑以正邪，詳以事神，義以建利，禮以順時⑧，信以守物⑨。民生厚而德正，用利而事節，時順而物成，上下和睦，周旋不逆，求無不具⑩，各知其極⑪。故《詩》曰：『立我烝民，莫匪爾極⑫。』是以神降之福，時無災害，民生敦厖⑬，和同以聽⑭，莫不盡力以從上命，致死以補其闕⑮，此戰之所由克也。今楚內棄其民，而外絕其好；瀆齊盟⑯，而食話言；奸時以動⑰，而疲民以逞。民不知信，進退罪也；人恤所厎⑱，其誰致死？子其勉之，吾不復見子矣！」姚句耳先歸，子駟問焉⑲。對曰：「其行速，過險而不整。速則失志⑳，不整，喪列㉑。志失列喪，將何以戰？楚懼不可用也。」

【注釋】❶姚句（gōu）耳：鄭大夫。與往：隨行，非正式使臣。❷司馬：楚官名，位在令尹之下，此處指子反。❸令尹：楚官名，相當於宰相，此處指子重。❹右尹：楚官名。子辛：楚宗室公子壬夫的字。❺申：楚邑，在今河南省南陽市。申叔時：楚大夫，當時告老居申。❻詳：通「祥」，誠信。這裏特指事奉鬼神應有的態度。❼器：器用，引申為手段。❽順時：應順事宜。❾物：泛指一切事物。❿具：充足，完備。⓫極：猶言「準則」。⓬「故《詩》曰」三句：引自《詩・周頌・思文》。原詩的意思說，周的先王后稷安排眾民，無不合其準則。烝，眾。極，準則。⓭民生：百姓的生計。敦厖（páng）：富足。⓮和同：團結一致。聽：服從。⑮致死：獻出生命。闕：指戰死者留下的空缺。⑯瀆（dú）：輕慢，不尊重。齊：同「齋」。齋盟，古人盟誓之前必先齋戒，所以盟誓又稱齋盟。瀆齋盟，指去年楚國背棄了魯成公十二年晉、楚兩國在宋國締結的盟約。⑰奸：犯。奸時，違反農時，指在四月春耕時用兵。⑱恤：憂慮。厎（zhǐ）：至。所厎，結局，歸宿。⑲子駟：鄭國執政大臣公子騑的字。⑳失志：有失考慮。㉑喪列：失去行列，指毫無秩序。

五月，晉師渡河。聞楚師將至，范文子欲反，曰：「我偽逃楚①，可以紓憂②。夫合諸侯，非吾所能也，以遺能者。我若羣臣輯睦以事君③，多矣。」武子曰：「不可。」

六月，晉、楚遇於鄢陵④。范文子不欲戰。郤至曰：「韓之戰，惠公不振旅⑤；箕之役，先軫不反命⑥；邲之師，荀伯不復從⑦：皆晉之恥也！子亦見先君之事矣，今我辟楚，又益恥也。」文子曰：「吾先君之亟戰也⑧，有故。秦、狄、齊、楚皆強，不盡力，子孫將弱。今三強服矣，敵，楚而已。惟聖人能內外無患。自非聖人⑨，外寧必有內憂。盍釋楚以為外懼乎？」

【注釋】❶偽：當作「為」，假如。❷紓：緩。紓憂，緩解晉國的憂患。❸輯睦：團結和睦。❹鄢陵：鄭邑，在今河南省鄢陵縣北。❺不振旅：不能整軍而歸，失敗的意思。❻箕：晉邑，在今山西省蒲城縣東北。魯僖公三十三年（前627），晉伐狄，戰於箕地，先軫戰死。不反命：不能回來覆命。❼邲（bì）：鄭地，在今河南省鄭州市西北。魯宣公十二年（前597），晉、楚在邲交戰，晉軍主帥荀林父敗逃。不復從：不能再進逼楚軍。❽亟（qì）：屢次。❾自：假設連詞，如果。

甲午晦①，楚晨壓晉軍而陳。軍吏患之。范匄趨進②，曰：「塞井夷灶③，陳於軍中，而疏行首④。晉、楚唯天所授，何患焉？」文子執戈逐之，曰：「國之存亡，天也，童子何知焉？」欒書曰：「楚師輕窕⑤，固壘而待之，三日必退。退而擊之，必獲勝焉。」郤至曰：「楚有六間⑥，不可失也：其二卿相惡⑦；王卒以舊⑧；鄭陳而不整；蠻軍而不陳⑨；陳不違晦⑩；在陳而囂⑪，合而加囂。各顧其後，莫有鬥心，舊不必良，以犯天忌⑫，我必克之。」

【注釋】❶晦：每月的最後一天。❷范匄（gài）：范文子士燮之子，又稱范宣子。趨進：快步向前。這是恭敬的表示。❸夷：平。❹行首：行道，首，通「道」。疏行首，把行列間的通道疏通。楚軍逼近晉軍佈陣，晉軍陣地狹小，必須這樣做才便於作戰。❺輕窕：即輕佻，輕率浮躁。❻間：間隙，指弱點。❼二卿相惡：指子重和子反不和。❽王卒以舊：楚王的親兵都用舊家（貴族）子弟。❾蠻：指跟隨楚軍的南方少數民族軍隊。❿違晦：避開晦日。古代迷信，認為月底最後一天不宜用兵。⓫囂：喧嘩。軍中不肅靜，則表明無紀律。⓬犯天忌：指晦日用兵。

楚子登巢車，以望晉軍①。子重使大宰伯州犁侍于王後②。王曰：「騁而左右，何也？」曰③：「召軍吏也。」「皆聚於中軍矣。」「合謀也。」「張幕矣。」曰：「虔卜於先君也④。」「徹幕矣。」曰：「將發命也。」「甚囂，且塵上矣。」曰：「將塞井夷灶而為行也。」「皆乘矣，左右執兵而下矣。」曰：「聽誓也⑤。」「戰乎？」曰：「未可知也。」「乘而左右皆下矣。」曰：「戰禱也。」伯州犁以公卒告王。苗賁皇在晉侯之側⑥，亦以王卒告。皆曰：「國士在，且厚⑦，不可當也。」苗賁皇言於晉侯曰：「楚之良⑧，在其中軍王族而已。請分良以擊其左右，而三軍萃於王卒⑨，必大敗之。」公筮之，史曰：「吉。其卦遇

《復》䷗⑩，曰：『南國蹙⑪，射其元王⑫，中厥目⑬。』國蹙、王傷，不敗何待？」

公從之。

【注釋】❶楚子：楚共王。巢車：一種設有瞭望樓的兵車，用以望遠，其形制已不詳。❷伯州犁：晉大夫伯宗之子，魯成公十五年，伯宗為郤錡等所殺，伯州犁逃到楚國，當了大宰。❸曰：主語是伯州犁。以下若干句引語，未加「曰」字的是楚共王說的話，加「曰」字的是伯州犁的答語。❹虔：恭敬。古代行軍，都載了上代先君的神主同行。這句說，晉人向先君神主敬卜勝負。❺誓：指對軍隊宣佈命令。❻苗賁（bēn）皇：楚令尹鬥椒之子。魯宣公四年（前605），楚共王殺鬥椒，苗賁皇逃奔晉國。❼國士：國中精選的武士。厚：指人數眾多。❽良：指精兵。❾三軍：當作「四軍」，指晉國上、中、下軍和新軍。《左傳・襄公二十六年》記蔡聲子追述苗賁皇的話也作「吾乃四萃於其王族」。因籀文「四」作「亖」，形與「三」近而誤。萃：集中。❿《復》：《周易》的卦名。⓫南國：指楚國。蹙（cù）：窘迫。⓬元王：元首。⓭厥：其。以上三句是記錄占卜結果的卦辭。

有淖於前①，乃皆左右相違於淖②。步毅御晉厲公③，欒鍼為右④。彭名御楚共王⑤，潘黨為右⑥。石首御鄭成公⑦，唐苟為右⑧。欒、范以其族夾公行⑨，陷於淖。欒書將載晉侯。鍼曰：「書退！國有大任⑩，焉得專之⑪？且侵官，冒也；失官⑫，慢也；離局⑬，姦也。有三罪焉，不可犯也。」乃掀公以出於淖。

【注釋】❶淖（nào）：泥沼。❷違：避開。❸步毅：即郤毅，郤至之弟。❹欒鍼：欒書之子，欒黶之弟。❺彭名：楚大夫。❻潘黨：潘尪之子，一名叔黨。❼石首：鄭臣。❽唐苟：鄭臣。❾族：家兵，由其宗族成員和私屬人員組成。❿大任：指欒書擔任的中軍帥的職務。⓫專之：包攬其他事務，這裏指替代欒鍼車右的職責。⓬失官：玩忽職守，指欒書擅離中軍帥的崗位而載晉侯。⓭離局：離開部屬。

癸巳①，潘尪之黨與養由基蹲甲而射之②，徹七札焉③。以示王，曰：「君有二臣如此，何憂於戰？」王怒曰：「大辱國④！詰朝爾射，死藝！」呂錡夢射月⑤，中之，退入於泥。占之，曰：「姬姓，日也；異姓，月也，必楚王也。射而中之，退入於泥，亦必死矣。」及戰，射共王中目。王召養由基，與之兩矢，使射呂錡，中項，伏弢⑥。以一矢復命。

【注釋】❶癸巳：甲午的前一天。上文已敍述到「甲午晦」，這是追敍「甲午」前一天的事。❷潘尪之黨：潘尪之子潘黨。養由基：楚大夫，以善射知名。蹲：堆疊。❸徹：穿。七札：七層甲。❹大辱國：訓斥他們自恃勇力，不講智謀。❺呂錡：晉大夫魏錡，呂相之父。❻弢（tāo）：弓袋。

郤至三遇楚子之卒，見楚子，必下，免冑而趨風①。楚子使工尹襄問之以弓②，曰：「方事之殷也③，有韎韋之跗注④，君子也。識見不穀而趨⑤，無乃傷乎？」郤至見客，免冑承命，曰：「君之外臣至從寡君之戎事⑥，以君之靈，間蒙甲冑⑦，不敢拜命⑧。敢告不寧⑨，君命之辱。為事之故，敢肅使者⑩。」三肅使者而退。

【注釋】❶冑（zhòu）：頭盔。趨風：急走，表示恭敬。❷工尹襄：工尹是官名，襄是人名。問：問好，古代問好也同時贈送禮物以表示情意。❸事：戰事。殷：盛，指戰鬥激烈。❹韎（mèi）：淺紅色。韋：熟牛皮。跗（fū）注：一種長至腳背的緊身軍褲。跗，腳背。注，屬。❺識：通「適」，剛才。❻外臣：外邦之臣，郤至對楚王自稱。❼間：參與。蒙：披上。❽不敢拜命：不敢下拜接受君王的賜命。古代披甲之士不拜。❾不寧：不安。❿肅使者：向使者行肅拜之禮。肅拜，類似現在的深揖。

晉韓厥從鄭伯，其御杜溷羅曰①：「速從之？其御屢顧，不在馬，可及也。」韓厥曰：「不可以再辱國君②。」乃止。郤至從鄭伯，其右茀翰胡曰：「諜輅之③，余從之乘，而俘以下。」郤至曰：「傷國君有刑。」亦止。石首曰：「衛懿公唯不去其旗，是以敗於熒④。」乃內旌於弢中⑤。唐苟謂石首曰：「子在君側，敗者壹大⑥。我不如子，子以君免，我請止。」乃死。

【注釋】❶杜溷（hùn）羅：韓厥的駕車人。❷再辱國君：魯成公二年鞌之戰，韓厥曾經追及齊頃公，如果再追及鄭伯，就是再辱國君。❸諜：輕兵。輅（yà）：通「迓」，迎，指迎面攔住。❹「衛懿公」二句：魯閔公二年（前660），衛與狄在熒澤交戰，衛國戰敗，衛獻公不撤去旗幟而死於此役。熒即熒澤。❺內：同「納」，收藏。❻壹：專一。大：指鄭君。

楚師薄於險①，叔山冉謂養由基曰②：「雖君有命③，為國故，子必射。」乃射，再發④，盡殪⑤。叔山冉搏人以投，中車，折軾。晉師乃止，囚楚公子茷。

【注釋】❶薄：迫近。❷叔山冉：姓叔山，名冉，楚國勇士。❸君有命：指楚共王責備他「爾射，死藝」的話。❹再發：兩次發射。❺殪（yì）：死。

欒鍼見子重之旌，請曰：「楚人謂夫旌①，子重之麾也②，彼其子重也。日臣之使於楚也③，子重問晉國之勇，臣對曰：『好以眾整④。』曰：『又何如？』臣對曰：『好以暇⑤。』今兩國治戎，行人不使⑥，不可謂整；臨事而食言，不可謂暇。請攝飲焉⑦。」公許之，使行人執榼承飲⑧，造于子重⑨，曰：「寡君乏使，使鍼御持矛⑩，是以不得犒從者，使某攝飲⑪。」子重曰：「夫子嘗與吾言於楚⑫，必是故也。不亦識乎⑬？」受而飲之，免使者而復鼓。旦而戰，見星未已⑭。

【注釋】❶楚人：指被俘的楚兵。夫（fú）：那。旌：旗。❷麾（huī）：指揮作戰用的旗子，帥旗。❸日：往日。❹眾：軍隊。整：整肅。❺暇：閒暇，指從容不迫。❻行人：使者。❼攝飲（yìn）：代替自己請人喝酒。攝，代理。飲，使人喝。❽榼（kē）：盛酒器。承飲：捧着酒。❾造：至，到。❿御持矛：拿着矛在身邊侍候，指擔任車右。御，侍奉。⓫某：送酒人自稱。⓬夫子：指欒鍼。⓭識：記，指記性好。⓮見（xiàn）：現出。

子反命軍吏察夷傷①，補卒乘，繕甲兵，展車馬②，雞鳴而食，唯命是聽。

晉人患之。苗賁皇徇曰：「蒐乘、補卒、秣馬、利兵、修陳、固列、蓐食、申禱③，明日復戰。」乃逸楚囚④。王聞之，召子反謀。穀陽豎獻飲於子反⑤，子反醉而不能見。王曰：「天敗楚也夫！余不可以待。」乃宵遁⑥。

【注釋】❶夷：傷。❷展：陳列，這裏指陳列出來以便檢閱。❸蒐：檢閱，查點。蓐（rù）：厚。蓐食，飽餐。申禱：重申禱告，祈求勝利。❹逸楚囚：放跑楚國俘虜，有意讓他們回去報信。❺穀陽豎：子反的侍役。❻遁（dùn）：逃。

晉入楚軍，三日穀①。范文子立於戎馬之前②，曰：「君幼，諸臣不佞，何以及此？君其戒之③！《周書》曰：『惟命不于常④。』有德之謂。」

楚師還，及瑕⑤，王使謂子反曰：「先大夫之覆師徒者⑥，君不在。子無以為過，不穀之罪也。」子反再拜稽首曰：「君賜臣死，死且不朽。臣之卒實奔，臣之罪也。」子重使謂子反曰：「初隕師徒者⑦，而亦聞之矣，盍圖之！」對曰：「雖微先大夫有之⑧，大夫命側⑨，側敢不義？側亡君師，敢忘其死？」王使止之，弗及而卒。

【注釋】❶ 穀：取糧而食。❷ 戎馬：駕車的戰馬。❸ 戒：警惕。❹《周書》：《尚書》中關於周代的部分。這裏的引文見《尚書・康誥》。❺ 瑕：隨國地名，在今湖北省隨州境內。❻ 先大夫：指子玉。覆師徒：使軍隊覆沒，指城濮之戰中子玉戰敗。者：助詞。用在複合句的前一分句之末句提示現象或結果，下句解析原因。楚王這幾句話的意思是：當初子玉兵敗，是因為國君不在軍中，所以子玉應負失敗之責。這次國君親自出征，您就不必認為自己有罪，這是我的罪過。❼ 初隕師徒者：指子玉。❽ 微：沒有。❾ 側：公子側，即子反。

【翻譯】

晉厲公將要攻打鄭國。范文子說：「如果實現了我們的願望，諸侯都背叛晉國，晉國就可以這樣做。要是只有鄭國背叛，那麼，晉國的憂患就會立即來到。」欒書說：「總不能在我們當政的時候而失去諸侯，一定要討伐鄭國。」於是出動軍隊。欒書統率中軍，士燮輔佐他；郤錡統率上軍，荀偃輔佐他；韓厥統率下軍；郤至擔任新軍副帥；荀罃在國內留守。

郤犨到衛國，然後又到齊國，向他們請求出兵。欒黶來到魯國請求出兵，孟獻子說：「晉國有打勝的希望了。」四月十二日，晉國軍隊就出發了。

鄭國人聽說有晉國軍隊，就派使者告訴楚國，姚句耳也隨使者前往。楚共王領兵救援鄭國。司馬子反統率中軍，令尹子重統率左軍，右尹子辛統率右軍。經過申的時候，子反進去拜訪申叔時，問道：「這次出兵將有甚麼樣的結果？」申叔時回答說：「德行，刑罰，誠意，道義，禮節，信用，這些都是作戰的手段。德行用來實施恩惠，刑罰用來糾正邪惡，誠意用來事奉神明，道義用來確立利益，禮節用來順應時宜，信用用來保持事物。這樣，百姓生活富裕而道德端正，用得其利而行事有節制，順時而動並且百物豐足，上下和睦，舉動順理，所求無不滿足，人人都懂應守的準則。所以《詩》上說：『先王安排百姓，無人不合準則。』因此，神靈施降福澤，四季不生災害，百姓生活豐足，團結一心而聽從指揮，沒有人不盡心竭力服從上司的命令，沒有人不願犧牲性命去填補戰死者的空缺，這些都是戰爭取得勝利的原因。現在楚國在國內拋棄了他的人民，在國外斷絕了友好國家的邦交；不尊重盟約，而自食其言；違反農時來進行戰爭，讓百姓受苦來滿足自己願望。老百姓不知道信守甚麼，或進或退都可能獲罪；人人擔心自己的下場，還有誰拚力死戰呢？您努力吧，我不能再見到您啦！」姚句耳先從楚國回來，子駟向他打聽。姚句耳回答說：「楚國行軍急速，通過險地時軍容不整。行動急速就會失去思考，軍容不整就毫無紀律。考慮不周，紀律紊亂，還憑甚麼來作戰？楚國恐怕不能借重了。」

五月，晉國軍隊渡過黃河。聽説楚兵就要到了，士燮打算退回晉國。説：「我們如果避開楚軍，可以緩和國家的憂患。至於會合諸侯這件事，不是我們所能做得到的，留給能幹的人去做吧。我們如果團結和睦來侍奉國君，這就足夠了！」欒書説：「不能這樣做！」

六月，晉軍和楚軍在鄢陵相遇。士燮不想打。郤至説：「從前韓原那一仗，惠公不能整師而還；箕地那次戰役，先軫不能回來覆命；邲地那次出兵，荀伯不能再進迫楚軍：這些都是晉國的恥辱啊！您也見過這些先君時候的戰事了，現在我們躲避楚軍，是又加上一層恥辱了。」士燮說：「我們先君屢次作戰，這是有原因的。秦、狄、齊、楚都是強國，我們如果不盡力，子孫就要被削弱。現在那三個強國都已經順服了，敵國只是一個楚國罷了。只有聖人能做到外部和內部都不存在憂患。假如不是聖人，外面安寧就必定會有內部的憂患。為甚麼不放過楚國，讓它作為外部的戒懼呢？」

六月二十九日，月尾那一天，楚軍一大早就逼近晉軍營壘擺下陣勢。晉軍軍吏感到害怕。范匄快步走上前來說：「把井填了，把灶鏟平，在軍營中佈陣，再把隊伍之間的行道疏通。晉、楚都是天意所歸的國家，怕甚麼呢？」士燮拿起戈來追趕他，說：「國家的存亡，是上天決定的，小孩兒懂得甚麼？」欒書說：「楚軍輕率浮躁，我們堅守營壘來等着他，三天之後楚軍肯定退走。退走再來打它，一定會取得勝利的！」郤至說：「楚國有六個弱點，我們不要放過了：他們的兩位執政大臣彼此不和；楚王率領的親兵都用貴族子弟；鄭軍雖然佈了陣，但是軍容不整；南蠻雖能成軍，但是不能佈陣；佈陣不避開月尾這一天；士兵在陣中吵吵鬧鬧，遇上敵人就會吵鬧得更厲害。各軍只注意自己的退路，沒有戰鬥的決心，貴族子弟也未必是精兵，月終用兵又觸犯了天忌，我們肯定能打敗他們。」

楚共王登上巢車，瞭望晉軍的動靜。子重讓太宰伯州犁在共王身後陪着。共王問：「有人駕着兵車左右奔跑，這是怎麼回事？」伯州犁回答說：「召集軍官。」「軍官們都到中軍集合了。」回答說：「這是開會商量。」「搭起帳幕了。」回答說：「這是恭恭敬敬地向先君問卜。」「撤掉帳幕了！」回答說：「這是準備發佈命令。」「非常喧鬧，而且塵土揚起來了！」回答說：「這是準備填井平灶，用來排開隊列。」「都上了戰車，左右兩邊的又拿着武器下來了。」回答說：「這是聽取作戰命令。」「要開戰了嗎？」回答說：「還不能斷定。」「上了戰車，左右兩邊的人又都下來了。」回答說：「這是作戰之前向鬼神禱告。」伯州犁把晉侯親兵所在也告訴了楚共王。苗賁皇在晉厲公的身邊，也把楚共王的親兵所在告訴了厲公。厲公的左右都說：「楚國最優秀的武士都在中軍，而且人數眾多，不可抵擋。」苗賁皇對晉厲公說：「楚國的精鋭，只是集中在中軍楚王的親兵裏罷了。請分出精兵來攻擊楚國的左右兩軍，而晉國四軍集中對付楚王的親兵，一定能把他們打得大敗。」晉厲公用筮草占卜，卜官說：「吉利。得的是《復》卦，卦辭說：『南國局促，射其元首，中其目。』國家局促，元首負傷，不吃敗仗還等待甚麼？」晉厲公聽從了他的話。

有一個泥沼在晉國軍營前邊，於是大家都從左右兩側避開泥沼。步毅替晉厲公駕車，欒鍼擔任車右。彭名替楚共王駕車，潘黨擔任車右。石首替郊成公駕車，唐苟擔任車右。欒、范帶着他們的家兵從左右兩邊護着厲公往前走，晉厲公的兵車陷進了泥沼。欒書想用自己的車載晉厲公。欒鍼說：「欒書走開！國家有重任，你怎麼能包攬這些事呢？況且侵奪別人的職責，這是冒犯行為；怠忽職守，這是怠慢行為；離開部屬，這是犯罪行為。有三條罪狀在這裏，這都是觸犯不得的。」於是欒鍼就掀起厲公的兵車出了泥沼。

六月二十八日，潘尫的兒子潘黨和養由基疊起鎧甲用箭來射，一箭就射穿了七層甲。他們拿給楚共王看，並且說：「君王有兩個臣子這麼有本事，還擔心打仗嗎？」共王很生氣說：「太給國家丟臉了！明天早晨你們如果射箭，就要死在你們的本領上！」晉國的呂錡夢見射月亮，射中了，退下來卻陷進淤泥中。請人占卜這事，卜官告訴他說：「姬姓，是太陽；異姓，是月亮，月亮一定是楚王了。你射中了月亮，卻退進了淤泥中，也一定要死的。」到打仗的時候，呂錡射中了楚共王眼睛。共王召來養由基，給了他兩支箭，要他射呂錡，一箭就射中了呂錡的脖子，呂錡趴在弓袋上死了。養由基就拿了剩下的一支箭回去報告。

郤至三次遇上楚王率領的親兵，他每見到楚王，都一定下車，脫了頭盔快步走過。楚王派了工尹襄拿了一張弓向他問好，並說：「正當戰鬥緊張的時候，有一位穿着淺紅色牛皮緊身長褲的人，是位君子啊。剛看到我就快步跑過去了，不是受了傷吧？」郤至見到來客，就脫去頭盔接受楚王的賜命，說：「貴君的外邦之臣郤至跟隨寡君作戰，託貴君的福，我加入了披盔帶甲的隊伍，不敢行下拜之禮接受貴君的賞賜。我冒昧地報告貴君我的不安，辱承君王的慰問了。因為有戰事的緣故，謹向使者行個深揖。」郤至對使者行了三個揖禮就退走了。

晉國的韓厥追趕鄭成公，他的駕車人杜溷羅說：「快追他！他的車夫好幾次回過頭來看，心不在馬上，能追上。」韓厥說：「我不能第二次羞辱國君了。」於是就停了下來。郤至又來追鄭成公，他的車右茀翰胡說：「派出輕兵抄小路迎面攔住他，我從後面跳上他的兵車，把他逮下來。」郤至說：「傷害國君要受刑罰的。」也停下不追了。石首對鄭成公說：「當年衛懿公就因為沒有撤去自己的旗子，所以在熒澤吃了敗仗。」於是就把鄭成公的旗子藏入弓袋裏。唐苟對石首說：「您在國君身邊，敗陣之軍應當一心一意保護國君。我比不上您，您護着國君脱險，我請求留在這兒抵擋敵人。」唐苟終於戰死了。

楚軍迫近了險地，叔山冉就對養由基說：「雖然國君有令，不讓你逞能射箭，為了國家的緣故，您一定要射。」養由基就射了起來，兩次射箭，都射死了敵人。叔山冉抓起一個人向晉軍擲去，擲中了兵車，撞折了車前的橫木。晉軍才停止追趕，而把楚國的公子茷活捉了去。

欒鍼望見了子重的旗子，向晉厲公報告說：「楚國人說那面旗子，就是子重的帥旗，那個人大概就是子重了。往日我出使楚國，子重問我晉國的勇武怎樣表現。我回答說：『喜歡軍容整肅。』又問：『還有甚麼？』我回答說：『喜歡從容不迫。』現在兩國交兵，不派一個使節，不能說是整肅；事到臨頭而違反前言，不能說是從容。請派個人代我向子重獻酒。」晉厲公答應了他的要求，派了個使者拿着酒器捧着酒，走到子重跟前，說：「我們國君因為缺少使喚的人，叫欒鍼拿着矛在身邊侍候，因此不能來犒勞您的部屬，讓我代替他敬酒。」子重說：「這位老先生曾經在楚國跟我說過喜歡整肅和從容，一定是這意思了。他不是記性太好了嗎？」子重接過酒來喝了，讓使者走了再繼續擊鼓。一大早就交戰，直到現出星星的時候還沒有結束。

子反命令軍官們檢查傷情，補充步卒車兵，修理盔甲武器，陳列兵車和馬匹，雞叫就吃飯，一切聽從命令。晉國人犯愁了。苗賁皇就傳令說：「查點戰車，補充兵員，餵飼馬匹，磨快武器，整飭軍容，鞏固隊列，大吃一餐，重新禱祝，明天再打一仗。」還故意放跑楚國的戰俘。楚共王知道了這些情況，就召子反來商議。剛好穀陽豎送酒給子反喝，子反喝醉了不能進見楚王。楚王說：「這是老天爺讓楚國失敗啊！我不能等着。」於是就連夜逃跑了。

晉軍開進了楚國兵營，拿楚國丢棄的軍糧吃了三天。士燮站在晉厲公駕車的戰馬前面說：「君王還年輕，我們這些臣子也不才，靠甚麼獲得這樣的勝利呢？君王還是要警惕啊！《周書》說：『天命不是永遠不變的。』這是說有德的人才能享有天命。」

楚軍往回撤，來到瑕地。楚共王派人對子反說：「從前先大夫斷送了軍隊，那是因為當時國君不在軍中。您不要把這次戰敗看成自己的過失，這是我的罪過。」子反兩次下拜叩頭，說：「君王賞我一死，我死也不朽了。我的士兵確實敗逃了，這是我的罪過。」子重卻派人告訴子反說：「當初損兵折將的人，您也聽說過他的下場了，為甚麼不考慮一下呢？」子反回答說：「就算沒有先大夫自殺謝罪的事，大夫你吩咐我，我怎麼敢貪生而不顧信義呢？我斷送了國君的軍隊，怎麼敢忘記自己的死罪？」楚共王派人去制止他，還沒有趕到，子反就自殺了。

二十　晉祁奚舉賢

本文選自魯襄公三年（前570）。祁奚出自公心，舉人唯賢，成為後人廣泛傳誦的佳話。《呂氏春秋・去私篇》把祁奚舉賢和堯舜禪讓相提並論，稱讚祁奚「外舉不避仇，內舉不避子」，「可謂公矣」。這則故事，在今天對我們還有一定的教育意義。

祁奚請老①，晉侯問嗣焉②。稱解狐③——其讎也。將立之而卒。又問焉。對曰：「午也可④。」於是羊舌職死矣⑤，晉侯曰：「孰可以代之⑥？」對曰：「赤也可⑦。」於是使祁午為中軍尉⑧，羊舌赤佐之⑨。

【注釋】❶祁奚：字黃羊，三年前任晉中軍尉。❷晉侯：晉悼公。嗣：接替祁奚職務的人。❸稱

（chēng）：推舉。❹午：祁午，祁奚之子。❺於是：在這時候。羊舌職：姓羊舌，名職，當時任中軍佐。晉賢臣叔向之父。❻孰：誰。❼赤：羊舌赤，字伯華，羊舌職之子。❽中軍尉：中軍的軍尉，掌軍政，戰時擔任主將的御者。❾佐：輔佐。佐之，指任中軍佐。

君子謂祁奚於是能舉善矣①。稱其讎，不為諂②；立其子，不為比③；舉其偏④，不為黨⑤。《商書》曰：「無偏無黨，王道蕩蕩⑥。」其祁奚之謂矣。解狐得舉，祁午得位，伯華得官；建一官而三物成，能舉善也。夫唯善，故能舉其類。《詩》云：「惟其有之，是以似之⑦。」祁奚有焉。

【注釋】❶君子：有道德或有名位的人。於是：於此，在這件事上。舉：薦舉。善：指賢人。❷諂（chǎn）：諂媚，討好。❸比：偏袒，偏私。❹偏：直屬的副職。❺黨：勾結。❻《商書》：《尚書》中有關商代的部分。這裏引的兩句見於《尚書・洪範》。王道，古人設想中的以仁義治天下的一種政治。蕩蕩，平坦廣大的樣子。這裏指公正無私。❼《詩》：指《詩經》，這裏引的兩句見於《詩・小雅・裳裳者華》。

【翻譯】

祁奚請求退休，晉悼公向他詢問接替他職務的人選。祁奚推舉解狐——解狐是他的對頭。正要立解狐，解狐死了。晉悼公又問他，祁奚回答說：「祁午能行。」正在這個時候羊舌職死了，晉悼公問：「誰可以接替他？」祁奚回答說：「羊舌赤能行。」於是就讓祁午做了中軍尉，羊舌赤輔助他。

君子認為祁奚在這件事情上能夠推舉賢人。推舉他的對頭，而不是巴結；任命他的兒子，而不是偏袒；薦舉他的副手，而不是勾結。《商書》說：「不偏私來不結黨，帝王之道坦蕩蕩。」恐怕就是說的祁奚這樣的人了。解狐得到薦舉，祁午得到職務，羊舌赤得到官位：立了一個中軍尉而三件好事都成全了，正是由於他能薦舉賢人啊。正因為他是賢人，所以能薦舉跟自己一樣的人。《詩》上說：「因為他有美德，所以薦舉的人像他。」祁奚就有這種美德。

二十一　師曠論衛人出其君

本文選自魯襄公十四年（前559）。衛國人驅逐了暴虐無道的衛獻公，師曠對此發表了一番議論。他認為上天設立國君來治理百姓，國君就應該賞善懲惡，愛民如子，犯了過錯要聽取公卿大夫以至庶民、商旅和百工的意見。如果國君殘害百姓，放縱邪惡，百姓就可以趕走他。師曠的話，雖然還不能擺脫天命和鬼神的思想，但在君民關係上，他更強調了民的權利和作用，給君主敲了警鐘。春秋時代，具有這種民本思想是難能可貴的。可以說，這是大約二百年後孟子「民貴君輕」的民本主義的先導。

師曠侍於晉侯①。晉侯曰：「衛人出其君②，不亦甚乎？」對曰：「或者其君實甚。良君將賞善而刑淫，養民如子，蓋之如天，容之如地；民奉其君，愛之如父母，仰之如日月，敬之如神明，畏之如雷霆，其可出乎？夫君③，神之主而民之望也。若困民之主④，匱神之祀⑤，百姓絕望，社稷無主，將安用之？弗去何為？天生民而立之君，使司牧之⑥，勿使失性。有君而為之貳⑦，使師保之⑧，勿使過度。是故天子有公⑨，諸侯有卿⑩，卿置側室⑪，大夫有貳宗⑫，士有朋友⑬，庶人、工、商、皂、隸、牧、圉皆有親暱⑭，以相輔佐也。善則賞之⑮，過則匡之，患則救之，失則革之⑯。自王以下各有父兄子弟以補察其政。史為書⑰，瞽為詩⑱，工誦箴諫⑲，大夫規誨⑳，士傳言㉑，庶人謗㉒，商旅于市㉓，百工獻藝㉔。故《夏書》曰㉕：『遒人以木鐸徇於路㉖，官師相規㉗，工執藝事以諫。』正月孟春㉘，於是乎有之㉙，諫失常也㉚。天之愛民甚矣，豈其使一人肆於民上㉛，以從其淫而棄天地之性㉜？必不然矣。」

【注釋】❶師曠：晉國的樂師，字子野。晉侯：晉悼公。❷衛人出其君：衛獻公暴虐無道，被國人驅逐。事見本年《左傳》。❸夫（fú）：助詞，用於敘述或議論的開頭。❹主：當為「生」，形近而誤。❺匱神之祀：匱，乏。之，原作「乏」，從《釋文》改「之」。❻司牧：治理。

牧，本指放養牲畜，引申為治理百姓。司、牧同義。❼貳：輔佐大臣。❽師保：本指教育、輔導太子的師傅，這裏用作動詞，意為教導保護。❾公：天子以下最高一等的爵位。❿卿：諸侯的執政大臣。⓫側室：官名，由宗族中的支庶子弟擔任。⓬大夫：比卿低一等的爵位。貳宗：官名，由大夫的宗族子弟擔任。⓭士：大夫以下、庶民以上的人。朋友：指志同道合的人。⓮皂（zào）、隸：都是奴隸中的一個等級。牧：養牛人。圉：牧馬人。⓯賞：讚揚。⓰革：改。⓱史：太史。為書：記載國君的言行。⓲瞽（gǔ）：盲人。古代以盲人為樂師，所以樂師也稱瞽。為詩：用詩諷諫。⓳工：樂工。誦：唱或誦讀。箴（zhēn）諫：用來規勸諷諫的文辭。⓴規：規正。誨：開導。㉑傳言：杜預注：「士卑，不得徑達，聞君過失，傳告大夫。」㉒謗：公開議論。庶人不能直接進諫，只能公開議論而讓君主間接知道。㉓商旅：商人。商與旅同義連用。㉔百工：各種工匠。獻藝：各就所從事的職業提出意見，即下文所說「工執藝事以諫」。㉕《夏書》：逸書，下面的引文被採入偽古文《尚書·胤征》。㉖遒（qiú）人：宣令之官。木鐸：木舌的銅鈴。徇：巡行宣令。㉗官師：官員。㉘孟：每季第一個月。孟春，初春。㉙於是乎有之：指在這時候才有遒人宣令的事。㉚失常：失去常規。㉛肆：放肆，胡作非為。㉜從（zòng）：放縱。

【翻譯】

師曠在晉悼公身邊侍候。晉悼公說：「衛國人攆走了他們的國君，這不是太過火了嗎？」師曠回答說：「也許是他們的國君確實太過火了。賢明的國君要獎勵好人而處罰惡人，像養育兒女一樣養育百姓，像天空那樣遮蓋他們，像大地那樣容納他們；老百姓侍奉他們的國君，像對父母那樣熱愛，像對日月那樣欽仰，像對神明那樣尊敬，像對雷霆那樣畏懼，難道能攆走他嗎？國君，是神明的主祭者，是民眾仰望的人。如果讓民眾的生計困窘，神明的祭祀缺乏，老百姓絕望，國家失去主持，哪裏還用得着他？不攆走他幹嗎？上天生下老百姓並且替他們立了國君，讓國君治理他們，不讓他們失去本性。有了國君又再替他安排了輔佐的人，讓這些人開導他、保護他，不讓他出了格。所以天子有公，諸侯有卿，卿設置側室，大夫有貳宗，士有志同道合的人，平民、工匠、商人、奴僕、牛倌和馬倌都有他們的親近的人，以便互相幫助。做了好事就讚揚，犯了錯誤就糾正，有了災難就救援，出了差錯就改掉。從天子以下，各自都有父兄子弟來考察彌補他行事的得失。國君有了過失，太史加以記載，樂師寫成諷諫的詩歌、樂工唱誦規諫的文辭，大夫規勸開導，士向大夫傳話，百姓公開批評，商人在市場上議論，各種工匠都各就自己從事的技藝來進言。所以《夏書》說：『宣令官搖着木舌銅鈴沿路宣告，官員們進行規諫，工匠們各就其事發表意見。』每年正月初春，在這個時候就有了宣令官沿路宣令的事，這是為了規諫君主失去的常規。上天是非常愛護百姓的，難道能讓一個人在百姓頭上胡作非為、放縱淫亂而背棄天地愛民的本性嗎？肯定不是這樣的。」

二十二　伯州犁問囚

本文選自魯襄公二十六年（前547）。這個短篇很像一幅線條簡練而形象生動的速寫畫，把伯州犁的狡黠、皇頡的乖巧、公子圍的貪功、穿封戌的氣憤，表現得形神畢肖，「上下其手」這句形容串通作弊的成語也因而流傳至今。

楚子、秦人侵吳，及雩婁①，聞吳有備而還。遂侵鄭。五月，至于城麇②。鄭皇頡戍之，出，與楚師戰，敗。穿封戌囚皇頡，公子圍與之爭之③，正於伯州犁④。伯州犁曰：「請問於囚。」乃立囚。伯州犁曰：「所爭，君子也⑤，其何不知？」上其手⑥，曰：「夫子為王子圍，寡君之貴介弟也⑦。」下其手⑧，曰：「此子為穿封戌，方城外之縣尹也⑨。誰獲子？」囚曰：「頡遇王子，弱焉⑩。」戌怒，抽戈逐王子圍，弗及，楚人以皇頡歸。

【注釋】❶雩（yú）婁：楚地，在今河南省商城縣東。❷城麇（jūn）：今地未詳。❸公子圍：楚共王之子，名圍。❹正：就正，請人評判。伯州犁：晉大夫伯宗之子，魯成公十五年，伯宗被郤錡等殺害，伯州犁逃到楚國，當了大宰。❺君子：稱俘虜為君子，是有所暗示。❻上其手：高舉其手，指向公子圍。❼貴介：尊貴。❽下其手：手向下，指向穿封戌。❾縣尹：縣的長官。❿弱：戰而不勝。指被王子圍所俘。

【翻譯】

楚康王和秦國人去攻打吳國，到了雩婁，聽說吳國有了防備就退了回去。於是又去攻打鄭國，五月裏，來到城麇。鄭國的皇頡在城麇駐守，出城跟楚軍交戰，打了敗仗。穿封戌俘虜了皇頡。公子圍跟穿封戌爭這個俘虜，就請伯州犁據實評判。伯州犁說：「讓我問問這個俘虜吧。」於是讓俘虜站着。伯州犁問：「我們爭論的，是您這位君子，難道不明白？」然後高舉着手說：「這一位是王子圍，我們國君尊貴的弟弟。」又用手向下指着説：「這人叫穿封戌，是方城之外的一個縣官。是誰抓到您的？」俘虜説：「我遇上王子，打不過他。」穿封戌氣極了，抽出戈來就去追王子圍，沒能追上。楚國人就把皇頡帶了回去。

二十三　蔡聲子論晉用楚材

本文選自魯襄公二十六年（前547）。蔡聲子為了勸說楚令尹子木讓被逼逃亡的伍舉回到楚國，精心構撰了這篇咄咄逼人而又發人深省的說辭。

這篇說辭把以賓襯主的手法發揮得淋漓盡致。開頭先用「雖楚有材，晉實用之」一句概括全篇，並說了一番「善為國者，賞不僭而刑不濫」的道理。接着便平列四段，分寫四個楚國逃死大夫如何得到晉國重用，幫助晉國打敗楚國，奪走了楚的盟國，危害了楚的利益，破壞了楚的霸業。聲子先把這四個人對楚國的損害講得驚心動魄。逼使子木得出了「是皆然矣」的結論，再用「今又有甚於此者」一句轉入正意，引出伍舉。前面講析子等四個逃臣，為的是映照和陪襯伍舉。前面四人是賓，伍舉是主。以賓襯主，主因賓顯。四賓對楚國的危害已經說得非常充分，伍舉逃晉的嚴重性就不必多費筆墨，只反問一句「彼若謀楚，豈不為患」，就足以使子木膽戰心驚了。

本篇分寫四個逃臣，用了許多結構相同的句式。這些節奏感很強的排句反復出現，使文章顯得氣勢磅礴，也加深了讀者的印象。排句中間，又插進一些錯綜的句式，整齊之中又顯得靈活生動，富有變化。

初，楚伍參與蔡大師子朝友①，其子伍舉與聲子相善也②。伍舉娶於王子牟③。王子牟為申公而亡，楚人曰：「伍舉實送之。」伍舉奔鄭，將遂奔晉。聲子將如晉，遇之於鄭郊，班荊相與食④，而言復故⑤。聲子曰：「子行也，吾必復子。」

【注釋】❶伍參：伍奢的祖父。❷伍舉：伍奢的父親，伍員的祖父。聲子：子朝之子，又稱公孫歸生。❸王子牟：楚王子，曾為申邑長官，又稱申公子牟。❹班：鋪。荊：草名。班荊，把草鋪在地上，代替坐席。❺復故：返回楚國的事。故，事。

及宋向戌將平晉、楚①，聲子通使於晉，還如楚。令尹子木與之語②，問晉故焉，且曰：「晉大夫與楚孰賢？」對口：「晉卿不如楚③，其大夫則賢，皆卿材也。如杞梓皮革④，自楚往也。雖楚有材，晉實用之。」子木曰：「夫獨無族姻乎⑤？」對曰：「雖有，而用楚材實多。歸生聞之：善為國者，賞不僭而刑不濫⑥。賞僭，則懼及淫人⑦；刑濫，則懼及善人。若不幸而過，寧僭，無濫；與其失善，寧其利淫。無善人，則國從之。《詩》曰：『人之云亡，邦國殄瘁⑧。』無善人之謂也。故《夏書》曰：『與其殺不辜，寧失不經⑨。』懼失善也。《商頌》有之曰：『不僭不濫，不敢怠皇。命于下國，封建厥福⑩。』此湯所以獲天福也。古之治民者，勸賞而畏刑⑪，恤民不倦⑫。賞以春夏，刑以秋冬。是以將賞為之加膳，加膳則飫賜⑬，此以知其勸賞也。將刑為之不舉⑭，不舉則徹樂⑮，此以知其畏刑也。夙興夜寐⑯，朝夕臨政，此以知其恤民也。三者⑰，禮之大節也。有禮，無敗。今楚多淫刑，其大夫逃死於四方，而為之謀主⑱，以害楚國，不可救療，所謂不能也⑲。子儀之亂，析公奔晉⑳。晉人置諸戎車之殿㉑，以為謀主。繞角之役㉒，晉將遁矣，析公曰：『楚師輕窕，易震蕩也。若多鼓鈞聲㉓，以夜軍之㉔，楚師必遁。』晉人從之，楚師宵潰。晉遂侵蔡，襲沈㉕，獲其君㉖，敗申、息之師於桑隧㉗，獲申麗而還㉘。鄭於是不敢南面㉙。楚失華夏，則析公之為也。雍子之父兄譖雍子㉚，君與大夫不善是也㉛，雍子奔晉。晉人與之鄐㉜，以為謀主。彭城之役㉝，晉、楚遇於靡角之谷㉞，晉將遁矣，雍子發命於軍曰：『歸老幼，反孤疾，二人役，歸一人。簡兵蒐乘，秣馬蓐食，師陳焚次㉟，明日將戰。』行歸者而逸楚囚㊱，楚師宵潰。晉降彭城而歸諸宋，以魚石歸㊲。楚失東夷㊳，子辛死之㊴，則雍子之為也。子反與子靈爭夏姬㊵，而雍害其事㊶，子靈奔晉。晉人與之邢㊷，以為謀主，扞禦北狄，通吳於晉，教吳叛楚，教之乘車、射御、驅侵，使其子狐庸為吳行人焉㊸。吳於是伐巢㊹，取駕㊺，克棘㊻，入州來㊼，楚罷於奔命㊽，至今為患，則子靈之為也。若敖之亂[49]，伯賁之子賁皇奔晉[50]。晉人與之苗[51]，以為謀主。鄢陵之役[52]，楚晨壓晉軍而陳，晉將遁矣，苗賁皇曰：『楚師之良，在其中軍王族而已。若塞井夷灶，成陳以當之，欒、范易行以誘之[53]，中行、二郤必克二穆[54]，吾乃四萃於其王族[55]，必大敗之。』晉人從之，楚師大敗，王夷、師熸[56]，子反死之。鄭叛、吳興，楚失諸侯，則苗賁皇之為也。」子木曰：「是皆然矣。」聲子曰：「今又有甚於此者。椒舉娶於申公子牟[57]，子牟得戾而亡[58]，君大夫謂椒舉[59]：『女實遣之。』懼而奔鄭，引領南望曰：『庶幾赦余[60]！』亦弗圖也。今在晉矣，晉人將與之縣，以比叔向[61]。彼若謀害楚國，豈不為患？」子木懼，言諸王，益其祿爵而復之[62]。

【注釋】❶向戌：宋大夫，曾為左師，食邑在合，故又稱左師、合左師。平：講和。平晉、楚：使晉、楚和解。聲子也參與其事。❷子木：即屈建，去年任楚令尹。❸卿：執政大臣，爵位高於大夫一等。❹杞（qǐ）梓（zǐ）：兩種優質木材。❺夫（fú）：指示代詞，彼，那，指晉國。獨：副詞，表示反問，相當於「難道」。族姻：同族子弟和有婚姻關係的人。❻僭（jiàn）：

過度。濫：氾濫，無節制。❼淫：邪惡。❽「《詩》曰」三句：引自《詩・大雅・瞻卬》。人，指賢人。云，句中助詞，無義。亡，逃亡。殄瘁（tiǎn cuì），艱危，困窘。❾「故《夏書》」三句：所引《夏書》已亡佚，這兩句被偽古文《尚書・大禹謨》襲用。經，常法。不經，不守常法的人。❿「《商頌》」四句：引自《詩・商頌・殷武》。怠，懈怠。皇，今《詩經》作「遑」，閒暇，指偷閒。封，大。厥，其。⓫勸：樂，喜歡。⓬恤：憂。⓭飫（yù）：飽。飫賜，把飽餐之後多餘的酒菜賜給臣下。⓮舉：安排美食佳餚並用音樂助餐。⓯徹樂：撤除飲食時的音樂。徹，與「撤」同義。⓰夙興夜寐：早起晚睡。⓱三者：指「勸賞」、「畏刑」和「恤民」。⓲謀主：主謀。⓳不能：不能任用楚國的賢人。⓴「子儀」二句：子儀，楚臣鬥克的字。析公：楚臣。子儀作亂，載《左傳・文公十四年》。㉑戎車：特指國君的戰車。殿：後。㉒繞角：蔡地，在今河南省魯山縣東。魯成公六年（前585），晉軍救鄭，與楚軍戰於繞角。㉓鈞聲：相同之聲。多鼓鈞聲，指裝出大舉進攻的聲勢。㉔軍：進攻。㉕沈：國名，在今安徽省臨泉縣北。㉖獲其君：指俘虜沈子揖初。載《左傳・成公八年》。㉗桑隧：在今河南省確山縣東。㉘申麗：楚大夫。㉙不敢南面：指鄭國畏服晉國，不敢南向親附楚國。面，向。㉚雍子：楚臣。譖（zěn）：中傷，誣陷。㉛不善是：不喜此人。㉜鄐（xù）：晉地，在今河南省溫縣附近。㉝彭城：在今江蘇省徐州市。彭城之役，指魯成公十八年楚伐宋而與晉國發生的戰爭。㉞靡角之谷：在彭城附近。㉟陳：列陣。次：營帳。㊱歸者：指上文所說應放歸的老、幼、孤、疾。㊲魚石：本為宋臣，於魯成公十五年逃到楚國。㊳東夷：東方各落後部族的統稱。㊴子辛：楚令尹公子壬夫。魯襄公五年被楚共王殺掉，並非死於彭城之役。40 子靈：楚宗族，又稱巫臣、屈巫。於魯成公二年逃奔晉國。夏姬：鄭穆公之女，陳國大大御叔之妻。魯宣公十一年，楚莊王伐陳，獲夏姬而歸。子反與子靈爭夏姬的事，載《左傳・成公二年》。41 雍害：同「壅害」，阻礙，破壞。42 邢：晉邑，在今河南省溫縣東北。43「通吳於晉」四句：載《左傳・成公七年》。行人：外交使節。44 巢：本為國名，後為楚吞併，在今安徽省居巢東北。45 駕：楚地，在今安徽省無為縣境。46 棘：楚地，在今河南省永城市南。47 州來：楚地，在今安徽省鳳台縣。48 罷（pí）：通「疲」。49 若敖：指楚令尹子文的氏族。魯宣公四年，以令尹鬥椒為首的若敖氏叛亂，被楚成王滅族。50 伯賁（bēn）：也作「伯棼」，楚令尹鬥椒的字。51 苗：晉邑，當在今河南省濟垣縣西。52 鄢陵之役：發生在魯成公十六年，參見本書《晉楚鄢陵之戰》。53 欒：欒書，晉中軍將。范：范文子士燮，晉中軍佐。易行：簡易行陣，以誘楚軍。54 中行：晉上軍佐荀偃。二郤：晉上軍將郤錡和新軍佐郤至。二穆：楚左軍將子重和右軍將子辛。這兩人都是楚穆王的後代，故稱二穆。55「吾乃」句：打敗楚左、右兩軍之後，晉上、中、下、新四軍則集中攻擊楚國的中軍王族。萃：集。56 夷：傷。王夷，指楚共王之目被晉呂錡射中。熸（jiān）：火滅，比喻軍隊覆滅。57 椒舉：即伍舉。58 戾（lì）：罪。59 君大夫：君與大夫。60 庶幾：副詞，表示希望。61 叔向：晉上大夫羊舌肸（xī）。比叔向，讓他的爵祿可以跟叔向比並。62 椒鳴：伍舉之子，伍奢之弟。逆：迎。

【翻譯】

當初，楚國的伍參跟蔡國的太師子朝交朋友，伍參的兒子伍舉也跟子朝的兒子聲子有交情。伍舉娶了王子牟的女兒。王子牟做了申邑的長官以後獲罪出逃。楚國人說：「伍舉肯定護送過他。」伍舉就逃到鄭國，準備再逃往晉國。聲子將要到晉國去，在鄭國都城的郊外遇見伍舉，兩人鋪了草坐在一起吃東西，談起了伍舉回楚國的事。聲子說：「你上路吧，我一定要讓你回到楚國去。」

等在宋國的向戌準備讓晉、楚兩國和解的時候，聲子出使晉國，回來的時候到了楚國。楚國的令尹子木跟聲子交談，問起晉國的事，並且問：「晉國的大夫比起楚國來誰更賢明些？」聲子回答說：「晉國的卿比不上楚國，它的大夫卻是賢明的，全都是擔任卿的人才。正如杞木、梓木和皮革，都是從楚國去的。雖然楚國有人才，晉國卻確實在使用他們。」子木說：「晉國難道沒有同族和姻親做大夫嗎？」聲子回答說：「雖然有，可是用楚國的人才的確很多。

我聽説過這樣的話：善於治理國家的人，賞賜不過分而刑罰有節制。賞賜過了頭，就怕賞到壞人；刑罰無節制，就怕傷及好人。要是不幸而超過了限度，寧可過分賞賜，不要濫用刑罰；與其錯罰了好人，寧可有利於壞人。沒有好人，國家就會跟着受害。《詩》上説：『賢人跑光，國家遭殃。』這説的是國家沒有好人。所以《夏書》説：『與其殺害無辜，寧可放過罪犯。』這就是怕誤罰了好人啊。《商頌》上有這樣的話：『不能妄賞濫罰，不能鬆勁偷閒，上天命我下國，大力建造幸福。』這就是商湯得到上天賜的福澤的原因了。古代管理百姓的人，喜歡賞賜而害怕用刑，為百姓操心而不知疲倦。在春夏兩季賞賜，在秋冬兩季用刑。所以在將要賞賜的時候，就為這事加餐，加餐就把多餘的酒菜賜給臣下飽餐一頓，從這裏就知道他喜歡賞賜。將要用刑的時候，就為這事不設美食佳餚，不設美食佳餚也就撤除進餐時的音樂，從這裏就知道他害怕用刑。早起晚睡，早上晚上親自臨朝處理政事，從這裏就知道他體恤百姓。喜歡賞賜、害怕用刑和體恤百姓這三件事，都是禮的大原則。有了禮就不會失敗。現在楚國有很多過分的刑罰，楚國的大夫逃命到周圍的國家，而且成了他們的主謀，以至危害楚國，沒法救治，這就說楚國不能用人。子儀那次叛亂，析公逃到了晉國。晉國人把他安排在國君的戰車後面，讓他當主謀。繞角那一仗，晉國打算逃跑了，析公說：『楚軍輕率浮躁，很容易動搖。如果多處擊鼓發生同樣的聲音，趁着黑夜進攻他，楚軍肯定逃跑。』晉國人照他的話辦，楚軍就在夜裏潰逃了。晉國於是進攻蔡國，偷襲沈國，捉住了沈君，在桑隧打敗了楚國申、息兩地的楚軍，捉了申麗回國去。鄭國因此不敢向南親附楚國。楚國失去中原的諸侯，這都是析公所幹的。雍子的父親和哥哥譭謗雍子，國君和大夫也都不喜歡這個人，雍子就逃到晉國。晉國人把鄐地封給他，讓他當主謀。彭城那一仗，晉軍和楚軍在靡角之谷相遇，晉軍打算逃跑了，雍子對軍隊發佈命令說：『放回老的和小的，放回孤兒和病員，一家有兩人服兵役的，放一個回去。挑選精兵，檢閱戰車，餵飽馬匹，飽餐一頓，軍佇列陣，燒掉營帳，明天將決戰。』晉軍讓該回去的人上了路，並且放跑楚國的戰俘，楚軍就連夜潰逃了。

晉國讓彭城投降並且把它交還宋國，還俘虜了魚石回晉國去。楚國失去了東夷諸國，子辛也為這事被殺，這都是雍子幹的。子反跟子靈爭夏姬，阻礙並破壞了子靈的婚事，子靈逃到晉國。晉國人把邢地封給他，讓他當主謀，抵禦北狄，替晉國聯絡吳國，唆使吳國背叛楚國，教會吳國人乘車、射箭、駕車和驅車進攻，派他的兒子狐庸擔任吳國的外交官。吳國因而進攻巢地，佔領駕地，攻克棘地，侵入州來，楚國疲於奔命，吳國到現在還是個禍患，這都是子靈幹的。若敖氏那次叛亂，伯賁的兒子賁皇逃到晉國，晉國人把苗地封給他，讓他當了主謀。鄢陵那一仗，楚軍一大早就逼近晉軍擺下陣勢，晉軍打算逃跑了，苗賁皇說：『楚軍的精鋭在於他中軍裏的楚王親兵罷了。如果填井平灶，擺好陣勢來抗擊他們，欒、范兩部減縮行陣來引誘楚軍，荀偃和郤錡、郤至肯定能戰勝子重和子辛，我們再集中四軍的兵力攻擊中軍的楚王親兵，一定能把他們打得大敗。』晉國照他説的辦，楚軍大敗，國君負傷，軍隊喪亡，子反為這事自殺。鄭國叛離了，吳國興盛了，楚國失去了諸侯，這都是苗賁皇幹的。」子木說：

「這些全說對了。」聲子說：「現在又有比這些更厲害的。伍舉娶了申公王子牟的女兒，子牟獲罪出逃，國君和大夫們都說伍舉：『你確實送走了他。』伍舉害怕而逃奔鄭國，他伸長脖子向南望着，說：『但願能赦免我！』可是楚國也不加考慮。現在伍舉已經在晉國了，晉國人打算把一個縣封給他，讓他可以跟叔向相比。他如果出謀獻策危害楚國，豈不是成了禍患了嗎？」子木害怕起來，對楚王說了，楚王提高了伍舉的俸祿和職位並讓他回到楚國。聲子就叫椒鳴去迎接他。

二十四　吳季札觀樂

本文選自魯襄公二十九年（前544）。季札到魯國訪問，觀賞魯樂工表演歌舞，並逐一加以評論，提出了一套理論和看法。最重要的一點，是認為音樂舞蹈跟政治教化和風俗民情有着密切的聯繫。所以，儘管樂工事先並沒有告訴他所表演的是哪一國的歌舞，但季札加以想像揣摩，便能盡知其所以然。他所作的音樂評論，形象生動而又切中要害，是中國古代音樂批評的一篇重要文獻。

「聽聲而類形」，是本篇的一個顯著特點。從不同的曲調而引起了對人、對物和對事的豐富聯想，從而把抽象的聽覺形象用具體可見的視覺形象表現出來，把這場歌舞描繪得有聲有色、豐富多彩，如雲蒸霞蔚，變化萬千。雖然是逐一摹寫，再加讚評，句式卻富於變化，沒有單調雷同之弊，而有抑揚頓挫之美。

另外，從樂工所奏風、雅、頌的各個部分，可以知道那時的存詩情況已經和流傳至今的《詩經》大體相同，連十五國風的先後次序也只小有差異。當時孔子還只有八歲，可見司馬遷關於孔子刪詩的說法不大靠得住。

吳公子札來聘[1]。……請觀於周樂[2]。使工為之歌《周南》、《召南》[3]，曰：「美哉！始基之矣[4]，猶未也，然勤而不怨矣[5]。」為之歌《邶》、《鄘》、《衛》[6]，曰：「美哉，淵乎！憂而不困者也。吾聞衛康叔、武公之德如是[7]，是其《衛風》乎[8]？」為之歌《王》[9]，曰：「美哉！思而不懼[10]，其周之東乎！」，為之歌《鄭》[11]，曰：「美哉！其細已甚[12]，民弗堪也。是其先亡乎？」為之歌《齊》，曰：「美哉，泱泱乎[13]！大風也哉！表東海者[14]，其大公乎[15]？國未可量也。」為之歌《豳》[16]，曰：「美哉，蕩乎[17]！樂而不淫[18]，其周公之東乎[19]？」為之歌《秦》，曰：「此之謂夏聲[20]。夫能夏則大，大之至也，其周之舊乎！」為之歌《魏》㉑，曰：「美哉，渢渢乎㉒！大而婉，險而易行㉓；以德輔此，則明主也㉔！」為之歌《唐》㉕，曰：「思深哉！其有陶唐氏之遺民乎㉖？不然，何其憂之遠也？非令德之後㉗，誰能若是？」為之歌《陳》㉘，曰：「國無主，其能久乎㉙！」自《鄶》以下㉚，無譏焉㉛！

【注釋】❶吳公子札：吳王壽夢的小兒子，又稱季札。他的食邑在延陵、州來兩地，所以又稱延陵季子或州來季子。❷周樂：周王室的音樂舞蹈。周成王曾以周樂賜魯，所以魯國公室有周樂。❸工：樂工。歌：此指弦歌，歌唱時有樂曲伴奏。《周南》、《召南》：《詩經》中開頭的兩種國風。南指南方諸侯之國。《周南》、《召南》取名於周公旦和召公奭的教化自北而及於南的意思。《周南》、《召南》和下文的《邶》、《鄘》、《衛》、《王》等都是《詩經》中的各個部分。❹基之：為教化奠定了基礎。❺勤而不怨：即「勞而不怨」，這是季札認為從音樂中體現出來的民情。以下所論同此。❻邶（bèi）鄘（yōng）衛：三個周代的諸侯國。邶在今河南省湯陰縣南，鄘在今河南省新鄉市南，衛在今河南省淇縣。武王滅紂之後，把商都舊地（河南省安陽市）封給紂之子武庚，邶、衛、鄘分別由武王弟霍叔、蔡叔和管叔三人分治，以監殷民，稱為三監。後來三監叛周，周公平定三監而合併其地為衛，封給康叔。所以下文季札只提《衛風》。❼康叔：周公之弟，衛國第一位國君。武公：康叔的九世孫。這兩人都是衛國賢君。❽其：副詞，表示推測、不肯定的語氣。樂工事先並未說明所歌為何國之詩，季札從樂曲和歌辭中加以想像，所以讚語多用推測語氣。❾《王》：周平王東遷後周王城洛邑的樂詩。❿思而不懼：指平王東遷，雖有宗周殞滅的憂思，但仍存先代遺風，所以思而不懼。⓫《鄭》：今河南新鄭一帶的民歌。⓬細：細碎煩瑣，音樂之細象徵鄭國政令苛細。⓭泱泱（yāng）：遼闊深廣的樣子。⓮表東海：為東海諸國作出表式。⓯大（tài）公：姜太公，即呂尚，齊國第一位國君。⓰豳（bīn）：西周公劉時舊都，在今陝西省彬縣東北。⓱蕩：博大平正的樣子。⓲淫：過度，無節制。⓳周公之東：指周公東征，平定「三監」叛亂的事。⓴夏：周人稱西周王畿之地為夏。秦在今陝西、甘肅一帶，擁有西周舊都之地。夏又通雅，夏聲即雅聲、正聲，也就是西周的「京音」。㉑魏：在今山西省芮縣北，魯閔公元年（前661）為晉獻公所滅。㉒渢渢（féng féng）：輕揚浮動的樣子。㉓險：不平，指樂調曲折而多變化。㉔「以德」二句：季札以音樂象徵政治，認為如果能用德教來輔行政令，就可以成為賢君。這時晉國已據有魏的舊地，這裏即指晉國。㉕唐：在今山西省太原市。晉的第一位國君叔虞初封於唐。㉖陶唐氏：堯先封於陶，後遷於唐，陶唐氏即指帝堯。堯是古代聖君，晉國所在是陶唐氏舊地。㉗令德：美德。令德之後，指帝堯後裔。㉘陳：陳都宛丘，在今河南省淮陽縣。㉙「國無主」二句：杜預注：「淫聲放蕩，無所畏忌，故曰國無主。」此後六十五年，即魯哀公十七年，陳為楚國所滅。㉚鄶（kuài）：同「檜」。《詩經》作《檜風》。鄶在今河南省鄭州市南，為鄭武公所滅。《鄶》以下，今《詩經》中，《檜風》以下還有《曹風》，是本篇唯一未提及的風詩。㉛譏：評論。

為之歌《小雅》①，曰：「美哉！思而不貳，怨而不言，其周德之衰乎？猶有先王之遺民焉②！」為之歌《大雅》③，曰：「廣哉！熙熙乎④！曲而有直體，其文王之德乎？」為之歌《頌》⑤，曰：「至矣哉！直而不倨⑥，曲而不屈；邇而不偪⑦，遠而不攜⑧；遷而不淫，復而不厭；哀而不愁，樂而不荒⑨；用而不匱，廣而不宣；施而不費，取而不貪；處而不底⑩，行而不流。五聲和⑪，八風平⑫；節有度⑬，守有序⑭。盛德之所同也！」

【注釋】❶《小雅》：《詩經》中的一部分，多為西周和東周初期首都地區的作品，大部分是朝會宴享的詩。❷先王：指周代文、武、成、康諸王。❸《大雅》：《詩經》中的一部分，性質和產生的時代與《小雅》相近，只是音樂曲調有不同。❹熙熙：和樂的樣子。❺《頌》：《詩經》的一部分，包括《周頌》、《魯頌》和《商頌》，是祭祀的樂歌。❻倨（jù）：傲慢。❼邇：近。偪：同「逼」，侵逼。❽攜：離。❾荒：放縱，過度。❿處（chǔ）：安守。底：停頓，凝滯。⓫五聲：指宮、商、角、徵（zhǐ）、羽五個音級。⓬八風：八方之氣。古人認為美好的音樂能得八方之氣。這裏指曲調而言。⓭節：節拍。⓮守：指樂器演奏各守其分，和諧不亂。

見舞《象箾》、《南籥》者①，曰：「美哉，猶有憾！」見舞《大武》者②，曰：「美哉，周之盛也，其若此乎？」見舞《韶濩》者③，曰：「聖人之弘也，而猶有慚德④，聖人之難也！」見舞《大夏》者⑤，曰：「美哉！勤而不德⑥。非禹，其誰能脩之⑦！」見舞《韶箾》者⑧，曰：「德至矣哉！大矣，如天之無不幬也⑨，如地之無不載也！雖甚盛德，其蔑以加於此矣⑩。觀止矣！若有他樂，吾不敢請已！」

【注釋】 ❶《象箾（xiāo）》、《南籥（yuè）》：都是歌頌周文王的樂舞。《象箾》是武舞，《南籥》是文舞。箾，同「簫」，管樂器。籥，形似排簫的樂器，都是舞者所執。❷《大武》：周武王的樂舞。❸《韶濩》（sháo hù）：商湯的樂舞。❹慚德：遺憾，缺憾。杜預認為，湯代桀是以下犯上，所以季札對此表示不滿。❺《大夏》：夏禹的樂舞。❻不德：不自以為德，不居功。❼脩之：創作這個樂舞。❽《韶箾》：虞舜的樂舞。❾幬（dāo）：覆蓋。❿蔑：無，沒有。

【翻譯】

吳國公子季札到魯國來訪問……請求觀賞周王室的音樂舞蹈。魯國讓樂工為他配樂而唱《周南》和《召南》。季札說：「好啊！教化已經奠定基礎了，可是還沒有遍及，不過，百姓辛勞卻不怨恨了。」樂工為他配樂而唱《邶風》、《鄘風》和《衛風》，季札說：「好啊，深遠啊！雖有憂思卻不至於困窘了。我聽說衛康叔、衛武公的德行就像這樣，這大概是《衛風》吧。」樂工為他配樂而唱《王風》，季札說：「好啊！雖有憂思卻沒有恐懼了，大概是周室東遷以後的樂章吧。」樂工為他配樂而唱《鄭風》，季札說：「好啊！可是它煩瑣細碎太過分，老百姓忍受不了。它大概最先亡國吧。」樂工為他配樂而唱《齊風》，季札說：「好啊！遼闊深遠，這是大國的樂章啊！可以為東海諸國作出表式的，大概是姜太公的國家吧？國運未可限量啊！」樂工為他配樂而唱《豳風》，季札說：「好啊，博大平正！快樂而不放縱，也許是周公東征時的詩章吧。」樂工為他配樂而唱《秦風》，季札說：「這就叫做雅聲。能用雅聲自然宏大，宏大極了，大概是西周舊地的樂章吧。」樂工為他配樂而唱《魏風》，季札說：「好啊，輕揚浮動！粗獷而又委婉，曲折而又易於流轉；用德行來輔助他，就可以成為賢明的君主了！」樂工為他配樂而唱《唐風》，季札說：「思慮深遠啊！大概有帝堯的遺民在那裏吧！如果不是這樣，為甚麼憂思這樣深遠呢？不是有美德者的後裔，誰能像這樣呢？」樂工為他配樂而唱《陳風》，季札說：「國家沒有主持者，難道能長遠嗎？」從《鄶風》以下，季札就不加評論了。

樂工又為他配樂而唱《小雅》，季札說：「好啊！有哀思卻沒有背逆之心，怨恨卻不傾吐，恐怕是周朝德政衰落時期的曲調吧。還是有先王的遺民在那裏啊！」樂工為他配樂而唱《大雅》，季札說：「廣闊無際啊！融洽和美啊！抑揚委婉而有剛健挺直的本質，大概是周文王的德政吧。」樂工為他配樂而唱《頌》詩，季札說：「好極了！正直而不傲慢，委曲而不屈撓；親密而不逼迫，疏遠而不背離；流動而不放蕩，反復而不厭煩；哀傷而不愁怨，歡樂而不放縱；使用而不欠缺，廣博而不張揚；好施而不靡費，取用而不貪求；安守而不留滯，運行而不氾濫。五音諧和，八風協調；音樂的節拍有法度，樂器的節奏有次序。盛德的先王都具有這些相同的品格啊！」

季札看了跳《象箾》、《南籥》這兩種樂舞後，説：「好啊！但是還有美中不足。」看了跳《大武》的，説：「好啊！周朝的興旺時期，大約就像這樣吧。」看了跳《韶濩》的，説：「聖人這樣偉大，卻還有慚愧的意思，聖人也很難啊！」看了跳《大夏》的，説：「好啊！勤於民事卻不居功。除了大禹，誰還能創作這樣的樂舞呢！」看了跳《韶箾》的，説：「德行至高無上了！偉大啊，像上天的無所不蓋，像大地的無所不容！即使有極高極美的德行，恐怕也不能超過這個了。觀賞到了頂點了！如果還有別的樂舞，我也不敢請求觀賞了！」

二十五　鄭子產為政

本文分別選自魯襄公三十年（前543）、三十一年和昭公二十年（前522）。子產是春秋晚期一位傑出的政治家。他在鄭國執政二十多年，平息了統治集團內部的鬥爭，人民的痛苦有所減輕；在國外，親近晉國卻能在大國之間成功地保持了自己的獨立地位，贏得了各國的尊重。這裏選譯的幾則，從不同的側面表現了他的才能和內政外交方面的成績。

子皮授子產政，寫子產開始執政就看出了鄭國的主要問題是「國小而偪，族大寵多」，採取了相應的策略，三年就取得了顯著成效。

壞晉館垣，寫子產維護國家尊嚴的堅定立場和傑出的外交才能。

擇能而使，寫子產知人善任，用人之所長，所以辦事多能成功。

不毀鄉校，寫子產認識到壓制輿論就像「防川」，從而對輿論採取了開明的態度。論學而後入政，寫子產用淺顯的比喻說明了「學而後入政」的道理和「以政學」的危害，表現他忠於國事，知無不言。

論為政寬猛，寫子產臨終前總結了寬和猛這兩種治民方法，並以水火為喻說明各自的利弊和施行的難易。孔子則進一步提高概括為「寬猛相濟」，這就成了歷代統治者對付人民的重要手段。

鄭子皮授子產政①。辭曰：「國小而偪②，族大寵多，不可為也③。」子皮曰：「虎帥以聽，誰敢犯子④？子善相之⑤。國無小，小能事大，國乃寬⑥。」

【注釋】 ❶子皮：鄭大夫，名罕虎。子產：鄭大大公孫僑的字。春秋時有名的政治家。❷偪：逼迫。指鄭國處在晉、楚兩大國之間，易受逼迫。❸為：治。❹犯：冒犯。❺相：治理。❻寬：寬緩，不困窘。

子產為政，有事伯石①，賂與之邑。子大叔曰②：「國皆其國也，奚獨賂焉？」子產曰：「無欲實難，皆得其欲，以從其事，而要其成③。非我有成，其在人乎④？何愛於邑，邑將焉往⑤？」子大叔曰：「若四國何⑥？」子產曰：「非相違也，而相從也，四國何尤焉⑦？《鄭書》有之曰⑧：『安定國家，必大焉先⑨。』姑先安大，以待其所歸。」既⑩，伯石懼而歸邑⑪，卒與之。伯有既死⑫，使大史命伯石為卿⑬，辭。大史退，則請命焉。復命之，又辭。如是三，乃受策入拜。子產是以惡其為人也，使次己位⑭。

【注釋】❶伯石：鄭大夫公孫段的字。❷子大（tài）叔：鄭大夫，名游吉。❸要（yāo）：要求。❹「非我」二句：意思是工作的成敗在於執政者，旁人只是為執政者所用。等到做出了成績，不是我有成績，難道是別人的成績嗎？其，副詞，用於反問，作用同「豈」。❺邑將焉往：指所賜封邑仍在鄭國，它能跑到哪裏去呢？❻四國：四方鄰國。❼尤：指責。❽《鄭書》：鄭國的史籍，現已亡佚。❾必大焉先：「必先大」的倒裝。大，大族。焉，結構助詞。❿既：事後。⓫歸：退還。⓬伯有：鄭國前任執政大臣良霄的字。伯有因酗酒作亂，在這一年被殺。⓭大（tài）史：官名，掌祭祀、國史、策命等事。命：策命，把國君的命令寫在史策上而加以任命。⓮次：在位次上低一等。「惡其為人」卻「使次己位」，這是為防備大族作亂的一種特殊手段。

子產使都鄙有章①，上下有服②，田有封洫③，廬井有伍④。大人之忠儉者⑤，從而與之⑥；泰侈者⑦，因而斃之⑧。

【注釋】❶都：城市。鄙：鄉村。章：規章。❷服：服飾。指在車服方面有尊卑的不同。❸封：田界。洫（xù）：溝渠。❹廬井：房舍。指農村的房舍。伍：編排。田界溝渠既重新佈置，農舍也就相應重新編排。❺大人：指卿大夫。❻與：親近、稱許。❼泰侈：驕橫自大。❽斃：跌倒。斃之，扳倒他，指免他的職。

豐卷將祭①，請田焉②。弗許，曰：「唯君用鮮③，眾給而已④。」子張怒，退而徵役⑤。子產奔晉，子皮止之，而逐豐卷。豐卷奔晉。子產請其田里⑥，三年而復之，反其田里及其入焉⑦。

【注釋】❶豐卷：鄭大夫，字子張，鄭穆公的後人。❷請田：請求打獵。古代只允許在冬季田獵，豐卷請求特許，獵取野獸以供祭祀。❸鮮：指新獵得的野獸。❹眾：眾臣。❺徵役：召集家兵。❻田里：田地和住宅。❼反：發還。其入：他封地上的收入。

從政一年，輿人誦之曰①：「取我衣冠而褚之②，取我田疇而伍之③，孰殺子產，吾其與之④。」及三年，又誦之曰：「我有子弟，子產誨之；我有田疇，子產殖之⑤。子產而死⑥，誰其嗣之？」（以上襄公三十年）

【注釋】❶輿人：眾人。誦：有節奏的朗誦。❷褚：同「貯」，收藏。子產主張「上下有服」，因此沒收了不合禮制的衣冠。❸疇：耕地。❹其：將。與之：幫助他。❺殖：增加產量。❻而：假設連詞，如果。

公薨之月①，子產相鄭伯以如晉②，晉侯以我喪故③，未之見也。子產使盡壞其館之垣而納車馬焉④。士文伯讓之⑤，曰：「敝邑以政刑之不脩，寇盜充斥⑥，無若諸侯之屬辱在寡君者何⑦，是以令吏人完客所館，高其閈閎⑧，厚其牆垣，以無憂客使。今吾子壞之，雖從者能戒⑨，其若異客何？以敝邑之為盟主，繕完葺牆⑩，以待賓客。若皆毀之，其何以共命⑪？寡君使匄請命⑫。」對曰：「以敝邑褊小，介於大國，誅求無時[13]，是以不敢寧居，悉索敝賦[14]，以來會時事[15]。逢執事之不閒，而未得見；又不獲聞命，未知見時。不敢輸幣[16]，亦不敢暴露[17]。其輸之[18]，則君之府實也，非薦陳之[19]，不敢輸也。其暴露之，則恐燥濕之不時而朽蠹，以重敝邑之罪。僑聞文公之為盟主也，宮室卑庳[20]，無觀台榭[21]，以崇大諸侯之館，館如公寢[22]；庫廄繕脩[23]，司空以時平易道路[24]，圬人以時塓館宮室[25]；諸侯賓至，甸設庭燎[26]，僕人巡宮，車馬有所，賓從有代，巾車脂轄[27]，隸人、牧、圉各瞻其事[28]；百官之屬各展其物[29]；公不留賓[30]，而亦無廢事；憂樂同之，事則巡之，教其不知，而恤其不足。賓至如歸，無寧菑患[31]；不畏寇盜，而亦不患燥濕。今銅鞮之宮數里[32]，而諸侯舍於隸人，門不容車，而不可踰越；盜賊公行，而天厲不戒[33]。賓見無時，命不可知[34]。若又勿壞，是無所藏幣以重罪也。敢請執事，將何所命之？雖君之有魯喪，亦敝邑之憂也。若獲薦幣，脩垣而行，君之惠也，敢憚勤勞[35]？」文伯復命。趙文子曰㊱：「信㊲。我實不德，而以隸人之垣以贏諸侯㊳，是吾罪也。」使士文伯謝不敏焉。

【注釋】 ❶公：魯襄公。薨（hōng）：諸侯死稱薨。魯襄公死於本年六月。❷鄭伯：鄭簡公。❸我：指魯國。❹壞：拆毀。館：賓館。垣：圍牆。❺士文伯：晉大夫士匄。讓：責備。❻充斥：充滿。❼無若……何：不知道對……怎麼辦。辱：表示恭敬的副詞。在：問候。❽閈（hàn）：大門。閎（hóng）：里巷之門。這裏閈閎連用，指館舍的大門。❾戒：戒備，防範。❿完：通「院」，牆垣。葺（jì）：以草覆牆。⓫共（gōng）：同「供」。共命，供應賓客所求。⓬請命：請問壞垣的用意。⓭誅：責求，索取。無時：沒有定時。⓮賦：應交納的財物。⓯會：朝會。時事：隨時朝貢的事。⓰輸：送上。幣：禮品。⓱暴露：露天存放。⓲其：假設連詞，如果。⓳薦陳：進獻並當庭陳列。這是古代聘問時，必須經過的外交禮儀。⓴庳（bì）：與「卑」同義。卑痹，低小。㉑觀（guàn）：門闕，即宮廷大門外兩旁的高大建築物，又名闕、象魏。台：用土石築成的方形平頂的高壇。榭（xiè）：高台上的建築物，有頂有柱而無牆壁。台、榭都可以登高觀望。㉒公寢：國君住宿的宮室。㉓廄（jiù）：馬房。㉔司空：官名，掌土木工程。平易：平整。㉕圬人：泥水工匠。塓（mì）：粉刷，塗抹。㉖甸：甸人，掌管薪火的官。庭燎：庭中照明的火炬，設庭燎也是接待賓客的禮節。㉗巾車：掌管車輛的官。脂：油，用作動詞，指上油。轄（xiá）：車軸頭上的擋鐵，用來管住車輪不使脫落。㉘隸人：清潔工。牧：放牧牛羊的人。圉：看管馬匹的人。瞻：看視，照管。㉙展：陳列。各展其物用來招待賓客。㉚不留賓：及時接見，不讓賓客滯留。㉛無寧：寧。無，句首助詞，無義。寧，副詞，表反問，哪裏。菑：通「災」。㉜銅鞮（dī）之宮：晉侯的離宮，故址在今山西省沁縣南。㉝天厲：自然災害，指上文的「燥濕之不時」。不戒：無從防備。㉞命：指晉侯接見的命令。㉟憚（dàn）：怕。勤勞：辛苦。㊱趙文子：晉大夫趙武，趙盾之孫。㊲信：情況真實。指確如子產所說。㊳垣：指房舍。贏：接待。

晉侯見鄭伯，有加禮，厚其宴好而歸之①。乃築諸侯之館。叔向曰②：「辭之不可以已也如是夫！子產有辭，諸侯賴之，若之何其釋辭也③？《詩》曰：『辭之輯矣，民之協矣；辭之繹矣，民之莫矣④。』其知之矣。」

【注釋】❶宴好：設宴並贈送禮品。宴指宴會，好指宴會上贈給賓客的禮物。❷叔向：晉大夫羊舌肸（xī）。❸釋辭：放棄辭令。❹「辭之輯矣」四句：引自《詩・大雅・板》。輯，和睦。協，融洽。繹，通「懌」，喜悅。今《詩經》作「懌」。莫，安定，安寧。

子產之從政也，擇能而使之。馮簡子能斷大事①；子大叔美秀而文②；公孫揮能知四國之為③，而辨於其大夫之族姓、班位、貴賤、能否，而又善為辭令；裨諶能謀④，謀於野則獲⑤，謀於邑則否。鄭國將有諸侯之事，子產乃問四國之為於子羽，且使多為辭令；與裨諶乘以適野，使謀可否；而告馮簡子使斷之；事成，乃授子大叔使行之，以應對賓客。是以鮮有敗事⑥。

【注釋】❶馮簡子：鄭大夫。❷文：知識豐富，長於言辭。❸公孫揮：鄭大夫，字子羽。四國之為：四方諸侯國的舉動。❹裨諶（pí chén）：鄭大夫。❺野：郊外。獲：指得到正確的判斷。大概裨諶要在安靜的環境中才能周密考慮，所以下文說：「與裨諶乘而適野，使謀可否。」❻鮮（xiǎn）：少。敗事：把事辦壞。

鄭人游于鄉校①，以論執政②。然明謂子產曰③：「毀鄉校，何如？」子產曰：「何為？夫人朝夕退而游焉④，以議執政之善否。其所善者，吾則行之；其所惡者，吾則改之，是吾師也，若之何毀之？我聞忠善以損怨⑤，不聞作威以防怨⑥。豈不遽止⑦？然猶防川⑧：大決所犯，傷人必多，吾不克救也；不如小決使道⑨，不如吾聞而藥之也⑩。」然明曰：「蔑也，今而後知吾子之信可事也⑪。小人實不才⑫。若果行此，其鄭國實賴之，豈唯二三臣⑬？」

仲尼聞是語也⑭，曰：「以是觀之，人謂子產不仁，吾不信也。」

【注釋】❶鄉校：地方的學校，也是鄉人聚會的公共場所。❷執政：施政措施，政事。下文的「執政」意思相同。❸然明：鄭大夫鬷（zōng）蔑的字。❹夫（fú）：句首助詞，用來引起下面的議論。退：指工作之後回來。❺忠善：盡力為善。損：減少。❻作威：擺出威風。指毀鄉校。❼遽（jù）：迅速。❽防：堵塞。川：河流。❾道：同「導」，引導。❿藥之：以之為藥。⓫信：確實。可事：可以成事。⓬小人：自身的謙稱。⓭二三：這些，這幾位。⓮仲尼：孔丘的字。孔丘當時只有十歲，這些話應是他成人後聽到這事而作的評論。

子皮欲使尹何為邑①。子產曰：「少，未知可否。」子皮曰：「愿②，吾愛之，不吾叛也。使夫往而學焉③，夫亦愈知治矣。」子產曰：「不可，人之愛人，求利之也。今吾子愛人則以政④，猶未能操刀而使割也⑤，其傷實多。子之愛人，傷之而已，其誰敢求愛於子？子於鄭國，棟也⑥。棟折榱崩⑦，僑將厭焉⑧，敢不盡言？子有美錦⑨，不使人學製焉；大官大邑，身之所庇也⑩，而使學者製焉，其為美錦不亦多乎⑪！僑聞學而後入政，未聞以政學者也。若果行此，必有所害。譬如田獵，射御貫⑫，則能獲禽⑬，若未嘗登車射御，則敗績厭覆是懼⑭，何暇思獲？」子皮曰：「善哉！虎不敏。吾聞君子務知大者遠者⑮，小人務知小者近者⑯。我，小人也。衣服附在吾身，我知而慎之；大官大邑，所以庇身也，我遠而慢之⑰。微子之言⑱，吾不知也。他日我曰：『子為鄭國⑲，我為吾家，以庇焉，其可也。』今而後知不足。自今請，雖吾家，聽子而行。」子產曰：「人心之不同，如其面焉，吾豈敢謂子面如吾面乎⑳？抑心所謂危㉑，亦以告也。」子皮以為忠，故委政焉，子產是以能為鄭國。（以上襄公三十一年）

【注釋】❶尹何：子皮的家臣。為邑：為采邑之宰，即擔任私人領地的長官。❷愿：忠厚老實。❸夫（fú）：第三人稱代詞，他。下句的「夫」字與此同。❹以政：把政事交給他。❺操：執，拿着。❻棟：房子的大樑。❼榱（cuī）：椽子。❽厭：通「壓」。❾錦：有彩色花紋的綢緞。❿庇（bì）：依託。⓫其：代詞，指代上文的「大官大邑」。⓬貫：通「慣」，習慣，熟習而有經驗。⓭禽：禽獸的通稱。⓮敗績：翻車。厭：壓。「敗績厭覆」是「慣」的賓語，用結構助詞「是」提到動詞之前。⓯君子：指見識深遠的人。⓰小人：指見識淺陋的人。⓱遠：疏遠，疏忽。慢：輕視。⓲微：帶假設意味的連詞，要不是。⓳為：治理。⓴「吾豈敢」句：譬喻自己的意見不一定跟子皮相同，不敢干預他的家事。㉑抑：轉折連詞，不過。

鄭子產有疾，謂子大叔曰：「我死，子必為政。唯有德者能以寬服民，其次莫如猛①。夫火烈，民望而畏之，故鮮死焉；水懦弱，民狎而玩之②，則多死焉，故寬難。」疾數月而卒。

大叔為政，不忍猛而寬。鄭國多盜，取人於萑苻之澤③。大叔悔之，曰：「吾早從夫子，不及此。」興徒兵以攻萑苻之盜④，盡殺之，盜少止。

【注釋】❶猛：嚴厲。❷狎（xiá）：熟習。❸取：同「聚」。人：指強盜。萑苻（wán fú）：澤名。❹徒兵：步兵。

仲尼曰：「善哉！政寬則民慢，慢則糾之以猛①；猛則民殘，殘則施之以寬。寬以濟猛②，猛以濟寬，政是以和。《詩》曰：『民亦勞止，汔可小康；惠此中國，以綏四方③。』施之以寬也。『毋從詭隨，以謹無良；式遏寇虐，慘不畏明④。』糾之以猛也。『柔遠能邇，以定我王⑤。』平之以和也。又曰：『不競不絿，不剛不柔，布政優優，百祿是遒⑥。』和之至也。」

及子產卒，仲尼聞之，出涕曰⑦：「古之遺愛也⑧。」（以上昭公二十年）

【注釋】❶糾：矯正。❷濟：幫助而使之成功。❸「民亦勞止」四句：引自《詩・大雅・民勞》。亦、止，都是助詞，無實義。汔（qì），副詞，必示期望。康，安。中國，京師。綏，安。四方，指四方的諸侯國。❹「毋從詭隨」四句：也引自《詩・大雅・民勞》。從（zòng），通「縱」，放縱。詭隨，狡詐行騙的人。謹，管束的意思。式，句首助詞，無實義。遏，制止。寇虐，搶劫行兇的人。慘，猶曾、乃。明，法。❺「柔遠」二句：也引自《民勞》。柔，安撫。遠，指住在遠地的人。能，與「柔」同義。邇，指住在近處的人。❻「不競不絿」四句：引自《詩・商頌・長發》。競，急。絿，緩。優優，寬和的樣子。遒（qiú），聚。❼涕：眼淚。❽古之遺愛：指子產的仁愛，有古人的遺風。

【翻譯】

鄭國的子皮把政務交給子產。子產推辭說：「國家小而又受到大國的逼迫，世族強大而恃寵的人又多，不可能治理啊！」子皮說：「我領着這些人來服從您，誰敢冒犯您呢？您好好治理國家吧。國不在小，小國能夠事奉好大國，國家也就可以從容發展了。」

子產執政了，有事委託伯石去辦，就送給他一個封邑。子太叔說：「國家是我們大家的國家，為甚麼單要送給他封邑？」子產說：「一個人沒有慾望的確很難。讓大家都能得到他想要的，好去從事自己的工作，而要求他們把事情辦成功。這不是我有成績，難道是別人的成績嗎？為甚麼捨不得封邑，這個封邑會跑到哪裏去呢？」子太叔說：「怎樣對待四方鄰國的責難呢？」子產說：「這樣做並非違反大家的願望，而是順應了大家的心願，四方鄰國有甚麼可責怪的？《鄭書》上有這樣的記載：『若要安定國家，必先安撫大族。』我姑且先把大族安撫好，再等待他們的歸向。」事後，伯石感到害怕而歸還了封邑，子產最終還是給了他。伯有死了之後，派太史任命伯石為卿。伯石推辭了。太史回去後，伯石又請求任命自己。再一次任命他，伯石又推辭。像這樣經過三次，才接過策書進宮拜謝。子產因此厭惡伯石的為人，怕他作亂，就安排他在僅次於自己的位置上。

子產使城鎮和鄉村各有一定的規章，上級和下級各有不同的服制，田畝各有邊界和溝渠，房屋住宅各有編排，卿大夫中忠誠儉樸的，就聽從和親近他們；驕橫自大的，就懲辦撤職。

豐卷準備舉行家祭，請求准許打一次獵。子產不批准，說：「只有國君才能用新獵的野獸來祭祀，臣子們祭品大體齊備就可以了。」豐卷氣極了，回去召集家兵，準備攻打子產。子產要逃往晉國，子皮攔住了他，而趕走了豐卷。豐卷逃到晉國。子產請求鄭君不要沒收豐卷的田地和房屋，過了三年又讓他回到鄭國來，把田地房屋連同這三年的收入都還給了他。

子產執政滿一年，大家編成歌來念誦：「拿了我的衣帽藏起來，拿了我的田地重安排，誰要殺子產，我們幫他幹起來。」等到滿了三年，大家又念誦說：「我有子弟，子產教育；我有田地，子產增殖。子產死了，誰來接替？」

魯僖公去世的那一個月，子產輔佐鄭簡公到晉國去。晉平公因為魯國喪事的緣故，沒有接見他們。子產就派人全部拆毀賓館的圍牆而把車馬安頓在裏面。士文伯來責備他說：「我們國家因為政務和法制都沒有搞好，盜賊隨處都是，不知道對屈尊訪問我們國君的諸侯屬官們怎麼辦，所以派了官員修繕外賓們住的館舍，館門做得高高的，圍牆修得厚厚的，讓外國來使不感到擔心。現在您把圍牆拆了，即使你的隨員們能夠加以防範，對別國的賓客又怎麼辦呢？因為我們國家是盟主，所以修蓋了圍牆，用來接待賓客。如果把圍牆全都拆了，怎樣來應付使節們的要求呢？我們國君派我來請問你們拆牆的用意。」子產回答說：「由於敝國國土狹小，夾在大國的中間，大國責成我們交納貢品又沒有定時，所以我們不能安安穩穩地過日子，只好儘量搜索敝國要交納的財物，以便隨時前來朝見。正遇上您沒有空閒，沒能見着，又沒能得到指示，不知道召見的時間。我們不敢奉獻貢品，又不能讓它露天存放。如果奉獻了，那就是國君府庫中的財物了，要是不經過正式進獻並當庭陳列，是不敢奉獻的。要是讓這些禮品露天存放，又害怕時乾時濕而腐朽生蟲，加重了敝國的罪過。我聽說文公做盟主的時候，宮室又矮又小，也沒有門闕、高台和亭榭，卻把招待諸侯的賓館建得又高又大，賓館就像今天晉君住的宮室；倉庫和馬房也給予修繕，司空按時平整道路，泥水工匠按時粉刷館舍，諸侯們作為賓客來到，甸人設置照庭火炬，僕人巡視賓館宅院，車輛馬匹有安頓的場所，賓客的僕從有代勞的人員，管理車輛的官員給車軸上油，打掃房屋的、飼養牛羊的、看管馬匹的，都各自照看自己分內的事情，各部官員也都陳列自己待客的禮物；國君隨時接見來賓，因而沒有被耽誤的事；跟賓客同憂同樂，發生事故隨即巡查，教給他們所不知道的事情，接濟他們所缺乏的物品。賓客來到這裏好像回到了家，哪裏還會有災患啊；不怕搶劫偷盜，也不愁燥熱潮濕。現在晉國的銅鞮離宮接連好幾里，來訪的諸侯卻安置在奴僕住的房子裏，大門放不進車子，車子又不能翻牆而進去；盜賊公開活動，天然災害又無法防範，賓客進見沒有確切的日期，召見的命令也不知何時下達。如果還不拆毀圍牆，那就沒有地方存放禮品而加重我們的罪過了。冒昧地請問您，對我們將有甚麼指教？雖然貴君遇上魯國的喪事，但這也是敝國的憂戚啊。要是獲准我們奉獻禮品，我們會修好圍牆再離開，這是貴君的恩德，我們敢害怕辛苦嗎？」文伯回去報告。趙文子說：「的確如此。我們實在是不修德行，用奴僕住的宅院來接待諸侯，這是我們的過失啊！」於是就派士文伯去道歉。

晉平公會見了鄭簡公，對他更加禮敬，隆重地為他設宴並且加贈了禮品再讓他回國。晉國於是修建了接待諸侯的賓館。叔向說：「辭令不能廢止就是像這樣的啊！子產擅長辭令，諸侯也靠他得了好處，怎麼能不講辭令呢？《詩》上說：『言辭和諧，百姓融洽；言辭喜慶，百姓安寧。』子產大概已經懂得這個道理了。」

子產從事政務，選擇賢能的人才並加以任用。馮簡子能夠決斷大事；子太叔儀容漂亮而且學識豐富；公孫揮能了解四方諸侯的舉動，而且清楚各國大夫的家族姓氏、位次職別、身份貴賤、才能高低，還擅長辭令；裨諶善於謀劃，在野謀劃就能得到正確的判斷，在城裏謀劃就不行。鄭國將要有外交事務，子產就向子羽詢問各國的行動情況，並且讓他多草擬一些外交辭令；然後跟裨諶坐上車子到野外去，讓他考慮可行或不可行；再告訴馮簡子讓他去決斷；事情確定了，就交給子太叔讓他執行，去跟賓客應酬對答。因此很少有把事情辦壞的情況發生。

鄭國人到鄉校閒遊，議論施政措施的好壞。然明對子產說：「毀掉鄉校，怎麼樣？」子產說：「幹甚麼？人們早晚工作回來到鄉校去走一走，議論一下施政措施的好壞。他們喜歡的，我們就推行；他們厭惡的，我們就改過來，這是我們的老師啊，為甚麼要毀掉鄉校呢？我聽說過盡力做好事來減少怨恨，沒聽說過擺出威風來防止怨恨。難道不能很快制止這種議論嗎？但是那樣做就像堵塞河道一樣：大決口所造成的災害，傷害民眾必然很多，這是我救不了的。

不如小小地開個決口讓水流通導，不如我們聽取這些議論並且把它當作治病的藥物。」然明說：「我啊，今天過後才知道您是確實可以成事的。小人的確不才。要是真的這樣做，恐怕整個鄭國都得依靠您，豈止是我們這些臣子！」孔子聽到了這番話，說：「從這件事看來，人們說子產不仁，我不相信。」

子皮想派尹何當他家邑的長官。子產說：「他年輕，還不知道行不行。」子皮說：「尹何忠厚老實，我喜歡他，他不會背叛我的。讓他去那裏學着幹，他就會更懂得治理了。」子產說：「不行。人們喜歡一個人，總希望對這個人有利。現在您喜歡一個人，卻把政事交給他，好比他還不會拿刀就讓他宰殺牲口，他會受到的傷害確實是很多的。你愛別人，只是傷害他罷了，這樣，誰還敢求你愛他呢？您對鄭國來說是大樑。大樑折斷，椽子就會倒下來，我也會被壓在裏邊，我怎麼敢不把意見都說出來呢？您有漂亮的錦緞，不會叫人拿它去學着裁剪；大官大邑，是自身的依託，卻叫還在學習的人去治理它，大官大邑比起美錦不是重要得多嗎？我只聽說學了之後才能當官，還沒有聽說拿當官作為學習的。如果真的這樣辦，肯定會有害。好比打獵，射箭駕車都有了經驗，才能打到禽獸。如果還沒有上過車射箭駕車，那麼只愁翻車被壓，哪有時間去想獵得禽獸呢？」子皮說：「說得好啊！我確實不聰明。我聽說君子注重了解大的遠的，小人注重了解小的近的。我是個小人啊！衣服貼在我身上，我知道要細心對待它，大官大邑是用來依託自身的，我卻疏忽而輕視它。要不是您的一番話，我還不懂呢！以前我說過：『您管理鄭國，我管理我的封邑，用它作為我托身之地，這總可以了吧！』從今以後，才知道這是不夠的。從今天起我向您請求，即使是我封邑的事，也遵照您的意見去辦。」子產說：「每個人的想法不同，就像每人的面孔不一樣，我怎麼敢說您的面孔像我的面孔一樣呢？不過心裏覺得不安，也就把意見告訴您了。」子皮認為子產忠誠，所以把政務委託給他。因此子產能夠把鄭國管理好。

……

鄭國的子產有病，對子大叔說：「我死之後，您肯定執政。只有有德的人能夠用寬和的方法使百姓服從，次一等的人不如用嚴厲的方法。火性暴烈，百姓一見就怕，所以很少死在火裏。水性柔弱，百姓習慣了而玩弄它，反而多死在水裏，因此用寬和的方法難。」子產病了幾個月就去世了。

子大叔執政了，不忍心用嚴厲的方法而用寬和的方法。鄭國的盜賊多起來，聚集在名叫萑苻的湖澤裏。子大叔後悔了，說：「我如果及早聽他老先生的話，不至於到這個地步。」於是派出步兵去攻打萑苻的盜賊，全部殺光他們，盜賊才稍為止息。

孔子說：「說得好啊！政令寬和，百姓就放肆，放肆就使用嚴厲的方法來矯正；政令嚴厲，百姓就易受傷害；受了傷害就施行寬和的方法。用寬和來助成嚴厲，用嚴厲來助成寬和，政治因此而和協。《詩》上說：『百姓勞苦又辛勤，希望稍稍得安寧。京城之中行仁政，四方諸侯能安定。』這就是實行寬和的方法了。『不要放縱狡詐人，不良之輩要管束，制止搶劫和行兇，他連王法都不懼。』這是用嚴厲的方法來矯正了。『遠人近人都安撫，用來安定我王室。』

這就是用和協來使國家安寧了。又說：『不急不慢，不剛不柔，施政寬和，百福聚湊。』這是寬和的最高境界了。」

等到子產去世，孔子聽到這個消息，流着眼淚說：「他有古代仁愛的遺風啊！」

二十六　晏嬰叔向論齊晉季世

本文選自魯昭公三年（前539）。晏嬰和叔向在宴會上交談，各自介紹了本國當前的情況，得出了「此季世也」的共同結論。在齊國，一方面是公室對人民殘酷剝削和濫施刑罰，造成了貧富懸殊的嚴重局面；一方面是新興的陳氏家族趁機收買民心，齊國政權歸於陳氏的趨勢不可避免。晉國的情況也極為相似：一方面是「庶民罷敝，而宮室滋侈；道殣相望，而女富益尤」的鮮明對比，一方面是公族失勢、政在家門的嚴重局面已無法挽回。他們談論的雖然只是齊、晉兩國的情況，但是「管中窺豹」，可以看出當時奴隸制度土崩瓦解的歷史趨勢已經不可阻擋。晏嬰和叔向都是當時很有識見的官僚貴族，他們對本國的社會情況和局勢的發展瞭若指掌，但卻無力回天，因而在無拘無束的談話中，透露出了濃重的危機感和末日感。

這篇短文，提供了當時政治、經濟、軍事和宗法方面的可貴資料，因而，它也是一篇歷來被史學家重視並經常引用的重要文獻。

齊侯使晏嬰請繼室於晉①。……

既成昏②，晏子受禮③，叔向從之宴④，相與語。叔向曰：「齊其何如⑤？」晏子曰：「此季世也⑥，吾弗知齊其為陳氏矣⑦。公棄其民，而歸於陳氏。齊舊四量：豆、區、釜、鍾⑧。四升為豆，各自其四⑨，以登於釜⑩，釜十則鍾。陳氏三量皆登一焉⑪，鍾乃大矣⑫。以家量貸，而以公量收之⑬。山木如市，弗加於山；魚鹽蜃蛤⑭，弗加於海。民三其力⑮，二入於公，而衣食其一。公聚朽蠹⑯，而三老凍餒⑰。國之諸市，屨賤踊貴⑱。民人痛疾，而或燠休之⑲，其愛之如父母，而歸之如流水⑳。欲無獲民，將焉辟之？箕伯、直柄、虞遂、伯戲，其相胡公、大姬㉑，已在齊矣㉒！」

【注釋】❶齊侯：齊景公，名杵臼。晏嬰：齊大夫，字平仲。繼室：續娶。晉平公曾娶齊女少姜為妃，少姜死於去年，於是齊國派晏嬰去要求晉國續娶齊女。原文在此句下還有一段關於請求續娶齊女的話，現已刪去。❷成昏：訂婚，指確定了婚姻關係。昏，古「婚」字。❸受禮：接受宴賓之禮。❹叔向：晉國上大夫羊舌肸（xī）。❺其：副詞，表推測、估計。❻季世：末世，衰微之世。❼陳氏：齊國大夫陳完的後代宗族。陳完是陳厲公之子，魯莊公二十二年（前672）因陳國內亂而逃到齊國，這時他的後代已成為勢力很大的貴族。陳氏，也作田氏，古音陳與田通。❽豆、區（ōu）、釜、鍾：齊國的四種量器。❾各自其四：各自用自身的四倍進位。❿登：升。⓫登一：加一，指增加齊舊量的一個單位，原來以四進位，現在以五進位。即五升為豆，五豆為區，五區為釜。⓬鍾乃大矣：齊舊量豆、區、釜各以四進位，釜到鍾是以十進位；十釜為一鍾，即四十區。陳氏三量各以五進位，十釜為一鍾，即五十區，比齊舊量增加十區，即二釜半。這就不只增加一個齊舊量（一釜），所以說「鍾乃大矣」。⓭家量：卿大夫稱家，所以陳氏的量器稱為家量。公量：諸侯稱公，所以齊侯的量器稱為公量。⓮蜃蛤（chén gé）：蛤蜊，這裏用來代表各種海產品。⓯三：用作動詞，分為三分。力：指勞動所得。⓰聚：所聚斂的財物。⓱三老：年老退休的小官。餒（něi）：飢餓。言三老凍餒，則百姓困苦可知。⓲屨（jù）：麻鞋。踊：假腳。屨賤踊貴，表明濫施酷刑，受刖（yuè，砍左腳）刑而需要假腳的人很多。⓳或：無定指代詞，有人，指陳氏。燠休（yù xù）：撫慰困病的聲音，這裏是關懷撫慰的意思。⓴如流水：指像流動的水從高向低一樣自然和迅速。㉑「箕伯」二句：箕伯、直柄、虞遂、伯戲，都是陳氏的先祖。其，語氣詞，表示推測。相，隨從。胡公，以上四人的後代，陳國的第一位國君。大姬，周武王女，胡公的夫人。㉒已在齊矣：指這些陳氏的祖先已經在齊國接受祭享了。

叔向曰：「然。雖吾公室①，今亦季世也。戎馬不駕，卿無軍行②；公乘無人，卒列無長。庶民罷敝③，而宮室滋侈。道殣相望④，而女富溢尤⑤。民聞公命，如逃寇讎。欒、郤、胥、原、狐、續、慶、伯⑥，降在皂隸⑦。政在家門，民無所依。君日不悛⑧，以樂慆憂⑨。公室之卑，其何日之有？《讒鼎之銘》曰⑩：『昧旦丕顯⑪，後世猶怠。』況日不悛，其能久乎？」晏子曰：「子將若何？」叔向曰：「晉之公族盡矣⑫。肸聞之，公室將卑，其宗族枝葉先落⑬，則公室從之。肸之宗十一族⑭，唯羊舌氏在而已。肸又無子⑮，公室無度，幸而得死，豈其獲祀？」

【注釋】❶公室：諸侯及其政權。❷卿：執掌軍政的大臣。晉有六卿，都擔任軍帥。軍行（háng）：軍隊。❸罷（pí）敝：衰竭，消耗過分而不能支持。罷，通「疲」。❹殣（jìn）：在路上餓死的人。❺女：指國君的寵妃。尤：多出。❻欒：欒枝。郤：郤缺。胥：胥臣。原：原軫，即先軫。狐：狐偃。以上五人都是卿。續：續簡伯。慶：慶鄭。伯：伯宗。以上三人都是大夫。欒氏等八家都是晉君的同姓（姬姓）貴族。這裏是指他們的後代。❼皂隸：官府中的差役。❽日：一天又一天地。悛（quān）：悔改。❾慆（tāo）：藏，掩蓋。❿讒鼎：鼎名。銘：銘文。刻鑄在器物上的文字。⓫昧旦：黎明，天快亮的時候。丕：大。顯：明。⓬公族：與國君同姓的子弟。盡：完，指全部衰落了。⓭枝葉先落：「枝葉」是「落」的狀語，指像枝葉一樣首先墜落。⓮宗：同一父系的家庭。族：氏，宗下面的各個分支。⓯無子：沒有好兒子。晉平公曾強令叔向娶巫臣和夏姬所生的女兒為妻，生伯石。伯石於魯昭公二十八年（前514）助祁盈為亂而被殺。此時伯石或者未生，或生而不肖。

【翻譯】

齊景公派晏嬰請求晉君繼續娶齊國的女子為妃……

雙方已經訂婚，晏嬰接受晉國宴賓之禮。叔向陪他一起參加宴會，互相交談起來。叔向說：「齊國將會怎麼樣呢？」晏嬰說：「這年頭是衰微之世了，我不知道該怎麼說。齊國恐怕是陳氏的了。國君拋棄他的百姓，百姓歸向陳氏。齊國原有四種量器：豆、區、釜、鍾。四升為一豆，各自以四進位，一直升到釜，十釜就是一鍾。陳氏的豆、區、釜三種量器，都加大了四分之一，而鍾就更大了。陳氏用私家的大量器借出糧食，卻用公室的小量器收回。山裏的木材運到市上，價錢不比山裏貴；魚鹽蛤蜊等海產品，價錢也不比海邊貴。老百姓把他們的勞動收入分成三份，兩份要交給公室，而自己穿的吃的只佔一份。公室聚斂的財物已經腐爛生蟲，而年老退休的小官卻受凍捱餓。國都的各個市場上，鞋價便宜而假腳昂貴。老百姓有了痛苦，有人趁機撫慰他們。百姓愛戴陳氏好像父母一樣，歸向陳氏如同流水一般。想要陳氏不贏得百姓，哪裏能夠避免呢？陳氏的遠祖箕伯、直柄、虞遂、伯戲，恐怕隨着胡公和大姬，已經在齊國接受祭享了。」

叔向說：「對啊！就是我們公室，現在也是衰微之世了。戰馬不駕兵車，國卿不統軍隊，國君的戰車左右沒有好人才，步兵的隊伍沒有好長官。老百姓疲勞困苦，而宮室卻更加奢華，路上餓死的人到處可見，而寵姬們娘家的財富多得裝不下。老百姓聽到國君的命令，就像躲避仇敵。欒、郤、胥、原、狐、續、慶、伯這八大家族的後人已經淪為差役。政權出於卿大夫之家，老百姓無所依從。國君一天又一天地不知悔改，用行樂來掩蓋憂愁。公室的衰微，還能有幾天呢？《讒鼎之銘》說：『天還沒亮就務求政績顯赫，後代子孫還是懶散懈怠。』何況國君一天天地不改，難道能長遠嗎？」晏嬰說：「您打算怎麼辦呢？」叔向說：「晉國的公族全都衰微了。我聽說，公室快要敗落的時候，它的宗族就像枯枝敗葉一樣首先落下來，公室也就跟着衰亡了。我的一宗有十一族，只有羊舌氏這一支還在罷了。我又沒有好兒子，公室又沒有法度，要是運氣好或能得到善終，難道還能指望得到後代子孫的祭祀嗎？」

二十七　伍員奔吳

本篇選自魯昭公十九年（前523）、二十年。記述了費無極向楚王進讒言，陷害太子建和伍奢一家的經過。他先勸楚王為太子建娶妻，繼而慫恿楚王奪妻，再進一步煽動楚王殺建，還打算把太子建的師傅伍奢一家斬盡殺絕。迫使伍員出奔，助吳伐楚，釀成十七年後楚國幾乎滅亡的慘劇。作者成功地塑造了一個陰險毒辣的小人形象，揭露了統治階層的醜惡面目。費無極之流在歷史上代不乏人，但都要有昏憒兇殘的當權者信任和支持，才有可能釀成禍亂。許多慘痛的歷史教訓都證明了這一點。

楚子之在蔡也①，郹陽封人之女奔之②，生大子建③。及即位，使伍奢為之師④，費無極為少師⑤，無寵焉，欲譖諸王⑥，曰：「建可室矣⑦。」王為之聘於秦。無極與逆⑧，勸王娶之。正月，楚夫人嬴氏至自秦⑨。

楚子為舟師以伐濮⑩。費無極言於楚子曰：「晉之伯也⑪，邇於諸夏；而楚辟陋⑫，故弗能與爭。若大城城父⑬，而置大子焉，以通北方，王收南方，是得天下也。」王說，從之。故大子建居于城父。（以上昭公十九年）

【注釋】❶楚子：楚平王。在蔡：即位前曾往蔡國聘問。❷郹（jué）陽：蔡邑，在今河南省新蔡縣境。奔：不依禮而娶，即姘居。❸大（tài）子：太子。❹伍奢：伍舉之子，伍尚、伍員（yún）之父。師：師傅，教導並輔佐太子的官。❺少師：教導和輔佐太子的官，地位低於師。❻譖（zèn）：說壞話誣陷人。❼室：娶妻。❽與逆：參加迎親。❾楚夫人：即原先為太子建禮聘的秦女。這時已由楚平王自娶，故稱夫人。❿舟師：水軍。濮（pú）：南方部落名，處於今湖北省石首境內。⓫伯：通「霸」。⓬辟陋：偏僻而陋小。辟，同「僻」。⓭城：築城。城父：楚邑，在今河南省寶豐縣東四十里。

費無極言於楚子曰：「建與伍奢將以方城之外叛①，自以為猶宋、鄭也，齊、晉又交輔之，將以害楚，其事集矣②。」王信之，問伍奢。伍奢對曰：「君一過多矣③，何信於讒？」王執伍奢，使城父司馬奮揚殺大子。未至，而使遣之。三月，大子建奔宋。王召奮揚，奮揚使城父人執己以至④。王曰：「言出於余口，入於爾耳，誰告建也？」對曰：「臣告之。君王命臣曰：『事建如事余。』臣不佞，不能苟貳⑤。奉初以還⑥，不忍後命，故遣之。既而悔之，亦無及已。」王曰：「而敢來⑦，何也？」對曰：「使而失命，召而不來，是再奸也⑧。逃無所入。」王曰：「歸。從政如他日。」

【注釋】❶方城：其地為楚北境。參見《齊桓公伐楚》注。❷集：成。❸一過：一次錯誤。指奪取為建所聘的秦女。❹城父人：城父大夫。❺苟：隨便。貳：懷有二心，即變心。❻奉初：接受頭一次命令。還（xuán）：周旋。❼而：你。❽奸：犯。

無極曰：「奢之子材，若在吳，必憂楚國，盍以免其父召之。彼仁，必來。不然，將為患。」王使召之，曰：「來，吾免而父。」棠君尚謂其弟員曰①：「爾適吳，我將歸死。吾知不逮②，我能死，爾能報。聞免父之命，不可以莫之奔也；親戚為戮③，不可以莫之報也。奔死免父，孝也；度功而行，仁也；擇任而往，知也；知死不辟，勇也。父不可棄④，名不可廢⑤，爾其勉之！相從為愈⑥。」伍尚歸。奢聞員不來，曰：「楚君、大夫其旰食乎⑦！」楚人皆殺之。

【注釋】❶棠：楚邑，在今河南省遂平縣西北。尚：伍尚，伍奢長子，當時是棠邑大夫。員（yún）：伍員，字子胥，伍奢次子。❷知：同「智」。不逮：不及。❸親戚：至親，指父親。❹父不可棄：兄弟一起逃走就是棄父。❺名不可廢：兄弟一起殉父，無人報仇，就是棄名。❻愈：好過，勝過。❼旰（gàn）：晚。旰食，晚食。指伍員將與楚國為難，楚國君臣將忙於應付，不能按時吃飯了。

員如吳，言伐楚之利於州于①。公子光曰②：「是宗為戮，而欲反其讎③，不可從也。」員曰：「彼將有他志④，余姑為之求士，而鄙以待之⑤。」乃見鱄設諸焉⑥，而耕於鄙。（以上昭公二十年）

【注釋】❶州于：吳王，名僚。吳王壽夢有四子：諸樊、餘祭、夷昧、季札。諸樊為王，傳餘祭，餘祭傳夷昧，夷昧死，其庶兄僚立為王。❷公子光：吳王夷昧之子，後殺僚而自立為王，稱為闔廬。❸反其讎：報其仇。❹他志：別的用心。指想殺僚奪位。❺鄙：鄉野。這裏用作動詞，指居於鄉野。❻見：引見。鱄（zhuān）設諸：吳國勇士。設是襯音助詞，《公羊傳》、《史記》等書作「專諸」。

【翻譯】

楚平王到蔡國訪問的時候，蔡國鄖陽邊境官員的女兒和他姘居，生下了太子建。等到平王即位，就派伍奢做太子建的師傅，派費無極做少師，費無極得不到太子寵信，就在平王面前中傷他，說：「太子建可以娶媳婦了！」平王就替太子建向秦國送禮求親。費無極也參加了迎親，就勸說平王自己娶這個女子。正月，楚平王的夫人嬴氏從秦國來到了楚國。

楚平王建成了水軍去攻打濮族，費無極對平王說：「晉國能夠稱霸，是因為他靠近中原；而楚國處在偏遠的小地方，所以不能跟晉國爭雄。如果大規模在城父築城，把太子安置在那裏，以便跟北方各國交往，君王收服南方各國，這樣就可以取得天下了。」平王很高興，接受了他的意見。所以，太子建就在城父住了下來。

費無極對平王說：「太子建和伍奢打算率領方城之外的民眾反叛，自以為可以像宋國和鄭國那樣割據一方，齊國和晉國又一起幫助他，將用他來禍害楚國，事情快要成功了。」平王相信這事，就問伍奢。伍奢回答說：「國君錯了一次就夠嚴重了，為甚麼還要聽信讒言呢？」平王把伍奢抓起來，又派城父的司馬奮揚去殺太子建。奮揚還沒有回到城父，卻先派人把太子建送走。三月，太子建逃往宋國。平王召奮揚前來，奮揚讓城父大夫把自己捆上送到國都。平王說：「話出自我的嘴巴，進了你的耳朵，是誰告訴太子建的？」奮揚回答說：「是我告訴他的。君王曾經命令我說：『事奉太子要像事奉我一樣。』我雖不才，不能隨便就變了心。我只能遵從你最初的命令辦事，不忍心遵從後來的命令，所以把太子送走了。事後我後悔這樣做，也已經來不及了。」平王說：「你還敢來見我，為甚麼？」奮揚回答：「接受委派卻沒有完成使命，召喚又不來，就是第二次犯罪了。我要逃走也無處可容啊！」平王說：「回去，還像以前那樣處理政事！」

費無極說：「伍奢的兒子都很能幹，他們要是到了吳國，肯定使楚國擔憂，為甚麼不以赦免他父親為由召他們來呢？他們都很仁愛，一定會來的。要不然，就會成為禍害了。」平王就派人召他們，說：「只要來了，我就赦免你們的父親。」棠邑的長官伍尚對他的弟弟伍員說：「你逃奔吳國，我準備回去送死。我的聰明比不上你，我能為父親而死，你能替父親報仇。現在聽到可以赦免父親的命令，這是不能沒有人趕去的；至親被殺，這是不能沒有人報仇的。送死而讓父親獲釋，這是孝；估量事情能成功而去實行，這是仁；挑選能復仇的重任而前往，這是智；明知必死而不逃避，這是勇。父親不能撇下，名譽也不能毀掉，你努力吧！總比兩人相跟着要好些。」伍尚回去了。伍奢聽說伍員沒有來，就說：「楚國的君王和大夫們恐怕要很晚才有工夫吃飯了！」楚王就把伍奢和伍尚都殺了。

伍員到了吳國，對州于陳說攻打楚國的好處。公子光說：「這人的家族被殺，所以想報私仇，不能聽他的。」伍員說：「那個人將有別的用心，我姑且替他物色人才，在鄉里住下再等待機會。」於是給公子光引見了鱄設諸，自己卻在鄉下種田。

二十八　晏嬰論「和」與「同」

本篇選自魯昭公二十年（前522）。「和」與「同」是春秋時期一對含義頗為抽象的常用術語。晏嬰用比喻對齊景公作了通俗而形象的說明。「和」就像五味的調和，要有不同的佐料互相調劑；像八音的和諧，要有不同的樂音互相輔濟。「同」就像「以水濟水」，像「琴瑟之專一」。晏嬰還把這個觀點推廣到君臣關係上面，批評了梁丘據對君王的一味附和。本文把相反相成的道理解說得很透闢，包含着辯證的因素，它對中國古代思想理論方面的貢獻是值得重視的。

齊侯至自田①，晏子侍于遄台②，子猶馳而造焉③。公曰：「唯據與我和夫④！」晏子對曰：「據亦同也，焉得為和？」公曰：「和與同異乎？」對曰：

「異。和如羹焉⑤，水、火、醯、醢、鹽、梅⑥，以烹魚肉，燀之以薪⑦，宰夫和之⑧，齊之以味⑨；濟其不及⑩，以洩其過⑪。君子食之，以平其心。君臣亦然。君所謂可而有否焉，臣獻其否以成其可⑫；君所謂否而有可焉，臣獻其可以去其否。是以政平而不干⑬，民無爭心。故《詩》曰：『亦有和羹，既戒既平。鬷嘏無言，時靡有爭⑭。』先王之濟五味、和五聲也⑮，以平其心，成其政也。聲亦如味，一氣、二體、三類、四物、五聲、六律、七音、八風、九歌⑯，以相成也⑰；清濁、小大、短長、疾徐、哀樂、剛柔、遲速、高下、出入、周疏，以相濟也⑱。君子聽之，以平其心。心平，德和。故《詩》曰：『德音不瑕⑲。』今據不然。君所謂可，據亦曰可；君所謂否，據亦曰否。若以水濟水，誰能食之？若琴瑟之專一，誰能聽之？同之不可也如是。」

【注釋】❶田：打獵，這裏指打獵之處。❷遄（chuǎn）台：地名，在今山東省臨淄附近。❸子猶：齊大夫梁丘據的字。造：到。❹和：「和」與「同」是春秋時常用的術語，「和」大致指各個不同的方面或不同的因素互相調劑配合得恰如其分，和諧協調。與「同」正相對。用「和諧」與「相同」對譯都不夠確切，所以沿用不譯。❺羹：以肉為主調和五味（醋、醬、鹽、梅、菜）做成的帶汁食物。也叫和羹，不加五味的叫大羹。❻醯（xī）：醋。醢（hǎi）：加肉末做成的醬。梅：梅子。❼燀（chǎn）：炊煮。❽和：調和味道。❾齊：調配比例，使之適中。❿濟：增。⓫洩：減。過：過分，指味道太重。⓬獻：進言指出。⓭干：犯。指不違反禮制。⓮「亦有和羹」四句：引自《詩・商頌・烈祖》。戒，備，指五味齊全。平，和，指味道適中。鬷嘏（zǒng gǔ），《禮記・中庸》引作「奏假」。奏，進獻。假，至，指神至。無言，指肅敬。⓯濟：助成，這裏是相輔相成的意思。五味：甜、酸、苦、辣、鹹五種味道。五聲：中國五聲音階中宮、商、角、徵、羽五個音級。⓰一氣：指聲音要用氣發動。二體：指文舞和武舞。古代奏樂多用舞蹈配合，文舞執羽籥，武舞執干戈。三類：指《詩》中的風、雅、頌。四物：四方之物，指樂器有金、石、土、革、絲、竹、匏、木等種類，須用四方之物製成。五聲：即五音。六律：指黃鍾、大簇（tài cù）、姑洗、蕤（ruí）賓、夷則、無射（yì）六種樂律，用來分別樂調的高低。七音：宮、商、角、徵、羽、變宮、變徵七種音階。八風：八方之風。九歌：歌九功之德。九功指水、火、木、金、土、穀、正德、利用、厚生。⓱以相成也：指以上九個方面的事物相合然後才能成為和諧的音樂。⓲以相濟也：清濁、大小等等都是各自相反的各個方面。這裏指相反相對的聲音互相調和，和而不同才能成為曲調。⓳德音不瑕：引自《詩・豳風・狼跋》。德音，原指美好的聲譽。本篇引《詩》，斷章取義，借指美好的音樂。瑕，玉上面的疵斑，引申為缺陷。

【翻譯】

齊景公從打獵的地方回到國都，晏子在遄台陪侍，梁丘據也駕着車子趕到了那裏。景公說：「只有梁丘據跟我『和』啊！」晏子回答說：「梁丘據也只是『同』罷了，哪能說是『和』呢？」景公說：「『和』跟『同』不一樣嗎？」晏子回答說：「不一樣。『和』跟肉羹的道理一樣。水、火、醋、醬、鹽、梅，用來烹調魚和肉，用柴火燒煮，廚夫把味道調配得恰到好處；味道不夠就增加調料，味道過重就加水沖淡。君子吃了這種肉羹，用來平和心性。君臣關係也是這個道理。君王認為對的，其中也包含了不對的成分，臣子進言指出其中的不對而使對的部分完善起來；君王認為不對的，其中也包含了對的成分，臣子進言指出其中對的而去掉不對的成分，因此政令平和而不違反禮制，百姓沒有爭鬥之心。所以《詩》上說：『還有調和的好肉羹，味道齊全又適中。敬獻神明來享用，團結和睦無爭訟。』先王使五味互相調濟，五聲諧和動聽，用來平和心性，助成政教。音樂的道理也和味道的道理一樣，由一氣、二體、三類、四物、五聲、六律、七音、八風、九歌等各個方面互相配合，由清濁、大小、長短、緩急、哀樂、剛柔、快慢、高低、出入、疏密等等各自相反的因素互相輔濟。君子聽了這些和諧的音樂，可以平和心性；心性平和，德行就協調。所以《詩》上說：『美好的音樂無缺陷。』現在梁丘據不是這樣。君王認為對的，他也說對。君王認為錯的，他也說錯。好像用水來調和水，誰能夠吃它呢？又好像琴瑟老是彈一個音調，誰喜歡聽它呢？不應該『同』，就像這個道理。」

二十九　鱄設諸刺吳王僚

本文選自魯昭公二十七年（前515）。吳公子光使鱄設諸刺殺吳王僚，這是吳國統治階層內部爭奪王位而引起的一場宮廷政變。

這篇短文用極簡練的筆墨，把這場政變描繪得扣人心弦。寫鱄設諸回答公子光，只用「王可弑也」一句，將兩人如何謀劃、如何準備，都略去不提，讓讀者產生懸念。下面寫公子光「伏甲於堀室而享王」，而吳王僚也早有戒備，沿路安排了甲士，門階戶席，處處設防，對每一個細微的環節都作了極周密的佈置，使讀者感到對方已無隙可乘。最後卻峯迴路轉，鱄設諸魚腹抽劍，一刺成功。文章寫得波瀾起伏，故事結局又出人意外。

吳子欲因楚喪而伐之①，使公子掩餘、公子燭庸帥師圍潛②，使延州來季子聘于上國③，遂聘于晉，以觀諸侯。……吳公子光曰：「此時也，弗可失也。」告鱄設諸曰④：「上國有言曰：『不索，何獲？』我，王嗣也⑤，吾欲求之。事若克，季子雖至，不吾廢也。」鱄設諸曰：「王可弒也。母老、子弱⑥，是無若我何⑦？」光曰：「我，爾身也⑧。」

【注釋】❶吳子：吳王僚。楚喪：指去年九月楚平王之死。❷公子掩餘、公子燭庸：都是吳王僚的同母兄弟。潛：楚地，在今安徽省霍山縣東北。❸延州來季子：季札。上國：指中原諸國。❹鱄設諸：吳國力士。見《伍員奔吳》。❺王嗣：王位的繼承人。吳王夷昧死，僚作為他的庶兄而繼位為吳王。公子光是夷昧嫡子，他認為自己才是王嗣。❻弱：幼小。❼是無若我何：倒裝句，猶言「我無若是何」。即「我對這個問題（母老子弱）怎麼辦？」這是把母子託給公子光照顧。❽身：自身，自己。

夏四月，光伏甲於堀室而享王①。王使甲坐於道，及其門。門、階、户、席，皆王親也②，夾之以鈹③。羞者獻體改服於門外④，執羞者坐行而入⑤。執鈹者夾承之，及體⑥，以相授也。光偽足疾，入于堀室。鱄設諸置劍於魚中以進，抽劍刺王，鈹交於胸⑦，遂弒王。闔廬以其子為卿⑧。

【注釋】❶堀室：即窟室，地下室。享：宴請。❷王親：王的親兵。❸鈹（pī）：劍的一種。❹羞：進獻（食品）。獻體：脱衣露體。❺羞：食品。執羞者即上文的「羞者」。都是送食物的人。坐行：膝行。古人雙膝着地而坐，所以稱雙膝着地而行為坐行。❻及體：指劍尖挨着身體。❼鈹交於胸：鱄設諸抽劍刺王時，甲士的鈹也從兩邊交叉刺進了他的胸部。説明雙方動作迅捷異常。❽闔（hé）廬：即公子光。即位為吳王後稱闔廬。

【翻譯】

吳王僚想趁着楚國有喪事而去攻打楚國，派公子掩餘和公子燭庸帶領軍隊包圍潛邑，又派季札到中原各國訪問，接着又訪問晉國，以察看各國的情況。……吳公子光説：「這是時機，不能錯過了。」他告訴鱄設諸説：「中原各國有這樣的話：『不去尋求，怎麼能得到？』我是王位的繼承人，我就想得到這個位置。事情要是成功了，季札即使回來，也不會廢掉我的。」鱄設諸説：

「王是能殺掉的，不過我母親年老，孩子又小，我對這個問題怎麼辦呢？」公子光說：「我就是你自己啊！」

夏季四月，公子光讓穿了盔甲的士兵埋伏在地窖裏而宴請吳王。吳王僚也派了披甲的士兵沿路坐着一直到公子光的大門。門口、堂階、裏門到坐席，全是王僚的親兵，都拿着劍夾在兩邊保衛。送菜的人脫衣露體到了大門外才換上另外的衣服，再跪着走進去。拿劍的人在兩邊夾着他，劍尖直挨到送菜人的身子，然後再遞給端菜的人送上去。這時，公子光假裝有腳病，躲入地窖。鱄設諸把短劍藏在燒全魚的肚子裏端了進來，抽出劍來刺吳王，兩邊的劍也交叉刺入了鱄設諸的前胸，就這樣殺死了吳王僚。吳王闔廬就封鱄設諸的兒子做了卿。

三十　申包胥如秦乞師

本文選自魯定公四年（前506）。這一年，吳王闔廬大舉進攻楚國，五戰五勝，佔領了楚國建都約二百年的郢城，楚昭王也被迫流亡。申包胥假託昭王之命到秦國求救，對秦哀公申說吳滅楚之害和秦救楚之利，立於秦庭哭了七天七夜。他的愛國赤誠終於感動了秦哀公，秦國出兵擊敗吳國而使楚國免於淪亡。作者以讚賞的態度記述了這件事，「哭秦庭」的故事也一直被後人廣為傳誦。

初，伍員與申包胥友①。其亡也，謂申包胥曰：「我必復楚國②。」申包胥曰：「勉之！子能復之，我必能興之。」及昭王在隨③，申包胥如秦乞師④，曰：

「吳為封豕長蛇⑤，以薦食上國⑥，虐始於楚⑦。寡君失守社稷，越在草莽⑧，使下臣告急曰⑨：『夷德無厭⑩，若鄰於君⑪，疆埸之患也⑫。逮吳之未定⑬，君其取分焉。若楚之遂亡，君之土也。若以君靈撫之，世以事君。』」秦伯使辭焉，曰：「寡人聞命矣。子姑就館，將圖而告。」對曰：「寡君越在草莽，未獲所伏⑭，下臣何敢即安⑮？」立，依於庭牆而哭，日夜不絕聲，勺飲不入口七日。秦哀公為之賦《無衣》⑯。九頓首而坐。秦師乃出。

【注釋】❶申包胥：楚大夫，申是他的食邑，包胥是字。❷復：通「覆」，顛覆。❸昭王：楚昭王，名壬，一名軫，楚平王之子，為原先替太子建聘娶的秦女所生。楚郢都被吳國攻陷，昭王流亡到隨國。❹如：往。❺封：大。豕（shǐ）：豬，此指野豬。❻薦：屢次。上國：指中原各國。❼虐：侵害。❽越：流亡。❾「使下臣」句：這是申包胥假託受楚昭王委派。❿夷：指吳國。厭：滿足。⓫若鄰於君：指要是吳國吞併了楚國，吳國就跟秦國接鄰。⓬疆埸（yì）：邊疆。⓭逮：及，正當。⓮伏：藏。所伏，藏身之地。⓯即安：到安適的地方去，指「就館」。⓰《無衣》：《詩・秦風》篇名，詩中有「王于興師，脩我戈矛，與子同仇」和「脩我甲兵，與子偕行」的話。秦哀公賦這首詩，是答應出兵的表示。

【翻譯】

當初，伍員跟申包胥交朋友。伍員出逃的時候，對申包胥說：「我一定要顛覆楚國。」申包胥說：「努力吧！您能顛覆它，我就一定能使它復興。」到了昭王在隨國的時候，申包胥到秦國請求出兵，他說：「吳國是大豬長蛇，一次又一次地侵害中原各國，侵害是從楚國開始的。我們國君不能保住國家，流落在荒林草野之中，派遣下臣前來報告危急情況，說：『夷蠻的德性是永不知足的，要是它跟君王接境，那就是邊界的禍害了。趁着吳國還沒有安定局面，您跟吳國共分楚國吧！要是楚國就這樣滅亡了，它就是君王的領土了。要是借君王的威靈來安撫楚國，我們將世世代代事奉君王。』」秦哀公叫人謝絕他說：「我們國君聽到吩咐了。請您暫時住進賓館休息，我們商議之後再告訴您。」申包胥回答說：「我們國君流落在荒林草野，還沒有容身之處，我怎麼敢到安逸的住所去呢？」於是站起來靠着院牆痛哭，日日夜夜哭聲不斷，一連七天不喝一勺水。秦哀公就為他賦了《無衣》這首詩。申包胥叩了九個頭才坐下來。秦國軍隊就出發了。

三十一　齊魯夾谷之會

本文選自魯定公十年（前500）。齊、魯會盟，齊國恃強凌弱，先是用武力劫持魯君，後來又把無理要求強加於盟誓，最後企圖舉行享禮另生枝節。孔丘相會，處處同齊國作了針鋒相對的鬥爭，維護了國家的尊嚴。從本文可以看到孔丘傑出的外交才能和他的知禮而有勇的生動形象。

十年春，及齊平。

夏，公會齊侯于祝其①，實夾谷。孔丘相②。犁彌言於齊侯曰③：「孔丘知禮而無勇，若使萊人以兵劫魯侯④，必得志焉。」齊侯從之。孔丘以公退，曰：

「士兵之⑤！兩君合好，而裔夷之俘以兵亂之⑥，非齊君所以命諸侯也。裔不謀夏，夷不亂華，俘不干盟，兵不偪好。於神為不祥，於德為愆義⑦，於人為失禮，君必不然。」齊侯聞之，遽辟之⑧。

將盟，齊人加於載書曰⑨：「齊師出竟而不以甲車三百乘從我者⑩，有如此盟！」孔丘使茲無還揖⑪，對曰：「而不反我汶陽之田、吾以共命者⑫，亦如之！」

【注釋】❶公：魯定公。齊侯：齊景公。祝其：又名夾谷，在今山東省萊蕪夾谷峪。❷相：任儐相，主持會議儀節。❸犁彌：齊大夫。❹萊：姜姓國，現今山東省龍口。魯襄公六年（前567）為齊國所滅。夾谷大約是萊人流落之地。❺士兵之：命令士兵們拿起武器抗擊萊人。❻裔夷：邊遠的夷人。裔，指夏以外的地方。夷，指華以外的民族。俘：俘虜，萊被齊國消滅，所以用俘稱呼他們。❼愆：傷害。❽遽（jù）：急。辟之：使之避開。之，指萊人。❾載書：盟約。❿出竟：指出境作戰。⓫茲無還：魯大夫。⓬共命：供給齊國之命，指「以甲車三百乘從」。

齊侯將享公。孔丘謂梁丘據曰①：「齊、魯之故②，吾子何不聞焉？事既成矣，而又享之，是勤執事也。且犧、象不出門③，嘉樂不野合④。饗而既具⑤，是棄禮也；若其不具，用秕稗也⑥。用秕稗，君辱；棄禮，名惡。子盍圖之！夫享，所以昭德也⑦。不昭，不如其已也。」乃不果享⑧。

齊人來歸鄆、讙、龜陰之田⑨。

【注釋】❶梁丘據：齊景公的寵臣。❷故：舊典。❸犧、象：犧尊和象尊，兩種象獸形的貴重酒器。不出門：指只在朝會和廟堂使用。❹嘉樂：鐘磬。❺具：齊備。❻秕（bǐ）：不飽滿的穀物。稗（bài）：像禾的雜草。❼昭：光大。❽果：實現。❾鄆（yùn）、讙（huān）、龜陰：三邑都在汶水北岸，即「汶陽之田」。

【翻譯】

魯定公十年的春天，魯國跟齊國講和。夏季，魯定公和齊景公在祝其會盟，祝其就是夾谷。孔丘擔任儐相。犁彌對齊景公說：「孔丘懂得禮儀卻沒有勇氣，如果派萊人用武力綁架魯侯，一定能達到目的。」齊景公照他的話辦了。孔丘領着魯定公往後退。說：「士兵快攻擊他們！兩國友好會見，邊遠的夷人俘虜卻用武力來搗亂，這不是齊君會合諸侯的本意。邊遠的人不得算計中國，東夷之輩不能擾亂中華，俘虜不能衝擊盟會，武力不能侵逼友好。這麼做，對神明來說是不吉利，對德行來說是傷害義理，對人來說是違背禮節，齊君一定不會這樣的。」齊景公聽了，急忙叫萊兵退走。

將要進行盟誓了，齊國人在盟書上擅自加上這樣的話：「齊國軍隊一出國境作戰，而魯國要是不派三百輛兵車來跟隨我們，聽憑盟約懲罰。」孔丘讓茲無還作揖，回答說：「如果你們不歸還我們汶水北岸的田地，我們卻用三百輛兵車供給齊國，也聽憑盟約懲罰。」

齊景公打算設享禮款待魯定公。孔丘對梁丘據說：「齊、魯兩國的舊典，您為甚麼沒有聽說過呢？盟會的事已經結束了，卻還設享禮款待，這就是讓辦事人員辛苦了。況且犧尊、象尊不出國門，鐘磬不在野外合奏。設享禮而犧象鐘磬全部齊備，這就違背了禮儀；如果這些不齊備，那就是用秕稗來款待國君。用秕稗款待，有辱齊君；違背禮儀，名聲敗壞。您為甚麼不想一想呢？至於舉行享禮，那是用來光大德行的。不能夠光大德行，還不如不舉行。」齊景公最終還是沒有舉行享禮。

這年冬天，齊國人向魯國歸還了鄆、讙、龜陰這三邑的田地。

三十二　伍員諫許越平

本文選自魯哀公元年（前 494）。魯定公十四年（前 496），吳王闔廬伐越，兵敗身死。他的兒子夫差繼位，立志報仇。兩年之後，越國被打敗而求和。伍員看出了越國保存力量、伺機再起的用心，引證少康滅過的古事，對比吳、越兩國情勢，預言吳不滅越，將來越必滅吳。但是，夫差不聽勸諫，跟越國講和。此後，夫差野心勃勃，經營霸業，對外無止境地擴張，在國內貪圖逸樂，結果民力物力消耗殆盡。越王句踐卻刻苦自勵，重振了國威，二十年之後終於把盛極一時的吳國滅亡了。這段歷史，很能發人深思。

吳王夫差敗越于夫椒①，報檇李也②。遂入越。越子以甲楯五千保于會稽③，使大夫種因吳大宰嚭以行成④。吳子將許之。伍員曰：「不可。臣聞之：『樹德莫如滋，去疾莫如盡⑤。』昔有過澆殺斟灌以伐斟鄩⑥，滅夏后相⑦。后緡方娠⑧，逃出自竇⑨，歸于有仍⑩，生少康焉。為仍牧正⑪，惎澆能戒之⑫。澆使椒求之⑬，逃奔有虞⑭，為之庖正⑮，以除其害⑯。虞思於是妻之以二姚⑰，而邑諸綸。有田一成⑱，有眾一旅⑲，能布其德而兆其謀⑳，以收夏眾，撫其官職。使女艾諜澆㉑，使季杼誘豷㉒，遂滅過、戈，復禹之績，祀夏配天，不失舊物㉓。今吳不如過，而越大於少康，或將豐之㉔，不亦難乎？句踐能親而務施，施不失人，親不棄勞。與我同壤㉕，而世為仇讎。於是乎克而弗取，將又存之，違天而長寇讎，後雖悔之，不可食已㉖。姬之衰也㉗，日可俟也。介在夷蠻而長寇讎㉘，以是求伯㉙，必不行矣。」弗聽。退而告人曰：「越十年生聚㉚，而十年教訓㉛，二十年之外，吳其為沼乎㉜！」三月，越及吳平。

【注釋】❶夫差：吳王闔廬之子。越：姒姓國，子爵。國都會稽，即今浙江省紹興。夫椒：越地，在今紹興東北。❷檇（zuì）李：越地，在今紹興北。魯定公十四年，吳國在檇李被越國打敗，吳王闔廬受傷而死。❸越子：越君句踐。楯：同「盾」。會稽：山名，在越都東南。❹種：姓文，名種，楚國南郢人，在越為大夫。嚭（pǐ）：伯嚭，伯州犁之孫。❺「樹德」二句：後被採入偽古文《尚書・泰誓》，作「樹德務滋，除惡務本」。❻有過：古過國，「有」是名詞前綴。澆：過國的國君。傳說夏朝衰微的時候，有窮氏后羿取代了夏朝政權，任用寒浞。寒浞殺了后羿而跟后羿的妻妾生了澆和豷（yì），把澆和豷分別封為過國和戈國的國君。斟灌、斟鄩：都是夏的同姓諸侯。❼夏后相：夏朝的國君，傳說是禹的曾孫，失國後依附於斟灌和斟鄩。❽后緡（mín）：相的妻子。娠（shēn）：懷孕。❾竇（dòu）：孔穴。❿有仍：古諸侯國。后緡是有仍氏之女。⓫牧正：牧官。⓬惎（jì）：仇恨。戒：防備。⓭椒：澆的臣子。⓮有虞：姚姓諸侯國，國君虞思，傳說是虞舜之後。虞國在今河南省虞城縣。⓯庖（páo）正：管膳食的官。⓰除：免除。其：指少康。除其害，能逃避對自己的殺害。⓱二姚：有虞國國君虞思的兩個女兒，虞是姚姓國，所以稱為二姚。⓱邑諸綸：封他在綸邑。綸在今河南省虞城縣東南。⓲成：十平方里為一成。⓳旅：五百人為一旅。⓴兆：開始。㉑女艾：少康的臣子。㉒李杼：少康之子。豷（yì）：澆之弟，戈國國君。㉓舊物：指夏代原來的典章制度。㉔豐：壯大。㉕同壤：同處一方之地。指兩國為鄰。㉖食：消。已：語氣詞。不可食已，指悔恨在心而不能消除。㉗姬：姬姓國家，指吳國。㉘介：在……中間。夷蠻：指楚國和越國。㉙伯：通「霸」。㉚生聚：生民聚糧。㉛教訓：教育訓練。㉜為沼：指國家滅亡，宮室毀棄而變成一片荒湖。

【翻譯】

吳王夫差在夫椒打敗了越軍，這是報了檇李之仇。接着進入越國。越王率領五千名披甲拿盾的士兵把守會稽山，又派了大夫文種通過吳國太宰伯嚭去求和。吳王準備同意了。伍員說：「不能這麼辦。我聽說：『樹立仁德不如不斷增加，去掉病痛不如乾淨徹底。』古時候過國的國君澆，殺掉了斟灌又去攻打斟鄩，滅了夏后相。相的夫人后緡正懷着身孕，從牆洞裏逃了出來，回到仍國，在那裏生下少康。少康後來當了仍國的牧正，少康仇恨澆，又能處處防備他。澆派了椒去抓少康，少康就逃到了虞國，當了虞國的庖正，得以免除澆的殺害。虞的國君思因此把兩個女兒嫁給他，把他封在綸邑。這時候，他有十平方里的土地，有五百名士兵，能夠廣施德政，還開始執行了他的計劃，用來收聚夏朝的遺民，安撫他的屬官。少康派女艾去刺探澆，派季杼去引誘豷，因而滅掉了過國和戈國，復興了夏禹的功業，祭祀夏朝的祖先並祀享天帝，恢復了原來的典章制度。現在吳國比不上過國，而越國卻比少康強大，也許它還要繼續壯大起來，要是吳國還跟它講和，不也是很難對付嗎？句踐能夠愛人並且極力施捨恩惠，施捨恩惠而不漏掉該得到的人，愛護民眾而不忘記有功的人。越國跟我國同在一方的土地上，卻世世代代是冤家對頭。這時候打勝而不佔領，打算還保存它，違背天意而助長仇敵。將來即使後悔，也無法消除了。姬姓國家的衰亡，指日可待了。吳國處在夷蠻之間又助長仇敵，想用這種辦法來取得霸主地位，一定是行不通的。」吳王不聽他的話。伍員出來告訴旁人說：「越國用十年時間生民聚財，用十年時間教育訓練，二十年之後，吳國的都城大概要變成荒湖了！」三月，越國跟吳國講和了。

三十三　楚白公之亂

本文選自魯哀公十六年（前479）。白公的父親被鄭國殺了，白公因為楚令尹子西不答應他伐鄭報仇的要求，懷恨在心而發動了叛亂。結果令尹子西、司馬子期和楚惠王的叔父子閭被殺，惠王被人背着從牆洞裏逃出才倖免於難。後來葉公進入國都，說服叛將，率領國人打敗白公，這場禍亂才平息下來。本文篩選出與事件有關的主要人物和主要情節，原原本本、有條不紊地記述了事件的全部經過，行文清晰而細密。

作者描寫葉公這位在平亂中舉足輕重的人物，用國人問他「君胡不胄」和「君胡胄」這種截然相反的話，顯示他在危急關頭深得民望。手法巧妙，也增加了文章的情趣。描摹白公、子西和石乞等人個性化的口吻，只用寥寥幾筆，就把這幾個人物刻畫得形神畢肖。

楚太子建之遇讒也，自城父奔宋①；又辟華氏之亂於鄭②。鄭人甚善之。又適晉，與晉人謀襲鄭，乃求復焉。鄭人復之如初。晉人使諜於子木③，請行而期焉④。子木暴虐於其私邑，邑人訴之。鄭人省之⑤，得晉諜焉，遂殺子木。

【注釋】❶「楚太子建」二句：魯昭公十九年（前523），楚平王為太子建聘娶秦女，費無極見秦女貌美，勸平王自娶。平王讓太子建出居城父。費無極又誣陷太子建謀反，平王派人殺建，建自城父奔宋。參見《伍員奔吳》。❷華氏之亂：指魯昭公二十年（前524）宋華定、華亥等殺宋羣公子，劫持宋元公。❸諜：間諜。子木：太子建的字。❹期：約定。指約定襲鄭的日期。❺省（xǐng）：察看。

其子曰勝，在吳。子西欲召之，葉公曰①：「吾聞勝也詐而亂，無乃害乎？」子西曰：「吾聞勝也信而勇，不為不利。舍諸邊竟，使衛藩焉②。」葉公曰：「周仁之謂信③，率義之謂勇④。吾聞勝也好復言⑤，而求死士，殆有私乎⑥？復言，非信也⑦；期死，非勇也⑧。子必悔之！」弗從，召之，使處吳竟⑨，為白公。

請伐鄭，子西曰：「楚未節也⑩。不然，吾不忘也。」他日又請，許之。未起師，晉人伐鄭。楚救之，與之盟。勝怒，曰：「鄭人在此，讎不遠矣⑪。」

【注釋】❶葉公：即沈諸梁，字子高。❷衛：保衛。藩：籬笆，引申為邊境。❸周：符合。❹率：遵循。❺復言：言出必行。指勝説過的話就一定去實行，而不管是否合理。❻殆：恐怕，大概。❼「復言」二句：言出必行不一定就是信。指履行違反仁愛的話，就不能稱做信。❽「期死」二句：不怕死不一定就是勇敢。指行動要符合道義才算勇敢。❾吳竟：楚國與吳國接界的邊境。❿節：法則，正規。未節，還沒有走上正軌。⓫「鄭人」二句：鄭人與勝有殺父之仇，鄭人即指仇人。子西救鄭並且與鄭國結盟，所以白公把子西看作像鄭國一樣的仇人。

勝自厲劍①，子期之子平見之，曰：「王孫何自厲也②？」曰：「勝以直聞，不告女，庸為直乎③？將以殺爾父。」平以告子西④。子西曰：「勝如卵，余翼而長之。楚國，第我死⑤，令尹、司馬，非勝而誰？」勝聞之，曰：「令尹之狂也！得死⑥，乃非我。」子西不悛⑦。

勝謂石乞曰⑧：「王與二卿士⑨，皆五百人當之⑩，則可矣。」乞曰：「不可得也。」曰：「市南有熊宜僚者，若得之，可以當五百人矣！」乃從白公而見之⑪。與之言，說。告之故⑫，辭。承之以劍，不動。勝曰：「不為利諂⑬，不為威惕⑭，不洩人言以求媚者。」去之。

【注釋】❶厲：同「礪」，磨。❷王孫：勝是楚平王之孫，所以稱他為王孫。❸庸：反詰副詞，難道。❹「平以告」句：子西為令尹，故平未告己父而告子西。❺第：假設連詞，如果。❻得死：得到善終。❼悛：覺悟。❽石乞：白公的黨徒。❾二卿士：指令尹子西和司馬子期。❿皆：總共的意思。⓫從白公：讓白公跟着。⓬故：事情。指殺王和二卿的事。⓭諂：動心。⓮惕：懼怕。

吳人伐慎①，白公敗之。請以戰備獻②，許之，遂作亂。秋七月，殺子西、子期于朝，而劫惠王③。子西以袂掩面而死④。子期曰：「昔者吾以力事君，不可以弗終。」抉豫章以殺人而後死⑤。石乞曰：「焚庫、弒王。不然，不濟。」白公曰：「不可。弒王不祥，焚庫無聚⑥，將何以守矣？」乞曰：「有楚國而治其民，以敬事神，可以得祥，且有聚矣，何患？」弗從。

【注釋】❶慎：楚邑，在今安徽省潁上縣北。❷戰備：指繳獲吳國的武器物資。❸惠王：楚昭王之子，名章。❹袂（mèi）：衣袖。子西用衣袖遮臉而死，表示愧對國人，因為白公之亂他應負主要責任。❺抉（jué）：拔取。豫章：木名，即樟樹。❻聚：指物資。

葉公在蔡①，方城之外皆曰：「可以入矣②。」子高曰：「吾聞之，以險徼幸者③，其求無饜④，偏重必離⑤。」聞其殺齊管脩也⑥，而後入。

白公欲以子閭為王⑦，子閭不可，遂劫以兵。子閭曰：「王孫若安靖楚國，匡正王室，而後庇焉⑧，啟之願也，敢不聽從？若將專利以傾王室，不顧楚國，有死不能。」遂殺之，而以王如高府⑨。石乞尹門⑩。圉公陽穴宮⑪，負王以如昭夫人之宮⑫。

【注釋】❶蔡：國名，國都在今河南省新蔡縣。這時蔡都已遷州來，蔡地已被楚國佔有。❷入：指進入郢都平亂。❸以險徼幸：靠冒險求得偶然的成功。徼（yāo），求取。❹饜（yàn）：

滿足。❺偏重：指偏重於貪求。離：指白姓離心。❻管脩：齊國的賢大夫，管仲七世孫。❼子閭：名啟，楚平王之子，昭王之兄。魯哀公六年（前489），昭王死前曾讓位於子閭。子閭「五辭而後許」，但緊接着又辭位，迎立昭王之子熊章為楚惠王。❽庇：庇護。指庇護百姓。❾高府：楚別府，即正宮以外的宮室。❿尹：管理，這裏指看管。⓫圉公陽：楚大夫。穴：穿，穿洞。⓬昭夫人：楚昭王的夫人，惠王的母親。

葉公亦至，及北門，或遇之①，曰：「君胡不胄②？國人望君，如望慈父母焉。盜賊之矢若傷君，是絕民望也，若之何不胄？」乃胄而進。又遇一人，曰：「君胡胄？國人望君，如望歲焉③，日日以幾④。若見君面⑤，是得艾也⑥。民知不死，其亦夫有奮心，猶將旌君以徇於國⑦，而又掩面以絕民望，不亦甚乎！」乃免胄而進。遇箴尹固帥其屬⑧，將與白公⑨。子高曰：「微二子者⑩，楚不國矣。棄德從賊⑪，其可保乎？」乃從葉公。使與國人以攻白公，白公奔山而縊，其徒微之⑫。生拘石乞而問白公之死焉⑬。對曰：「余知其死所，而長者使余勿言⑭。」曰：「不言，將烹！」乞曰：「此事克則為卿，不克則烹，固其所也，何害？」乃烹石乞。王孫燕奔頯黃氏⑮。

沈諸梁兼二事⑯。國寧，乃使寧為令尹⑰，使寬為司馬⑱，而老於葉⑲。

【注釋】❶或：無定指代詞，有人，某人。❷胡：為甚麼。胄：用作動詞，指戴上頭盔。❸歲：一年的收成。❹幾：通「冀」，盼望。❺若見君面：古代的頭盔是把兩邊面頰也遮掩起來的，所以希望他不戴頭胄，讓國都的人都能看到他的面容。❻艾：安定。❼旌：表彰，宣揚。徇（xùn）：遍告，使眾所周知。❽箴尹固：楚臣。❾與：助。❿微：連詞，「要不是」的意思。二子：指子西和子期，他們在抗擊吳軍的戰爭中都立過大功。⓫德：有德的人，指子西、子期。賊：指白公。⓬微：藏匿。微之，指藏好白公的屍體。⓭死：指屍體。⓮長者：指白公。⓯王孫燕：白公勝的弟弟。頯（kuí）黃氏：吳國地名，在今安徽宣城市境。⓰二事：指任令尹和司馬。⓱寧：子西之子，字子國。⓲寬：子期之子。⓳葉：葉公的采邑，在今河南省葉縣。

【翻譯】

楚國太子建遭到讒言的時候，從城父逃往宋國。又到鄭國去躲避宋國華氏之亂。鄭國人待他很好。後來太子建又去了晉國，跟晉國人謀劃襲擊鄭國，於是請求回到鄭國來。鄭國人讓他回來，並且像以前一樣待他。晉國派間諜到太子建這兒來，間諜辭行的時候和他約定了偷襲鄭國的日期。太子建在他的封邑裏做了許多兇惡殘暴的事，封邑的人告發了他。鄭國人來調查，抓了晉國間諜，就把太子建殺了。

太子建的兒子叫做勝，住在吳國。子西打算召他回楚國，葉公說：「我聽說勝這個人狡詐十足而又喜歡惹是生非，恐怕對楚國有害吧？」子西說：「我聽說勝這個人誠信而且勇敢，不做不利於別人的事情。安置他到邊境上去，讓他守衛楚國的邊防。」葉公說：「符合仁道才能叫做誠信，遵循正義才能叫做勇敢。我聽說勝這個人喜歡說了話就去實行，而且招納不怕死的武士，恐怕是有野心吧？言出必行，不一定就是誠信；期望去死，不一定就是勇敢。要是他回到楚國，您一定會後悔的！」子西不聽，召回了勝，讓他住在靠近吳國的邊境，稱為白公。

白公要求討伐鄭國，子西說：「楚國還沒有走上正軌。要不是這樣，我不會忘記這件事的。」過了些日子，白公又請求伐鄭，子西答應了。楚國還沒有出兵，晉國就攻打鄭國。楚國卻去救援，並且跟鄭國結了盟。白公很生氣，說：「鄭國人就在這裏，仇人離我不遠了。」

白公親自磨劍。子期的兒子平看見了，問他：「您為甚麼親自磨劍呢？」白公說：「我是以爽直出了名的，要是不告訴你，還算得上爽直嗎？我將要用它來殺你的老子。」平把他的話告訴了子西。子西說：「勝好比是蛋，我用翅膀蓋着他長大。在楚國，假如我死了，令尹、司馬不是勝還會是誰呢？」白公聽到了子西的話，說：「令尹太狂妄了！他要得到好死，我就不是我了。」子西卻還不醒悟。

白公對石乞說：「楚王和兩位卿士，總共有五百人對付他們，這就足夠了。」石乞說：「這五百人是得不到的。」石乞還說：「市場南邊有個叫熊宜僚的，如果找到他，能抵得上五百人了！」就讓白公跟着他去找熊宜僚。跟熊宜僚交談起來，白公很高興。白公把要殺王和二卿的事情告訴他，熊宜僚拒絕了。白公把劍擱在他的脖子上，熊宜僚也不動。白公說：「不因為利祿而動心，不因為威逼而懼怕，這樣的人是不會洩露別人的話而去討好的。」於是就離開這裏了。

吳國人來攻打慎邑，白公把他們打敗了。白公請求把繳獲的戰爭裝備送到郢都獻納，楚惠王答應了，白公就趁機發動叛亂。秋季七月裏，在朝廷上殺死了子西和子期，並且劫持了楚惠王。子西用衣袖遮臉而死。子期說：「往昔，我靠了勇力侍奉國君，不能有始無終。」就拔起一根樟木，用它殺了敵人然後死去。石乞說：「燒掉倉庫，殺掉惠王。要不然，事情成功不了。」白公說：「不能這麼幹。殺掉惠王會不吉利，燒了倉庫會沒有糧草物資，還靠甚麼來防守呢？」石乞說：「你取得楚國之後好好治理百姓，用嚴肅慎重的態度事奉神明，就能夠得到吉利，而且也會有糧草物資了，還擔心甚麼？」白公不聽他的話。

葉公住在蔡地，方城之外的人都勸他說：「您可以進入國都了。」葉公說：「靠冒險來求得偶然成功的，他的貪求不會滿足，偏重貪求就一定會脫離百姓。」聽到白公殺了齊國大夫管脩，葉公這才進入郢都。

白公想立子閭做楚王，子閭不同意，白公就用兵器脅迫他。子閭說：「您如果能安定楚國，扶正王室，然後庇護百姓，這就是我的願望了，我怎麼敢不服從您呢？要是只顧私利而使王室傾覆，不顧楚國，我寧死也不能服從。」白公就把子閭殺了，帶着惠王去到高府。石乞看管高府的大門。圉公陽在高府牆上打了個洞，背起惠王，到昭夫人的宮裏去了。

葉公也到了郢都，走到北門，有人遇見他，就說：「您為甚麼不戴上頭盔？都城的人們盼您，好像盼望慈愛的父親母親。叛賊的箭要是傷了您，這就斷送老百姓的希望了，您為甚麼不戴上頭盔呢？」葉公就戴上頭盔走進北門。又碰上一個人，說：「您為甚麼戴了頭盔？都城的人們盼望你，就像盼望好年成一樣，天天都在期望着。如果能看到您的面容，大家心裏就能踏實了。百姓知道還有生的希望，那樣也就有了奮戰的決心，還會宣揚您並且通告全城。而您卻遮了臉讓老百姓絕望，不是太過分了嗎？」葉公就脫了頭盔往前走。葉公遇上箴尹固帶着他的部下，打算去幫助白公。葉公說：「要是沒有子期、子西兩位，楚國就不能成為一個國家了。你背棄有德的人而跟隨叛賊，難道能得到保障嗎？」箴尹固就跟隨葉公。葉公派箴尹固幫助國都的民眾去攻打白公，白公逃到山裏上吊自殺，他的部屬把屍首藏了起來。葉公活捉了石乞而向他追問白公屍首的下落。石乞回答說：「我知道他屍首隱藏的地方，可是白公叫我不要說出來。」葉公說：「不說出來，就煮了你！」石乞說：「這種事成功了就能做卿，不成功就被煮，本來是當然的結局，有甚麼要緊？」葉公就煮了石乞。王孫燕逃到頯黃氏去了。

葉公兼任令尹和司馬兩個職務。國家安定之後，就讓寧當了令尹，讓寬當了司馬，自己卻在葉邑養老。